COLLECTION FOLIO

Horace McCoy

Un linceul n'a pas de poches

Traduit de l'anglais par
Sabine Berritz
et Marcel Duhamel

Gallimard

Titre original :

NO POCKETS IN A SHROUD

Né en 1897 dans le Tennessee, Horace McCoy eut une enfance et une adolescence très dures, parcourant les États du Sud comme vendeur ambulant. Engagé dans l'aviation pendant la guerre de 1914-1918, il fit un séjour de dix-huit mois en France. Puis ce fut de nouveau l'errance jusqu'en 1922, où il devint journaliste à Dallas. Il collabora alors au célèbre *pulp* magazine *Black Mask.* La grande crise arrivant, ce furent encore une fois les petits travaux sans lendemain. Mais, persistant à écrire, il aboutit à Hollywood en 1933, où il rédige des scénarios, entre autres, pour Raoul Walsh.

McCoy a passé sa vie d'écrivain dans l'incompréhension. *On achève bien les chevaux,* ce chef-d'œuvre, est resté longtemps méconnu. Il était jugé, aux États-Unis, comme un empêcheur de s'abrutir en rond, et sa vigoureuse dénonciation de la corruption sociopolitique passait mal. Le fameux « rêve américain » devenait avec lui un cauchemar.

Il est mort en 1955 d'une maladie cardiaque.

Parmi ses ouvrages les plus connus traduits en français : *On achève bien les chevaux* (1935), *J'aurais dû rester chez nous* (1946), *Un linceul n'a pas de poches* (1946), *Adieu la vie, adieu l'amour...* (1949), *Le scalpel* (1952), *Pertes et fracas,* accepté par Marcel Duhamel alors qu'il était encore refusé en Amérique (1953).

Ont été adaptés à l'écran, entre autres : *Un linceul n'a pas de poches* par Jean-Pierre Mocky, *Adieu la vie, adieu l'amour...* par Gordon Douglas, *Pertes et fracas* par William Dieterbé, *Le scalpel* par Irving Rapper, *On achève bien les chevaux* par Sydney Pollack.

CHAPITRE I

I

Quand Dolan fut averti par téléphone que le directeur du journal désirait le voir dans son bureau, il sentit que ça allait barder, et tout en montant l'escalier il se dit une fois de plus que le manque de courage de la Presse était dégueulasse.

Combien il aurait préféré vivre au temps des Dana et des Greely. Dans ce temps-là, un journal était un journal qui appelait un enfant de salaud, un enfant de salaud, et se foutait du reste. Ça devait être bath alors d'être reporter dans un de ces bons vieux canards. Mais maintenant le pays était rempli de petits Hearst et de petits Mac Fadden qui ne cessaient de battre le tambour et de coller des drapeaux à toutes les pages du journal. Ils servaient du patriotisme à tant la ligne et se foutaient éperdument de tout ce qui n'était pas le tirage. (Messieurs, nous regrettons beaucoup de ne pouvoir vous prêter nos camions cet après-midi pour transporter les pots-de-vin de l'Hôtel de ville, mais nous en avons absolument besoin pour livrer notre dernière édition. Après six heures, nous serons charmés de vous les prêter. Ou bien : Oh ! oui, monsieur Delancey, nous comprenons parfaitement, monsieur Delancey. Ces deux femmes sont allées se jeter sous l'auto de votre fils. Oui, bien sûr, Monsieur, hahahaha ! Cette odeur d'alcool un peu trop persistante venait seulement du cocktail qu'on avait par mégarde *renversé* sur son costume.)

« Les sales dégonfleurs », grogna Dolan, tandis qu'il pénétrait dans le bureau de Thomas, le directeur.

— Où avez-vous pêché ce tuyau-là ? lui demanda Thomas, qui tenait entre ses doigts deux pages tapées à la machine.

— Ce papier est excellent, lui répondit Dolan. Il fera du bruit.

— Ce n'est pas ce que je vous demande. Je voudrais savoir où vous l'avez dégotté ?

— Avant-hier. A la finale. Pourquoi ?

— Cela me paraît un peu fort...

— Cela ne *paraît* pas seulement un peu fort, *c'est* un peu fort ! Quand un club de base-ball, détenteur du titre, se fait volontairement battre à la finale du championnat et dans le seul but de faire gagner du pèze à quelques combinards, vous ne trouvez pas ça un peu fort ? J'imagine que vous allez jeter ce papier au panier, comme tant d'autres ?

— Oui, mais ce n'est pas pour cette raison seulement que je vous ai convoqué. Laissons de côté le papier en question. L'administration...

— Permettez... s'exclama Dolan. Vous ne pouvez pas traiter par le mépris un fait de cette importance. Bon Dieu, c'est le club de base-ball qui a trempé dans la combine. Tous ceux qui ont assisté aux éliminatoires savaient que c'était de la frime. Ils ne se sont même pas donné la peine de faire ça proprement ! D'ailleurs, nous ne sommes pas les seuls à avoir cette histoire. Les autres journaux sont au courant. Ils vont tous le publier cet après-midi. Il faut nous couvrir.

— Oh ! je doute fort qu'ils publient ça, reprit Thomas, il est même probable que cela n'a pas l'importance que vous voulez bien lui donner.

— C'est aussi écœurant que le fameux scandale Blacksox. Le base-ball serait dans de beaux draps aujourd'hui si la personne n'avait publié cette histoire, n'est-ce pas ?

— Et Landis serait encore un petit juge d'instruction de province. Maintenant, écoutez-moi, Mike, continua Thomas, il est idiot que nous ayons à nous disputer chaque fois que l'envie vous prend de décharger votre bile sur quelqu'un. Vous connaissez l'esprit du journal...

— Oh ! évidemment, je connais l'esprit de ce journal. Je connais l'esprit de tous les journaux de la ville. Je connais l'esprit de tous les sacrés bon Dieu de journaux du pays, rien dans le ventre, pas ça de cran ni les uns, ni les autres.

— Pourquoi faites-vous tout ce que vous pouvez pour indisposer les gens ? Pourquoi vouloir toujours déterrer quelque charogne ?

— Il n'est pas question de « déterrer » quoi que ce soit. Ce papier-là, c'est de l'ACTUALITÉ ! Vous jetez toujours au panier ce qui tend à l'actualité. La semaine dernière, c'était l'histoire du fils Delancey...

— On y a mis une sourdine, uniquement parce que

ça ne rime à rien de gâcher l'existence d'un brave gosse...

— Mais, nom d'un chien, c'est *lui* qui a « gâché » deux existences. Il se saoule la gueule, flanque son auto sur le trottoir, et écrase deux pauvres femmes. Et encore, il a fallu qu'il en mette un coup pour les avoir, celles-là... Bien entendu, on passe la chose en faits divers... Et le fait que son paternel est un de nos plus gros clients de publicité n'a évidemment rien à avoir avec ça...

— Cessez donc de jouer les don Quichotte, Mike Dolan, lui répondit Thomas.

— Ah ! c'est ça qui vous gêne ? reprit Dolan, en pinçant les lèvres. Et qu'est-ce que c'était, il y a une quinzaine de jours, quand vous avez mis de côté le papier sur la réorganisation du Ku Klux Klan ?

— Le Ku Klux Klan est mort. Ce n'était pas le Klan !

— Bon, bon, les Croisés alors... ou quel que soit le foutu nom qu'ils se donnent. La rose n'est pas la seule fleur à porter des noms différents et à donner le même parfum. Il se trouve que les Croisés portent des robes, des cagoules et tiennent des réunions secrètes...

— Je me tue à vous dire que cette question des Croisés, il ne faut pas y toucher, c'est de la dynamite. Et plus tôt vous cesserez de jouer au redresseur de torts, mieux ça vaudra pour vous.

— Pour l'amour du Ciel, cessez de me traiter de redresseur de torts, répliqua Dolan avec colère. Ces gens peuvent bien faire tout ce qu'ils veulent au beau milieu de la rue, je m'en fous. Ça n'a aucune espèce d'importance. Mais ce qui *est* important, c'est de publier les nouvelles qui concernent les gros bonnets de la politique, ou les escrocs de haut vol. Enfin, nom de Dieu, quand on pense que le gouverneur de l'État lui-même est dans le bain... et que vous le savez, en plus... Qu'est-ce que vous avez fait du papier que je vous avais apporté l'an passé, et qu'un parlementaire saoul m'avait donné — avec un témoignage écrit par-dessus le marché ? Vous l'avez jeté au panier. Très bien, pour l'instant je m'en fous, n'en parlons plus ! Mais vous avez en main un papier sur un club sportif qui se vend, je vous demande de le publier, en réponse vous me rappelez les mille et une prises de bec que nous avons eues au sujet de mes articles et vous concluez en déclarant que je suis un redresseur de torts. Que faites-vous des centaines de gosses qui sont toute la journée fourrés au stade et qui sont en adoration devant ces margoulins du base-ball... qui les idolâtrent littéralement ?

— Pur donquichottisme, répliqua Thomas. Asseyez-vous, et calmez-vous un peu.

— Bon Dieu, jamais je n'arriverai à me calmer. Ce n'est pas un journal que vous dirigez, c'est un catalogue de publicité !

— Fort bien, répondit Thomas avec humeur. Je vous ai laissé jeter feu et flammes, parce que je pensais que vous m'auriez décidé à vous donner une chance ; jusqu'à présent, j'espérais qu'on pourrait faire quelque chose de vous. J'ai supporté votre agressivité et vos écarts de langage parce que je croyais que tôt ou tard vous mettriez de l'eau dans votre vin. J'ai lutté plus que vous ne pouvez l'imaginer pour empêcher l'administration de vous saquer. Plus de dix fois on m'a bien demandé de vous renvoyer. Vous ne le croyez pas, hein ? Eh bien ! jetez un coup d'œil là-dessus, dit-il en prenant un papier dans l'un de ses classeurs. Lisez...

La Gazette Quotidienne
Note de service strictement personnelle

A M. Thomas.
de la part de M. Womack.
Date : 10 mars
Objet : Mike Dolan.

M. Luddy, qui prospecte les grands magasins, est allé voir hier la maison d'Articles de Sports O'Hearn, pour renouvellement de contrat. Comme vous le savez, cette maison est un de nos meilleurs clients. M. O'Hearn a carrément refusé de signer ce nouveau contrat, parce que Dolan doit à la maison cent cinquante dollars cinquante, pour fourniture de balles de golf, de raquettes de tennis, de clubs de golf, etc. Il trouve, et fort justement, que s'il fait des affaires avec notre journal, nos employés devraient au moins lui payer ce qu'ils lui doivent. Je désire vous parler à ce sujet.

« Je reçois constamment des notes de l'administration, au sujet de factures que vous devez à nos annonceurs, expliqua Thomas.

— Voilà qui ne manque pas d'ironie, répondit Dolan, en remettant la note dans le classeur. Le directeur commercial me demande de payer mes dettes... Mais il n'a pas pensé une seconde que son journal aussi avait des dettes. Des dettes envers le public...

— Je ne vais pas revenir là-dessus, dit Thomas d'un ton soudain péremptoire. Je crains fort que nous ne voyions pas du tout les choses de la même manière. Il se pourrait fort bien, d'ailleurs, que je vous rende service en vous saquant...

— Vous ne pouvez pas me « saquer », répliqua Dolan, je ne travaille plus ici...

Il était en train de vider son bureau lorsque la porte s'ouvrit, livrant passage à Eddie Bishop. Bishop était reporter judiciaire, depuis quinze ans sur la brèche. Il ressemblait à Pat O'Brien, c'est-à-dire qu'il ressemblait à un Pat O'Brien qui eût vraiment été journaliste. Une jeune fille l'accompagnait.

— Qu'est-ce que c'est, qu'est-ce que c'est ? fit Bishop. J'ai entendu dire que tu plaquais la boîte.

— En effet, répondit Dolan, en regardant la jeune fille qui se tenait debout près de lui (Le bureau était si petit que trois personnes le remplissaient largement), et songeant qu'elle avait les lèvres extraordinairement rouges, les lèvres les plus rouges qu'il eût jamais vues.

— Je te présente Myra Barnowsky, dit Bishop. Faut absolument que vous connaissiez Mike, dit-il avec un clin d'œil plein de sous-entendus.

— Je vous ai déjà vu jouer dans des pièces du *Little Theatre*, déclara Myra en lui tendant la main. Vous n'étiez pas mal.

— Merci, répondit poliment Dolan.

En lui serrant la main, il eut un frisson et un frémissement nerveux secoua ses épaules. Un sentiment de gêne l'envahit, mais la jeune fille n'avait apparemment rien remarqué.

— Pourquoi vous êtes-vous engueulés ? lui demanda Bishop.

— Oh ! toujours la même chose. Encore un papier qu'il ne voulait pas passer.

— Eh ben, je t'envie d'avoir eu le cran de tout plaquer, dit Bishop. Tu ne peux pas savoir comme je t'envie, bon Dieu. Si y avait pas la femme et les gosses, il y a longtemps que je lui aurais dit ce qu'il pouvait en faire de son torchon...

— Ne vous gênez pas pour nous, dit Myra à Dolan. Allez-y.

— J'ai presque fini, répondit Dolan, je rangeais seulement quelques bricoles.

— Que vas-tu faire maintenant ? s'enquit Bishop.

— Je ne sais pas. D'abord, je cherche à savoir si je suis content ou furieux de ce qui est arrivé.

— Attention, dit Myra en braquant directement de sa bouche aux lèvres si rouges, un doigt menaçant vers lui, ce n'est pas le moment de faiblir.

— Tu es content, s'exclama Bishop. Crois-moi, tu en es très content. Au moins, tu as retrouvé ta dignité.

— Ce qu'il en reste, fit Dolan avec un faible sourire.

Il aimait bien Bishop. Il l'avait toujours estimé. Bishop était son ami. Bishop était le genre d'amis à qui l'on pouvait demander comment se prononcent certains noms difficiles, tels que Goethe ou Beethoven, en étant certain qu'il ne rirait pas derrière votre dos. Il regretta soudain que Bishop ne fût pas venu seul, sans cette Myra Barnowsky. (Il se demanda qui elle était, d'où elle sortait, et pourquoi elle lui avait produit une impression si étrange.) Sans elle il aurait pu s'asseoir près de son camarade et lui avouer que son sourire et son indifférence étaient forcés ; qu'en réalité il se sentait pris de panique et complètement perdu, et que, parce que c'était là le seul métier qu'il connût, il valait peut-être mieux qu'il aille trouver Thomas pour s'excuser, et lui promettre de se conduire à l'avenir en bon petit garçon bien sage, et de tenir sa langue. Mais Bishop n'était pas venu seul, il avait amené Myra Barnowsky...

— Oui, reprit-il, ce qu'il en reste...

— Ça se tassera. N'oublie pas que nous déjeunons ensemble, lui répondit Bishop en se dirigeant vers la porte.

— Je ne crois pas qu'il soit prudent de le laisser seul, dit Myra. Il est sur le point de retourner voir son patron pour lui faire des excuses et le supplier de le reprendre. Pour plus de sûreté, emmenons-le avec nous...

Dolan se retourna et la regarda avec stupéfaction.

— Ne soyez pas surpris, dit Myra. Ce n'était vraiment pas difficile à deviner. C'est écrit sur votre visage. C'est curieux, l'enchaînement des faits, dit-elle à Bishop. Si je m'étais levée une minute plus tard ce matin, si j'étais restée une minute de plus au « Johnny[1] », si j'avais raté ce tramway déterminé, si je m'étais arrêtée pour boire ma tasse de café quotidienne — et pourquoi ne l'ai-je pas fait ? C'est bizarre, car cela fait des années que je n'ai pas manqué une seule fois mon café du matin — si j'avais pris une seconde de plus pour faire n'importe laquelle de ces choses, si je m'étais effectivement arrêtée pour boire

1. « Johnny » : Cabinets.

mon café, je ne vous aurais pas vu. Et si je n'avais pas été là, Dolan serait allé sans aucun doute supplier qu'on lui rende sa place. On la lui aurait rendue, cela ne fait pas de doute. Mais maintenant, il ne le fera pas. Il en a fini avec tout cela. Vous ne trouvez pas cela bizarre ? demanda-t-elle à Dolan.

— Ma foi oui..., répondit Dolan en frissonnant à nouveau.

Il la fixait déjà avec ce regard de l'homme qui sait que la femme qu'il regarde sera à lui s'il veut s'en donner la peine, et, qu'étendue nue sur un lit, son corps sera beau et appellera l'amour. Mais il savait aussi, ou plutôt, il devinait (Ce qui revient au même en matière de philosophie sensorielle.), que l'acte en lui-même ne lui procurerait pas plus de satisfaction que s'il prenait comme maîtresse un magnifique cadavre.

Il comprenait maintenant que c'était cela qui l'avait profondément saisi, et il savait aussi pourquoi il avait frissonné lorsqu'il avait touché sa main. Il comprit soudain ce que cette jeune fille avait essayé d'exprimer, lorsqu'elle avait confusément évoqué la suite de circonstances qui l'avait conduite là. Elle s'était troublée aussi, et l'avait mal exprimé, mais en une fraction de seconde il venait de tout saisir. Ils avaient tous deux ressenti la même secousse. Et si elle *s'était* arrêtée pour prendre cette tasse de café...

— Je suis prêt, dit-il, en ramassant ses affaires et en se dirigeant vers la porte.

Myra Barnowsky l'arrêta au passage :

— Jetez un dernier coup d'œil, lui dit-elle, vous ne remettrez plus les pieds ici...

II

Ils déjeunèrent tous trois au *Rathskellar*, et plus tard, dans l'après-midi, Dolan alla voir George Lawrence à la Keystone Publishing Company. C'était la maison qui imprimait les catalogues du commerce, des assurances, des quincailliers, des marchands d'outils et des compagnies d'automobiles...

— Voilà pourquoi je voulais vous voir, monsieur Lawrence, dit Dolan ; vous avez là un grand atelier d'imprimerie, et moi je possède ce que je crois être une idée de génie. Je veux lancer une revue.

— Et le journalisme, qu'est-ce que vous en faites ?

— Rien, j'ai laissé tomber. Je n'arrivais à rien.

— Quel genre de revue voulez-vous éditer ?

— Oh ! quelque chose comme le *New-Yorker*. Un peu moins intellectuel. Tout ça n'est pas encore très clair, dans ma tête, mais j'y ferais une large part aux chroniques mondaines et aux distractions. Avec de temps en temps, un article de fond qui dirait la vérité.

— La vérité sur quoi ?

— Oh ! sur tout ce qui pourrait se présenter... La politique, le sport. Une sorte de coup d'œil franc sur les événements du jour et les hommes.

— Cela serait plutôt du domaine d'un quotidien, non ?

— Théoriquement, oui. Mais aucun ne le fait. Ils ont peur. Seulement ils appellent ça de la diplomatie.

— Le mot n'est pas mauvais, dit Lawrence. A combien voulez-vous tirer ? Et sur quel papier ?

— Permettez, fit Dolan, de toute évidence vous ne

m'avez pas compris. Il ne s'agit pas que je vous paye pour que vous sortiez cette revue. Je voudrais que vous la publiiez en me laissant le soin de la rédiger.

— Je n'avais en effet pas compris, dit Lawrence, en fronçant les sourcils. Je ne veux pas prendre la responsabilité de publier une telle revue. C'est trop de casse-tête.

— Vous n'auriez aucune responsabilité, ajouta Dolan, je me chargerais de tout.

— Mais c'est moi qui paierais, n'est-ce pas ? Alors, comment appelez-vous cela ?

— Vous fourniriez le papier, et vous l'imprimeriez, mais je m'occuperais de tout le reste. Distribution, publicité, rédaction...

— Je regrette, Dolan, mais cela ne m'intéresse pas.

— Enfin, monsieur Lawrence, vous êtes le seul dans toute la ville à posséder le matériel nécessaire pour faire un travail de ce genre. Cela ne vous reviendrait pas cher — vous avez le papier et les machines — et une revue comme celle-là ferait un argent fou. A part ça, il y a aussi ce petit détail, le fait que quatre cent mille habitants de notre ville connaîtraient enfin la vérité, mais laissons ça pour l'instant. Vous êtes un homme d'affaires, c'est une affaire que je vous propose. Si vous marchez, je vous garantis un tirage de deux mille pour le premier numéro. Ce n'est pas si mal, n'est-ce pas ?

— C'est énorme, admit Lawrence.

— Et je vous fous mon billet qu'on tirera à beaucoup plus que ça, continua Dolan. Je vais allumer un de ces pétards qui fera sauter le couvercle de ce patelin. Vous pouvez être tranquille que les gens la liront.

— Vous ne croyez pas que vous avez les yeux plus grands que le ventre ? répondit Lawrence.

— Vaut mieux ça qu'être aveugle, répliqua sombrement Dolan.

— Vous allez vous faire un tas d'ennemis puissants.

— D'accord, mais, écoutez, monsieur Lawrence, vous rendez-vous compte qu'une revue comme celle-là serait probablement conservée comme pièce de musée ? Songez donc qu'il n'y a pas dans tout le pays un seul foutu journal ou périodique qui joue franc jeu avec ses lecteurs ! Ils sont tous tenus par des contrats de publicité et par leurs relations politiques, mais bon Dieu, rendez-vous compte que c'est là une occasion unique, comme il ne s'en présentera peut-être jamais plus dans votre vie ! Évidemment, nous nous ferons des ennemis. Nous nous ferons des ennemis de tous les escrocs et tous les gangsters. Mais les gens bien seront avec nous.

— Les gens bien ne sont pas au pouvoir, répliqua Lawrence.

— On les y mettra, sacré bon Dieu ! se hâta de déclarer Dolan, que la mine un peu effarée de Lawrence avait mis sur ses gardes, ne croyez pas que j'aie l'intention de consacrer toute la revue à mettre la ville à feu et à sang. Dans l'ensemble, ce sera surtout une revue chic, faite pour plaire à la clientèle mondaine de Weston Park. Mais, de temps à autre, nous nous offrirons le luxe de relever nos manches et d'aller vraiment au fond des choses.

— Dolan, votre idée m'est tout à fait sympathique.

Mais je ne peux pas me permettre d'y donner suite. Je n'ai tout bonnement pas les moyens de courir ce risque.

— A combien, croyez-vous, que le premier numéro puisse revenir ?

— Mon Dieu, je n'en ai pas la moindre idée !

— En gros, à combien ?

— Quel format, voyez-vous ?

— Celui du *New-Yorker*. Vingt-quatre pages environ.

— Voyons voir, dit Lawrence, fronçant les sourcils et calculant mentalement, dans les quinze cents dollars pour deux mille exemplaires.

— Bon, eh bien, admettons que je puisse mettre la main sur quinze cents dollars, que je paie le premier tirage, et que ça gaze... Est-ce que cela vous convaincrait ?

— Peut-être...

— Si cette première édition marchait, ça pourrait vous décider ?

— Peut-être...

— Alors, à bientôt, jeta Dolan en sortant.

III

Ce soir-là, entre deux scènes de la répétition du *Météore*, il coinça Johnny London dans sa loge. Il n'y avait guère que deux générations entre Johnny London et le clan des London qui avais jadis habité la petite colonie aux huttes faites de troncs d'arbres, laquelle, petit à petit, s'était transformée en cette immense métropole qu'était Colton ; à présent, le building de vingt étapes des London s'élevait à l'endroit exact où s'était élevée, jadis, la hutte du grand-père.

— Oh ! bon Dieu... qu'est-ce que c'est que quinze cents dollars pour toi, Johnny ? poursuivit Dolan. T'es pourri de fric.

— T'es sonné, répliqua Johnny. Complètement sonné. Je suis bougrement près d'être à sec.

— Cela me gêne beaucoup de revenir te taper encore une fois, mais quinze cents dollars pour toi c'est une goutte d'eau dans la mer — et pour moi, c'est toute ma vie qui est en jeu.

— Et que vas-tu faire avec tout cet argent ? Pourquoi en as-tu besoin ?

— Je veux lancer une revue. Si tu me prêtes la somme, je te signe un papier comme quoi je t'intéresse pour la moitié...

— Hum ! Hum ! je vois d'ici le genre de revue que ça sera. Et ton journal ?

— J'ai tout plaqué, répondit Dolan. Tout plaqué depuis ce matin.

— Sans blague ! dit Johnny. Tu as eu tort, Mike. Tu étais en passe de devenir célèbre. Tout le monde en ville lisait ta rubrique. Tiens, voilà ton petit copain David, ajouta-t-il en baissant la voix.

— Allons, un peu de bonne volonté, les amis..., s'exclama David en faisant irruption dans la loge. Le dernier acte va commencer ; vous devriez être là-bas avec les autres à attendre votre réplique.

— Nous sommes venus ici, à l'écart, parce que nous avions à parler affaires, répliqua Dolan.

— Eh bien, maintenant que vous avez tout à fait fini, voulez-vous regagner la scène ?

— Mais nous n'avons pas tout à fait fini, répliqua Dolan.

— On vient, on vient, fit Johnny.

— Vous êtes infiniment aimables ! dit David en sortant précipitamment.

Dolan grommela :

— Il oublie que nous sommes un « théâtre d'amateurs ». Il oublie que nous ne sommes pas rétribués.

— Ne t'en fais donc pas. Il est toujours comme ça, c'est dans sa nature.

— Qu'il soit tante, je m'en fous. C'est cette sacrée arrogance qu'il a qui me met en boule.

— Oh ! ce n'est pas voulu. En fait, il t'admire beaucoup. Mais dis donc, tu ferais tout de même bien d'y aller. Tu es notre grande vedette, et tu es censé donner l'exemple à tous ces amateurs.

— Mais le pognon ? Tu me le prêtes ou non ?

— Je te verrai après la répétition.

— C'est terriblement important pour moi, Johnny.

— DOLAN ! glapit une voix.

— Ça, c'est le Major, fit Johnny. Amène-toi...

— Pourrais-je vous parler un instant, Dolan ? dit le Major en l'interpellant du parterre.

— Certainement, répondit Dolan en sautant par-dessus la rampe pour aller retrouver le metteur en scène qui était assis aux côtés de deux autres acteurs.

— Vous rendez-vous compte que nous n'avons plus que six jours de répétition ? lui demanda le Major.

— Je le sais, répondit Dolan.

— Il y a énormément à faire. Je voudrais bien que vous preniez cela en considération.

— Je ferai...

— C'est pour vous que je monte cette pièce. Depuis deux saisons, vous me suppliez de donner *Le Météore*, alors, j'estime que le moins que vous puissiez faire est d'être là pour le lever du rideau, et pour vos entrées en scène. C'est la plus élémentaire des politesses.

— Je parlais une seconde à Johnny London.

— Ça n'excuse pas votre impolitesse.

— Je n'ai pas cherché à être impoli. J'ai un tas de choses en tête...

— C'est bon, remontez en scène et tâchez de garder une place pour votre rôle, dans votre tête. Allons-y ! cria le Major aux acteurs sur le plateau : le dernier acte...

La répétition se termina un peu avant minuit.

— Oh ! ce n'était pas brillant, mais ce n'était pas catastrophique non plus, décréta le Major. Vous pouvez mieux faire ; je vous en prie, apprenez votre texte. Vous surtout, Avril. Demain soir à sept heures et demie. Bonsoir tout le monde.

— Toi, surtout, Avril, lui dit Dolan, tandis que les artistes se dispersaient de côté et d'autre.

— Tu ne cassais rien non plus, lui répondit Avril, je dois dire que tu as une bonne scène. Il te reste cette grande scène-là, c'est vrai. Tu es sublime dedans.

— Sublime est le mot, convint Dolan. Je fais un magnifique cadavre... Mais je t'en supplie, arrange-toi pour pleurer sur ma poitrine, plutôt que sur mon visage, pendant ta grande tirade. Je t'ai déjà dit que je n'aimais pas le goût de tes larmes.

— Je tâcherai de m'en souvenir, Mike, repartit gaiement Avril.

— Tu ferais joliment bien de t'en souvenir le soir de

la première, sinon je sabote ton monologue. Je ne blague pas, ajouta-t-il. Est-ce que je te reconduis, ce soir ? Je veux dire est-ce que je te crache au bout de l'allée qui mène chez toi, dans un coin où ton père ne puisse pas me voir ?

— Tu m'as bien amenée...

— Je t'ai rencontrée à la confiserie. Et de toute façon, je ne savais pas si ton aristocrate de fiancé avait l'intention de passer te prendre. Ou bien s'il était retenu tard par son Conseil d'administration ?

— Bon sang, fit Dolan en riant, il s'y prend tôt. Rien de tel que de les dresser tout de suite.

— Où est-ce qu'on va ce soir ? dit Johnny London en s'approchant.

— A la maison, répliqua Dolan, Avril a la migraine.

— Moi ? demanda innocemment Avril.

— Tu n'as pas la migraine ? lui demanda Dolan, tout en clignant de l'œil derrière le dos de Johnny.

— Si...

— Comme c'est ennuyeux, lui dit Johnny. Et justement il faut que ça tombe le seul soir où tu sois libre.

— Tu veux attendre un instant ? demanda Dolan à Avril. Je voudrais dire un mot à Johnny.

— Je t'en prie...

— Johnny, dit Dolan, en retournant avec lui dans les coulisses, et cet emprunt ?

— Voilà ton petit ami, fit Johnny.

— ... Excusez-moi, dit David. Pourrais-je vous parler un instant, Mike ?

— Il est tout à vous, jeta Johnny en s'éloignant.

— Euh ! Mike, j'ai cru comprendre que vous désiriez emprunter quelque argent, commença David. Quinze cents dollars, si j'ai bien compris.

— Eh ! fit Dolan très surpris. Johnny en a fait une émission à la radio, c'est pas possible !

— Il n'a fait que m'en parler en passant, répliqua David. En avez-vous toujours besoin ?

— Oui, mais...

— Alors, ne vous tracassez plus. Je vous les remettrai demain matin.

— Eh bien... euh... merci, David. En vérité, ça me gêne un peu...

— Comment cela ?

— C'est que... vous et moi, nous ne sommes pas... très copains, n'est-ce pas ?

— Ça ne tient qu'à vous, dit David. Je ne suis pas un mauvais bougre, en dépit de ce que certains pensent de moi.

— Non, c'est vrai, répondit Dolan. Vous savez ce que je veux faire de cet argent ?

— Johnny me l'a dit.

— Je vous mets dans le coup pour la moitié de ce que je toucherai...

— Non, c'est inutile.

— Mais... si, j'y tiens. Je voudrais que nous signions un contrat ou quelque chose comme cela. Naturellement, la revue peut marcher, mais il y a toujours une possibilité qu'elle échoue.

— Je tiens à prendre ma part des risques, reprit David. Passez au théâtre dans la matinée, je vous donnerai un chèque. Peut-être préféreriez-vous des espèces ?

— Comme vous voudrez, répondit Dolan, toujours

très surpris. Écoutez, vous ne pouvez pas savoir à quel point je désire cet argent. Mais j'estime que je dois honnêtement vous prévenir que ma réputation n'est pas très...

— Je crois que je la connais, répondit David en souriant. Vous devez de l'argent à tout le monde. Vous ne tireriez pas dix dollars de tous vos amis réunis. Pas un magasin de la ville ne vous ferait dix jours de crédit. Et autre chose : Johnny ne m'a pas demandé de vous prêter l'argent. Il m'a simplement dit que vous le lui aviez demandé. Il trouvait très drôle que vous ayez pu le croire assez poire pour vous avancer cette somme.

— Et comment savez-vous tant de choses à mon sujet ? lui demanda Dolan.

— Tout le monde le sait. C'est cela qui vous fait du tort pour vos aventures sentimentales parmi le gratin de Weston Park. Les pères de ces belles et riches héritières leur ont expressément défendu de sortir avec vous. Le saviez-vous ?

— Je savais que deux ou trois avaient...

— Vous êtes à la fois célèbre et très mal coté. Vous êtes « l'enfant terrible ». Vous avez la manie de vous mettre dans de sales draps. Vous êtes perpétuellement en état de rébellion, et cela parce que vous êtes ambitieux, parce que vous essayez toujours de sortir de votre propre milieu.

— Eh, permettez... interrompit Dolan, complètement abasourdi.

— C'est la vérité, continua calmement David. Mais grâce à votre personnalité, vous avez trouvé le moyen de vous glisser partout. Vous avez du brio. Vous êtes séduisant. Vous avez la stature d'un dieu grec. Répondez à ma question : Qu'est-ce qui vous a poussé à fréquenter ce théâtre ?

— Je ne sais pas.

— Je vais vous le dire. Parce que vous pouviez en retirer des avantages. Instinctivement vous l'avez senti.

— Mike ! appela Avril.

— J'arrive ! répondit Dolan. Écoutez, David, j'apprécie beaucoup tout ce que vous m'avez dit...

— Vous l'appréciez, mais vous vous en fichez éperdument, reprit David en souriant. Allez rejoindre Avril. Et passez demain matin au théâtre, je vous donnerai le chèque.

— Merci, dit Dolan en lui tendant la main. Merci mille fois...

— Je serai là à partir de dix heures...

— Merci, reprit Dolan. Merci mille fois...

— J'ai l'impression d'être un goujat en acceptant cet argent, dit Dolan à Avril tandis qu'il la conduisait vers Weston Park.

— Je ne vois pas pourquoi. Ce n'est qu'un prêt.

— Peut-être, mais c'est l'effet que ça me fait. Je n'ai jamais pu le piffer. Ça me gêne de me sentir son obligé.

— Parce qu'il est bizarre ? Le pauvre diable, il n'y peut rien.

— Oh ! ce n'est pas cela non plus. Je ne sais pas. C'est peut-être le coup que ça m'a donné quand il me l'a proposé. Il est bien la dernière personne au monde à qui j'aurais demandé quoi que ce soit.

— Il paraît qu'il est très facile. Sa famille est

originaire de l'état de Rhode Island. Pourquoi ne me l'as-tu pas demandé, cet argent ?

— Je t'en dois déjà pas mal.

— Et je suis probablement le seul de tes créanciers qui passe à la caisse, en plus, dit-elle en riant.

— J'en ai peur, dit-il en riant lui aussi. Si tu ne m'avais pas prêté de l'argent pour payer ma traite, la compagnie m'aurait déjà repris ma bagnole. Qu'est-ce que tu dirais d'un steak haché ? demanda-t-il en montrant de la tête, le *Hot-Spot*, bicoque-restaurant-sur le pouce et rendez-vous à la fois nocturne et matinal du clan jeune de Colton.

— D'ac..., répondit Avril.

— ... Complet ? demanda Dolan en arrêtant le moteur. Avec tout dessus ?

— Tout... à moins que...

— Complet ? interrogea la serveuse.

— Pas question, répondit en riant Dolan. Sans oignons, les deux.

— Au fond, dit Avril lorsque la serveuse se fut retirée, je me demande parfois pourquoi je ne t'ai pas épousé.

— Dieu sait pourtant que j'ai tout fait pour ça, dit Dolan, mais ton paternel avait d'autres projets. Je croyais qu'il allait avoir une attaque d'apoplexie, le jour où il est venu au bureau me dire ce qu'il pensait de moi. C'est lui qui t'a choisi Menefee ?

— Tu n'es pas très chic, avoue-le... répliqua Avril. Roy est très séduisant...

— Et il a une bonne situation, et il est d'une

famille très huppée, et il préside *l'Astor Club*, qui est non moins huppé. Et de plus c'est un ancien élève de Yale. Je sais tout cela. Mais qui l'a choisi ?

— J'ai fait sa connaissance, lorsque je faisais mes études à New York.

— Heu !... tout à fait entre nous, est-ce qu'il me vaut ?

— Que veux-tu dire ?

— Allons, ne joue pas les bégueules, fit Dolan. Tu le sais bien.

— Mike, tu es un immonde cochon, dit Avril. Tout à fait entre nous, non.

— Voilà qui est encourageant, fit Dolan. Eh bien ! Dans quinze jours tu seras mariée. Et Menefee tiendra dans ses bras ton corps adorable, et moi, je serai chez moi en train de le traiter de salaud, d'enfant de garce et de tout ce que tu voudras...

— Là, tu joues la comédie.

— Tu parles ! Je suis sincère. Dans un sens, je regrette que ça n'ait pas pu coller entre nous, cette histoire. Je ne peux pas dire que je t'aime, Avril, mais, bon sang, je te trouve épatante. Dommage que je ne sorte pas de la cuisse de Jupiter.

— Oh ! assez, Mike. Ça n'a aucun rapport.

— Ah, tu crois ? je ne suis qu'un va-de-la-gueule. Mon paternel est employé dans une épicerie. Cette prétention de jeter les yeux sur la richissime Avril Coughlin ! Tu sais que, quand ton vieux est venu me sortir ce genre de salades, il s'en est fallu d'un poil que je lui colle une châtaigne.

— Oh, tu joues encore... Je ne t'aime pas, quand tu es comme ça. Tiens, Jess et Lita !

— Où ça ?

— A côté de nous. Hello ! s'écria Avril.

— Oh, quelle surprise, ma chère Greta, fit Lita en plaisantant. Tiens, ce cher John, dit-elle en sortant de la voiture, suivie de Jess. Vous connaissez Miss Garbo et Mr. Barrymore, n'est-ce pas, monsieur Allen ?

— Hello ! répondit Jess.

— Hello, p'tite tête, répliqua Dolan.

— Ça répète toujours ? s'enquit Lita.

— Toujours, répondit Avril.

— Si vous voyiez pleurer Avril, dit Dolan.

— Eh ! Mike, appela Jess en lui faisant signe de sortir de l'auto. Mike, dit-il brièvement à voix basse, la réunion a eu lieu, ce soir.

— Ce soir ? s'exclama Dolan surpris. Je croyais que c'était pour demain soir.

— Non, c'était ce soir, articula lentement Jess.

— Eh bien, quand je te vois secouer la tête comme ça, inutile de te demander ce qui en est sorti. Haut les cœurs, mon vieux Jess, lui dit Dolan avec une nuance d'ironie. Faut pas te déballer comme ça !

— Je suis désolé, Mike.

— Ça va. Ce n'est pas la première fois que je me fais blackbouler. Ainsi, dit Dolan, presque pour lui-même, le distingué *Club Astor* ne veut pas entendre parler de moi !

— Je tiens à te dire, mon vieux Mike, que je t'ai appuyé tant que j'ai pu. Mais il suffit d'un seul vote défavorable...

— Ça ne fait rien, Jess. C'est moi qui suis un parfait idiot d'avoir fait une demande d'admission.

— Jess, appela Lita en sortant la tête par la portière. Tu veux venir commander ?

— De toute façon je te remercie, Jess, ajouta Dolan.

— Avril m'apprend que vous avez plaqué le journal, dit Lita à Dolan, tandis qu'il se glissait à nouveau au volant.

— Ouais.

— Est-ce que cela signifie que vous ne ferez plus les reportages sur les matches de lutte, à la radio ? demanda Lita.

— Évidemment.

— Quel dommage, moi qui restais toujours à la maison rien que pour vous écouter.

— Excusez-moi, dit la serveuse en passant devant Lita avec une assiette de sandwiches.

— Qu'est-ce que ça peut bien te fiche d'être ou non admis à ce lamentable club de guignols ? demanda Avril, tandis qu'ils roulaient sous l'arche de pierre de Weston Park, l'entrée de la Terre Promise. La plupart des types qui en font partie sont des snobs qui tablent surtout sur l'importance de leur paternel.

— Je sais cela, répliqua Dolan. Mais tout de même...

— N'y pense plus, dit Avril en lui prenant la main et en la plaçant entre ses genoux. N'y pense plus, dit-elle à mi-voix en lui serrant la main entre ses genoux.

— C'est bon, lui répondit Dolan, tout heureux, en lui serrant la cuisse dans ses doigts. Oh, je suis bien. Je ne sais pas ce que je vais devenir lorsque tu seras mariée.

— Tu oublies, dit Avril, en découvrant ses dents, que je suis une nymphomane...

Ils étaient étendus ensemble sur la berge d'un petit ruisseau, sur un vieux tartan que Dolan emportait toujours dans sa voiture. Ils étaient nus, et gisaient là, tranquillement allongés, écoutant le léger bruit de succion de l'eau, le ronflement sourd qui émanait de la ville, distante de sept ou huit milles, silencieux, regardant les étoiles, tout là-haut.

— Mike...

— Quoi ?

— A quoi penses-tu ?

— A rien...

— Tu devais certainement penser à quelque chose...

— Tu me promets de ne pas rire ?

— Non.

— Je pensais à Ezra Pound.

— Qui est-ce ?

— Un poète. C'est un poète qui écoute le bruissement de l'eau, puis qui essaye de transformer les sons en mots.

— Ah...

Ils redevinrent silencieux. Avril avança la tête et lui embrassa la poitrine, avec un petit bruit heureux au fond de la gorge.

— Mike...

— Oui ?

— Tu m'aimes ?

— Je ne sais pas. Tu me plais, ça, je le sais.

— Mais, quand nous faisons l'amour, tu m'aimes ?

— Oui...

— Nous n'aurons plus beaucoup d'occasions comme celle-ci.

— Je le sais...

— Qu'est-ce qu'il va nous arriver...

— Il ne nous arrivera rien...

— Je veux dire dans l'avenir. Je veux dire dans les années à venir.

— Eh bien, tu vas épouser ce gentil garçon qui sort d'Harward, vous vous installerez bourgeoisement et vous aurez beaucoup d'enfants. Puis, à peu près vers l'époque où vous aurez élevé deux superbes garçons ce sera la guerre, et vos deux superbes garçons seront anéantis par les bombes ou les gaz asphyxiants, ou Dieu sait quoi. Quant à moi, je serai allongé comme maintenant sur un champ de bataille à l'autre bout du monde, avec cette différence que j'aurai un éclat d'obus dans le ventre et que les vautours se régaleront de ma viande.

— Tu ne penses pas vraiment cela ?

— Absolument. Nous faisons tout pour que ça arrive. Un tas d'enfants de salauds de crétins sont en train de nous précipiter la tête la première dans ce genre d'entreprise. Mussolini a commencé, puis Hitler a continué.

— Je ne crois pas que notre pays fasse la guerre. Les gens sont contre...

— Oui, jusqu'à ce que nous l'ayons déclarée. A ce moment-là, ils partiraient tous. Quand on commence à jouer l'hymne national et à agiter les drapeaux, tout le monde entre en transes.

Elle se rapprocha de lui et lui saisit la main. Elle porta sa tête tout contre lui, de façon qu'il pût sentir le parfum émanant de ses cheveux. Il se souleva sur son coude, et la regarda. Elle formait une belle courbe blanche sur la vieille couverture rouge et bleue. Elle gémit doucement; elle le désirait à nouveau. Il se pencha et la prit dans ses bras.

— Mike, dit-elle entre ses dents, s'il faut absolument que tu ailles à la guere, il y a une chose qui, en tout cas, ne doit pas t'arriver. Oh, grand Dieu, tout, mais pas cela...

IV

A dix heures le lendemain matin, Dolan assis là-haut dans la salle de réception du théâtre d'amateurs de Colton, attendait David. Il feuilletait les revues, tournant nerveusement les pages, sans que son esprit en enregistrât une seule ligne, tant l'histoire des quinze cents dollars le préoccupait.

— Tiens, tiens! dit le Major en sortant de son bureau. En voilà une surprise. Est-ce que vous ne vous sentez pas bien, Dolan?

— Je me sens parfaitement d'aplomb, dit Dolan. Pourquoi?

— Oh! pour rien. Seulement, il y avait fort longtemps qu'on ne vous avait vu si tôt le matin.

— Il n'y en a plus un seul qui mette les pieds ici, de notre bonne vieille équipe, dit Dolan en reposant la revue. Et vous savez pourquoi.

— C'est donc ça qui vous travaille. C'est ça que vous ne pouvez pas digérer.

— Personne ne peut le digérer. Tout est trop bien

agencé ici. Regardez-moi cette pièce. Et ce tapis. Dieu de Dieu, ça vous a des allures de palace, cette maison. Cela n'a plus rien de commun avec notre vieille grange.

— Oui, c'est le plus beau des théâtres d'amateurs du pays, répliqua le Major non sans quelque orgueil.

— C'est exactement ce que j'ai voulu dire, répondit Dolan. C'est le plus beau — c'est bien là ce que je lui reproche. Ce n'est plus un théâtre d'amateurs, un théâtre d'avant-garde, non, c'est tout ce qu'il y a de plus professionnel, maintenant.

— Non pas professionnel, semi-professionnel seulement.

— C'est pareil, bon Dieu. Je vais vous dire, Major, avoir gagné ce concours de New York était ce qui pouvait nous arriver de pire.

— Pourquoi ? Pourquoi dites-vous des choses comme cela ? Vous devriez avoir honte. Vous étiez l'un des premiers organisateurs du *Petit Théâtre* à Colton.

— C'est pourquoi je n'éprouve aucune honte à le dire. Au début nous jouions dans une grange, pas vrai ? Une misérable petite grange avec des bancs de bois en guise de fauteuils, et pas de loges pour s'habiller. Nous avons joué Dostoïevski et Ibsen, et des pièces écrites par des garçons de ferme des alentours...

— Ces pièces-là étaient fort mauvaises...

— Et après ? Au moins on donnait à ces gens-là une possibilité d'être joués, bon Dieu ! Nous encouragions les écrivains. Qui vous dit que nous n'aurions pas pu dénicher quelque nouvel O'Neil ou Bernard Shaw ? Nous n'avions pas de frais généraux , nous pouvions utiliser les gens du pays dans la distribution, avoir des types nature. Il aurait pu se trouver une nouvelle Sarah Bernhardt, ou une Duse, ou un nouvel Irving, parmi eux.

— Mais maintenant encore, nous prenons des débutants.

— Quelques-uns — mais ce n'est plus ça. Il faut que nous ayons des acteurs expérimentés, et des pièces à succès, parce que nous avons un budget à boucler, des échéances. Aider les talents inconnus à percer ! Cette bonne blague. Qu'est-ce que nous faisons pour eux, en réalité ? Rien.

— Je suis très étonné de vous entendre parler ainsi Dolan. Je croyais que vous, plus que tout autre, étiez reconnaissant à la Chambre de Commerce de ce qu'elle avait fait.

— Reconnaissant ? s'exclama Dolan en se levant et en marchant nerveusement de long en large. Je ne suis pas le moins du monde reconnaissant. Je les déteste et je les méprise, tous ces salauds-là. Quand nous jouions dans notre vieille grange, j'allais les relancer sans arrêt pour avoir un peu d'argent. Mais ils ne voulaient rien savoir. Ils me prenaient pour un fou. Vous vous souvenez de ce que j'ai dû faire quand il nous a fallu trouver l'argent nécessaire pour aller à ce concours de New York ?

— Je sais, mais...

— Et comment que vous le savez, bon Dieu ! J'ai fait le mendiant dans toute la ville, depuis Weston Park jusqu'à la rivière, récoltant quelques sous par-ci, quelques billets par-là. Et nous avons fini par le gagner ce fichu concours. Et lorsque nous sommes revenus nous en avons gagné deux autres. Et après, qu'est-il arrivé ? La Chambre de Commerce a décidé de nous subventionner. Ils ont demandé aux Kiwaniens, aux Rotariens et à toutes ces associations de petits boutiquiers de les aider, et nous voilà maintenant installés dans un *Petit Théâtre* de cent cinquante mille dollars, dans ce « Temple de l'Art » de style gréco-byzantino-gothico-marocain. Maintenant nous sommes une institution, et forcément il s'agit de faire les frais. Notre vieille équipe avait travaillé, avait lutté pour quelque chose, et maintenant tout ça fout le camp par l'entrée des artistes, pendant qu'à l'entrée principale viennent se pavaner tous ces sacrés clubs féminins avec leurs lamentables combines politiques, et tous les pédérastes et les lesbiennes de la ville. Voilà ce que je ne peux pas digérer : la Chambre de Commerce !

— Je suis désolé de vous voir réagir de cette manière, Dolan, vraiment, dit le Major en lui prenant le bras. Vous êtes très écouté ici ; je comptais beaucoup sur vous pour m'aider.

— Je n'ai rien contre vous, Major, répondit Dolan. Que diable, vous n'y êtes pour rien. Vous êtes un excellent metteur en scène. Quand on a édifié ce magnifique théâtre, il fallait bien un metteur en scène rétribué pour aller avec. Quelqu'un qui eût une réputation. C'était un travail qui dépassait notre compétence. Je ne vous en veux pas.

— Je voudrais que vous sachiez que je suis votre ami...

— Moi aussi, je suis votre ami, Major. Vous n'êtes pour rien dans ce que je peux éprouver. C'est le théâtre. C'est cette sacrée nom de Dieu de Chambre de

Commerce. Pourquoi ne nous ont-ils pas laissés nous débrouiller tout seuls ?

— Ne les blâmez pas, ils ont fait ce qu'ils croyaient être pour le mieux. Vraiment, je suis désolé de vous voir réagir aussi violemment, je suis vraiment désolé, répéta-t-il. Quelle force extraordinaire vous pourriez représenter, dans le bon sens, si vous vouliez seulement vous en donner la peine. Au fond, sous votre enveloppe coriace, vous êtes un chic type...

— Ça va... Ne recommencez pas cette rengaine, Major !

— Bon, bon, Dolan, fit-il, vraiment vexé. J'essayais seulement de vous aider à trouver un peu de contentement en vous-même...

— Bonjour, s'écria David, qui débouchait de l'escalier. Excusez-moi, je suis en retard.

— ... jour... fit Dolan, lentement, mal à l'aise, en se demandant ce que David avait pu entendre de la conversation.

— A ce soir, Dolan, jeta le Major en réintégrant brusquement son bureau.

— Quel mouche le pique ? demanda David.

— Rien. Vous le connaissez. Toujours en train de me faire de la morale.

— Moi aussi, je devrais vous faire un peu de morale, répliqua David avec un regard en dessous. Je suis passé chez vous vers les trois heures du matin et Larry m'a dit que vous n'étiez pas encore rentré.

— Ah ! dit Dolan. Vraiment ?

— Venez donc par ici, lui dit David, ôtant son chapeau et poussant une porte.

— Je préfère ce bureau à celui du Major, déclara Dolan.

— Il est beaucoup plus petit, dit David en jetant son chapeau sur le sofa, et en allant s'asseoir à son bureau.

— C'est pour cela qu'il me plaît. Bon sang, quand je pense à notre vieille grange... nous avions un bureau, grand à peu près comme une caisse à biscuits, et le soir, il fallait par surcroît l'utiliser comme loge.

— J'ai beaucoup entendu parler de cette vieille grange. Cela devait être amusant.

— Ça l'était. Dites donc, c'est nouveau, ces trucs-là ? demanda brusquement Dolan, en désignant le mur.

— Oui. C'est moi qui les ai peintes.

— Vous ? s'exclama Dolan en se rapprochant pour les contempler de plus près. Elles sont belles. Je ne savais pas que vous faisiez de l'aquarelle.

— Je ne savais pas que vous vous intéressiez aux Beaux-Arts, répliqua David en souriant.

— Il le faut bien, c'est mon seul moyen de défense, répondit Dolan, en riant. J'habite avec quatre peintres, un écrivain en herbe et un as de guerre autrichien. Ils passent leurs nuits à ne me parler que de ça.

— Vous avez là un groupe très intéressant.

— Je ne sais pas s'il est intéressant, mais ce dont je suis sûr, c'est que nous avons tous pas mal de choses en commun. Dites-moi, David, je ne voudrais pas être grossier, mais...

— Mais vous voudriez votre chèque, hein ?

— Mon Dieu...

— Asseyez-vous, Mike...

— J'espère que vous n'avez pas changé d'idée à ce

sujet, répliqua Dolan en s'asseyant, tout en se demandant ce qui allait bien pouvoir suivre.

— Non, je n'ai pas changé d'idée. Je suis simplement curieux de savoir si vous réalisez très nettement ce dans quoi vous allez vous fourrer.

— Dans quoi je vais me fourrer ?

— Johnny m'a tout raconté hier soir. Pendant que vous étiez à répéter. Je serais navré de vous voir faire une boulette.

— Je vous rembourserai...

— Je ne pense pas à cela. La revue est à vous. Mais je ne voudrais pas qu'il vous arrive des histoires.

— Il ne m'arrivera rien, répliqua brièvement Dolan.

— Vous allez essayer de dire la vérité, n'est-ce pas ?

— Je ne vais pas essayez de dire la vérité, je vais la dire.

— Vous êtes-vous demandé ce qui arriverait si vous mettiez certaines gens en mauvaise posture ? N'oubliez pas que nous sommes dans une ville de province qui fait sa crise de croissance, elle est remplie de petits-bourgeois à l'esprit étroit, de bigots, de gens qui ne supporteront pas que l'on vienne se mêler de tout chambarder. Je le sais. Je ne sais que trop bien ce que sont les villes de ce genre.

— Je le sais aussi. J'y suis né.

— Ils vous martyriseront...

— Écoutez-moi, pour l'amour de Dieu, David, ne me faites pas de morale. Tout le monde me fait de la morale. Je sais ce que je fais. Me donnez-vous cet argent ou non ? dit-il en se levant et en se mordant la lèvre.

— Entendu, dit enfin David en ouvrant son tiroir et en sortant son carnet de chèques.

V

Lawrence le rencontra à la porte de l'imprimerie et le conduisit en haut, dans un bureau libre.

— J'espère que cette pièce vous ira, dit-il. Je vous la ferai nettoyer demain matin. Elle nous servait de réserve pour les clichés et les maquettes.

— Cela fera tout à fait l'affaire, répliqua Dolan. Je n'ai besoin que d'un bureau et d'une machine à écrire. Au fait, est-ce qu'il y a une clé ?

— Je vous en ferai faire une, répondit Lawrence. Je voudrais que vous voyiez Mr. Eckmann pour la publicité. Eckmann s'occupe de la publicité dans plusieurs de nos catalogues. Il s'occupera de la vôtre. Faites ici comme chez vous, ajouta Lauwrence en sortant.

— Quand comptez-vous sortir votre premier numéro, Dolan ? s'enquit Eckmann.

— Dans une semaine environ...

— Connaissez-vous quelqu'un qui puisse nous apporter quelques affaires ?

— Ma foi non. Je n'avais pas encore songé à cet aspect de la question.

— Il a son importance. Il vous faut de la publicité pour amortir vos frais, vous savez...

— Je le sais.

— Et vos amis ? Il faudrait que vous ayez des amis dans quelques magasins qui pourraient nous ouvrir un compte.

— Je n'en ai pas, répondit Dolan. Je le regrette. C'est un peu de l'hébreu pour moi, ce genre de travail, mais je vais tâcher de vous trouver quelques clients à prospecter.

— Bon, en attendant, je ferai ma tournée habituelle, déclara Eckmann. Avez-vous trouvé un nom pour cette revue ?

— Je crois que je l'appellerai *Le Cosmopolite.*

— *Le Cosmopolite !* pas mal, dit Eckmann, pas mal.

— Croyez-vous que nous puissions décrocher quelques contrats pour le premier numéro ?

— Je ne vois pas ce qui nous en empêcherait, dit Eckmann en se dirigeant vers la porte. Naturellement, c'est toujours dur au début, mais enfin, l'attrait de la nouveauté devrait nous en amener quelques-uns.

— Ça serait évidemment pain bénit, dit Dolan.

— Je vais m'y atteler, répondit Eckmann en souriant. Eh bien... à plus tard.

— A bientôt, dit Dolan en regardant par la fenêtre dans la rue...

— Bonjour, articula la voix de Myra.

— Hello ! dit Dolan, en se retournant, surpris de ne pas l'avoir entendue entrer.

— Comment allez-vous ?

— Ça gaze... je vais très bien.

— Alors, dit-elle, vous ne m'offrez pas une chaise ?

— Mais si, excusez-moi, dit Dolan, voilà...

— Merci... Vous en avez, un visage...

— Oh, dit-il en caressant son menton, je n'avais pas envie de me raser ce matin...

— Ce n'est pas de cela que je parle, dit Myra en secouant sa tête. C'est de cela... (Elle se pencha et lui toucha la joue du doigt.) « Là. »

— C'est un bleu... j'imagine. J'ai dû me cogner quelque part.

— M'a l'air d'une morsure, reprit Myra. Ne me dites pas que vous vous laissez mordre par les femmes, maintenant ?

Dolan rougit, se sentant un peu gêné...

— C'est gentil chez vous, dit Myra en jetant un coup d'œil circulaire. C'est mon bureau, ici ?

— Votre bureau ?

— Oui. Je vais vous aider, vous savez...

— Je n'ai nullement besoin d'aide.

— Vous en aurez joliment besoin, avant d'avoir mis tout cela sur pied, dit-elle d'un air convaincu. Je ne sais pas si vous vous rendez compte de ce que vous avez entrepris.

— Oh ! ce n'est pas aussi terrible que vous voulez bien le laisser supposer, dit-il en souriant. De toute façon, je n'ai pas les moyens d'embaucher qui que ce soit, je vous l'ai déjà dit hier. Je n'ai pas d'argent, et j'ai l'intention de tout rédiger moi-même.

— Vous comptez uniquement sur votre allant...

— Peut-être...

— Et sur vos haines ?

— Oh ! je n'ai pas de haines...

— C'est ce qu'il y a de plus sympathique chez vous, dit-elle en souriant, de ses lèvres rouges, si rouges. Vous en avez. Attisez-les, vous en aurez besoin.

— Qui êtes-vous ? lui demanda Dolan à brûle-pourpoint, en sentant qu'il allait de nouveau frissonner.

— Qui ? Mais je suis Myra..., dit-elle.

— Je sais que vous êtes Myra... Mais d'où venez-vous ?

— De New York. Je suis ici depuis deux mois.

— Comment avez-vous fait la connaissance de Bishop ?

— Je l'ai rencontré ici. J'avais une lettre d'introduction d'un de ses amis de New York. Pourquoi êtes-vous si curieux ?

— Je n'en sais fichtre rien, dit Dolan en regardant par la fenêtre. Je ne me suis jamais véritablement intéressé aux femmes. D'habitude, je les prends, ou je les laisse, sans poser de questions. Mais là, c'est différent. C'est bizarre ce qui se passe entre nous, dit-il en se retournant pour la regarder. On ne peut plus bizarre, nom d'un chien.

— Ainsi, vous avez fini par vous en rendre compte ?

— Je m'en suis rendu compte hier, quand je vous ai rencontrée pour la première fois. Vous savez ce qui n'arrête pas de me trotter par la tête, depuis ?

— Certainement, je le sais. Vous avez dû penser à cette tasse de café que je n'avais pas bue hier, et vous demander quelle influence cette omission pourrait bien avoir sur votre avenir.

— C'est cela même, dit Dolan, sans être surpris davantage de l'entendre exprimer si nettement ses propres pensées.

— Quelque chose d'équivalent m'est également passé par la tête, reprit Myra. Hier j'avais trouvé cela étrange, mais c'était parce que vous m'aviez impressionnée et que je ne m'étais pas donné la peine d'y réfléchir plus longuement. Nous trouvons une chose étrange, parce que nous ne la comprenons pas. Tenez. Un homme s'arrête pour acheter un journal dans le hall de l'immeuble où il a son bureau. L'homme dont je vous parle n'avait encore jamais acheté de journal à cet endroit-là. En chemin, il était passé devant des douzaines de crieurs de journaux qui tous vendaient ce même journal ; mais à ce moment il n'en avait pas acheté. Puis, arrivé dans le hall, sans aucune raison apparente, il en achète un. Cette seconde perdue lui fait rater son ascenseur. Dans cet ascenseur il y avait la femme qu'il aurait épousée, ou bien un ami qui lui aurait procuré une affaire d'un million de dollars, ou encore... l'ascenseur tombe et tous ses occupants sont tués. Mais *cet homme* s'est arrêté pour acheter un journal... chose qu'il n'avait jamais faite auparavant. Comprenez-vous pourquoi il l'a faite ?

— Non, répondit Dolan, pas très bien.

— Eh bien ! c'est ce qui nous est arrivé. Je ne me suis *pas* arrêtée pour prendre *ma* tasse de café *habituelle...*

— Je suis en train de me demander, reprit Dolan, si cela va être mauvais pour vous et bon pour moi, ou mauvais pour moi et bon pour vous...

— Je me le demande aussi... dit Myra ; en tout cas, je marche avec vous. A quelle heure dois-je venir le matin ?

— Mais ?...

— A quelle heure serez-vous là ?

— Vers les neuf heures, mais...

— Alors, disons neuf heures, Mike Dolan, dit-elle. Là-dessus, elle se leva et sortit sans se retourner...

VI

Dolan travailla tard cet après-midi-là, l'esprit tout à sa nouvelle revue, inventant des titres de rubriques, commençant un papier pour la « branche maîtresse » qui était presque identique comme style à « La voix de la Ville » du *New-Yorker*, mais l'image de Myra Barnowsky jouait à cache-cache avec son cerveau et il n'arrivait pas à être drôle en dépit de tous ses efforts... Il lui suffisait de songer à ses lèvres rouges, si rouges, pour immédiatement faire une faute, courir à sa machine à écrire et se mettre à jurer parce qu'il avait horreur des manuscrits pas nets, au point que lorsqu'il faisait la moindre faute sur une page, il la déchirait et recommençait. Finalement il se fit tard et il abandonna en se disant que le lendemain matin il reprendrait tout depuis le début. Il voulait rentrer à la maison piquer un petit somme, parce que Avril et lui s'étaient payé une sacrée nuit à la campagne, sur les berges du ruisseau, tout nus au clair de lune, et qu'il n'avait guère dormi.

— Ça me passera, se dit-il en descendant pour aller prendre son auto, tout en songeant à Myra. D'ici demain, j'aurai eu tout le temps de m'habituer à cette souris, après quoi je pourrai me remettre à travailler tranquillement.

Il rentra chez lui, à la grande maison de trois étages qu'il partageait avec les quatre jeunes peintres, l'aspirant écrivain et l'as de guerre hongrois. Il monta dans sa chambre et dormit une heure. Une heure parfaitement paisible, durant laquelle il ne rêva strictement à rien. Quand il se réveilla, il faisait sombre. Il tourna le commutateur, entra dans sa salle de bains... et en ressortit précipitamment, l'injure à la bouche.

— Eh ! Ulysse, glapit-il, Ulysse ! nom de Dieu !

— Oui, monsieur Mike, s'écria Ulysse, qui arrivait par l'escalier de service.

C'était le maître d'hôtel de la maison, un nègre.

— Qu'est-ce qu'a foutu ça là ? lui demanda Dolan en lui montrant la cuvette des cabinets contre laquelle était posée une petite toile encadrée sur laquelle on lisait : « En dérangement ».

— C'est M. Elbert qui a collé ça là, dit Ulysse. C'est une de ses vieilles toiles.

— Je ne parle pas de la peinture, mais de la cuvette. Pourquoi ne l'a-t-on pas réparée, bon Dieu ! Pourquoi n'as-tu pas téléphoné à Mme Ratcliff ?

— Je l'ai fait, monsieur Mike. Elle m'a répondu qu'elle voulait bien qu'on habite ici sans payer de loyer parce qu'on est des artistes, mais qu'elle n'allait pas nous payer le plombier par-dessus le marché.

— Quel emmerdement, fit Dolan. Je vais aller en bas. Apporte-moi mon nécessaire à raser.

— Oui, Monsieur. Dites, monsieur Mike, est-ce que cela vous ennuierait si je vous empruntais une de vos cravates pour ce soir ?

— Oh ! vas-y. Du moment que nous ne pouvons même pas te payer tes vingt dollars par mois, le moins que nous puissions faire, c'est te permettre de porter nos cravates. Dommage que tu sois si petit, sans ça tu aurais pu mettre mes complets.

— Cela ne fait rien, monsieur Mike. M. Elbert m'a prêté un de ses costumes, et M. Walter son auto...

— Il est encore en panne d'essence ?

— Oui, Monsieur. Je lui ai promis d'en mettre vingt litres.

— Ulysse, il profite de ta réputation de bourreau des cœurs. Alors, tu te lances en l'air ce soir ?

— Oui, Monsieur, dit Ulysse, en souriant, tout en sortant le nécessaire à raser du placard à pharmacie.

— Prends la cravate qui te plaira, Casanova. Et donne-moi une paire de chaussettes propres. Je vais prendre une douche en bas, dit Dolan, en sortant pour descendre à l'étage au-dessous.

— Ulysse est là-haut ? demanda Tommy Thornton, l'un des artistes, tandis que Dolan traversait le salon.

— Ouais, il va descendre tout de suite.

— Ce nom de Dieu de nègre de malheur ! Il a empilé toutes les assiettes sales dans l'évier, et les y a laissées.

— Il a un rendez-vous.

— Il a toujours un rendez-vous. Il est pendu au téléphone toute la sainte journée, en train de parler à ses petites café au lait. Je commence à en avoir marre.

— Autant qu'il serve à quelque chose pendant qu'on l'a encore. Ça ne durera plus longtemps, répliqua Dolan en entrant dans la salle de bains.

— Entre donc, dit Walter en se retournant, tout en séchant ses mains.

— ... Saloperie de salle de bains, là-haut, est encore détraquée, dit Dolan. Et la Ratcliff ne veut rien savoir tant que nous n'aurons pas payé le loyer.

— C'est ce qu'Ulysse vient de me dire. Je ne peux

pas dire que je la blâme beaucoup, la vieille. Elle a été assez chic jusqu'à présent. Je pourrai peut-être faire quelque chose demain. Je crois que j'ai vendu une toile.

— Je te le souhaite, Walter. Deux toiles vendues et tu ne seras plus le même homme. Pose tout ça là, Ulysse.

— Oui, Monsieur, dit Ulysse en posant les chaussettes et le nécessaire à raser sur la chaise. Vous n'avez pas besoin d'autre chose ?

— C'est tout...

— Et vous, monsieur Walter, vous n'avez besoin de rien ?

— Non, merci...

— Bonsoir, dit Ulysse en sortant.

— Brave bougre de nègre, ce cochon-là, dit Walter.

— On n'en fait plus comme lui, fit Dolan. Il se mettrait au feu pour n'importe lequel d'entre nous. Sauf Tommy. Tommy est un snob. Est-ce qu'il est vraiment capable de peindre ?

— S'il travaillait, oui. Il ne veut pas travailler.

— Il se prend pour un génie, voilà ce que c'est. Il veut se les rouler toute la journée en attendant que la gloire vienne bien gentiment poser sa tête sur ses genoux, déclara Dolan en se déshabillant.

— A propos de femmes, ça n'a pas l'air de gazer tellement mal avec les tiennes, en douce, fit Walter. Paraît que tu es rentré avec les boueux, ce matin.

— Ouais, fit Dolan. Mais cet après-midi j'étais avec une des filles les plus intéressantes que j'aie jamais rencontrées...

— L'impression d'avoir entendu ça quelque part, dit en riant Walter.

— Sans blague, fit Dolan. Le genre teint olivâtre, yeux noirs, cheveux noirs, et des lèvres comme tu n'en as jamais vues, bon Dieu. Des lèvres rouges, mais d'un rouge... genre cruel, tu vois ce que je veux dire. Elle fait très sadique.

— Voilà qui m'a l'air bien mystérieux.

— Ça l'est, répliqua Dolan en se savonnant la figure. D'abord moi, le mystère, ça m'a toujours séduit. L'ennui, c'est que je vois toujours du drame partout, bon Dieu. Tout ce qui m'arrive prend immédiatement des allures de tragédie.

— Toi aussi, tu es peut-être un génie, fit Walter. Tu ne trouves pas que ce serait drôle si on était tous des génies ?

— En tout cas, on est sur la bonne voie. La tuyauterie est détraquée et on n'a pas de quoi payer le loyer. En général, ce sont des signes qui ne trompent pas.

— Mike, dit Tommy en passant sa tête dans l'ouverture de la porte, il y a là une dame qui désire te voir.

— Une dame ? répondit Dolan en se retournant. Qui est-ce ?

— Elle dit qu'elle s'appelle Marsden...

— Mary-Margaret ? demanda Dolan.

— Sa mère, répondit Tommy.

— Je n'ai pas le temps de la voir maintenant. Il faut que je me rase, que je prenne mon bain et que j'aille à la répétition.

— Je le lui ai déjà dit, mais ça n'a pas eu l'air de l'impressionner.

— C'est bon, répliqua pesamment Dolan, tout en essuyant le savon de son visage.

— Je croyais que tu avais rompu avec Mary-Margaret, dit Walter.

— Oui, ça fait quinze jours que je ne l'ai vue. Excepté pour ce qui s'est passé l'autre matin.

— Tu en prends à ton aise avec les faits, s'exclama Walter. A trois heures du matin, elle s'est jetée sur la porte en sanglotant et en t'appelant.

— Elle était ivre, dit Dolan en enfilant sa chemise.

— Elle faisait un tel raffut qu'on a dû l'entendre de Weston Park. Comment fais-tu ton compte, Mike ?

— Je n'en sais fichtre rien. Quelqu'un a dû me jeter un sort. Toutes les bonnes femmes qui ont le béguin pour moi sont toujours des nymphomanes. Salut, p'tit gars, et tiens-toi prêt pour le cas où j'aurais besoin de tes services, lança-t-il en s'en allant.

— Mike, tu pourrais me prêter un peu de fric ?

— Je voudrais bien, Walter, mais je suis sans un.

— Ça ne fait rien. Je ne t'en aurais pas parlé si je n'avais pas pensé que tu avais dû être payé en quittant le journal.

— On ne me devait qu'un jour d'appointements. Alors j'ai dit au caissier d'acheter une paire de chaussures à Brandon avec.

— Brandon ? Qui est Brandon ?

— Tu ne connais pas Brandon ? Le directeur du Fonds de Secours. Si vous m'entendez appeler à l'aide, arrivez en vitesse lui cria Dolan en sortant. Où est-elle, Tommy ?

— Là-haut. Bonne chance, Casanova.

— Tu confonds avec Ulysse, dit Mike en montant l'escalier.

Mme Marsden, très droite, était assise sur le divan et regardait les fétiches du Gabon exposés sur la cheminée, lorsque Dolan entra.

— Bonjour, madame Marsden, dit-il.

— Bonsoir, monsieur Dolan, dit Mme Marsden d'une voix égale. Je voulais vous parler de Mary-Margaret.

— Qu'y a-t-il au sujet de Mary-Margaret, demanda Dolan en s'asseyant sur le divan.

— Je l'ai envoyée à la campagne, répliqua Mme Marsden, et je suis venue vous demander de ne répondre à aucune de ses lettres.

— Oh ! répondit Dolan soulagé. Soyez tranquille. Je ne savais même pas qu'elle était partie.

— La semaine dernière. J'ai décidé qu'en fin de compte ce serait la meilleure solution. Depuis que Mr. Marsden est mort, j'ai l'entière responsabilité de Mary-Margaret. Et j'ai finalement décidé de l'envoyer chez ma sœur à Mexico City. Elle est si jeune et si innocente, vous comprenez...

— Oui, je sais, répondit Dolan. Eh ! bien, madame Marsden, vous auriez pu éviter de vous déranger. Je vous promets que je ne répondrai à aucune de ses lettres. Qu'est-ce qui vous fait croire qu'elle m'écrirait après ce qui s'est passé ?

— Allons, ne me faites pas l'injure de me croire stupide. Je sais que la petite vous aimait beaucoup...

— Plus maintenant, répondit Dolan. Vous vous êtes arrangée pour tout casser. J'aimerais vous poser une question, madame Marsden. Que me reprochez-vous ?

— D'abord, monsieur Dolan, je n'aime pas les hommes qui acceptent de l'argent des jeunes filles...

— Qu'est-ce qui vous fait croire que j'ai accepté de l'argent de sa part ?

— J'ai vu son carnet de chèques. Il y en avait pour plusieurs centaines de dollars.

— C'est exact, répondit Dolan, je ne savais pas que vous étiez au courant. Mais je lui ai déjà remboursé cent dollars. Je lui rendrai le reste dès que je pourrai.

— Ma parole... fit Mme Marsden en se rapprochant légèrement de lui, et en dodelinant de la tête. Ces gamines ! Vous avez fait de véritables ravages parmi elles, n'est-ce pas ?

— Je vous assure que c'est bien involontaire, si c'est le cas, répondit-il en regardant la pendule. Eh bien, madame Marsden...

— Je ne m'étonne plus qu'elles perdent la tête, dit Mme Marsden, sans avoir l'air de comprendre l'allusion de Dolan. Cette maison fait très bohème, avec tous ces vieux meubles et ces vieilles peintures...

— Oui. Alors, euh... dit Dolan en se levant.

— Et cette littérature si passionnante, poursuivit-elle en prenant un livre sur une table basse. J'ai jeté un coup d'œil là-dessus pendant que je vous attendais. Est-ce vous qui l'avez écrit ?

— Non, répliqua Dolan en rougissant involontairement. Je ne sais même pas par quel hasard ce bouquin se trouve ici.

— Et quelles illustrations ! Voilà des années que je n'avais pas eu un érotique entre les mains.

— Je ne sais pas comment il a pu se trouver ici. En général, il est toujours sur les casiers de ma chambre à coucher.

— Où est votre chambre ? demanda Mme Marsden en se levant, et en gardant le livre à la main.

— Là, répondit Dolan en désignant la porte de sa chambre.

— Je vais le remettre à sa place de mes propres mains, dit-elle en traversant la pièce. C'est dangereux de laisser traîner de pareils livres.

— Je regrette beaucoup, mais je suis très pressé, madame Marsden, dit Dolan en la suivant dans sa chambre. Je suis déjà en retard pour ma répétition, ajouta-t-il en tendant la main vers le commutateur.

— N'allumez pas, murmura Mme Marsden, lui soufflant son haleine chaude dans l'oreille. N'allumez pas...

« Ça, par exemple, je veux bien qu'on me les... » se dit Dolan, à part lui.

VII

Ce n'est qu'après huit heures qu'il arriva au petit théâtre et se dirigea vers la scène.

— Un instant ! Un instant, là-haut ! se mit à hurler le Major aux acteurs sur la scène, arrêtant net la répétition.

Puis il se retourna, foudroyant Dolan du regard.

— Combien de temps cette comédie va-t-elle durer ? demanda-t-il furieux.

— Je regrette, Major, je n'ai pas pu faire autrement, répondit Dolan humblement.

— Est-ce que vous vous figurez que c'est uniquement à votre bénéfice que nous faisons marcher ce théâtre ?... Répondez-moi.

— Je me suis excusé, répliqua nerveusement Dolan, en sentant tous les yeux des acteurs braqués sur lui, par-dessus la rampe.

— Il faut que ça change ! Je regrette seulement une chose, articula le Major en se tournant vers David et deux ou trois de ses assistants, qui étaient assis avec lui dans la salle, je ne regrette qu'une chose, c'est que nous ayons déjà annoncé la pièce. Si nous n'étions pas déjà si engagés, j'aurais tout laissé tomber. Faites vos excuses aux acteurs, Dolan.

— Mais, écoutez...

— Vous n'avez jamais montré la moindre considération pour le reste de la compagnie : vous avez été grossier, insolent et arrogant, jouant comme si vous étiez à la fois impresario, auteur, directeur et vedette de chaque production. Je vous ai déjà fait clairement entendre que personne, dans ce théâtre, n'est plus important que son voisin...

— Je n'avais nullement l'intention d'être grossier, Major, répondit Dolan d'une voix posée. Je suis désolé d'être toujours en retard. Ça a vraiment l'air d'être chronique, chez moi...

— Faites des excuses !

— ... Je suis désolé, croyez-moi, dit enfin Dolan, s'adressant aux acteurs qui se trouvaient sur la scène. Je tâcherai que ça ne se renouvelle plus. Est-ce que cela vous satisfait ?... demanda-t-il en se tournant vers le Major.

— Oui, Timothy vous avait doublé en votre absence. C'est bon, Timothy, lui dit-il. Descendez, Dolan reprendra sa place.

— Non, ne bougez pas, Timothy, répliqua Dolan. Cela fait beaucoup trop longtemps que vous faites les doublures. Moi, je plaque, dit-il au Major en longeant les coulisses et le hall pour se perdre dans la nuit.

— Dolan ! Dolan ! cria le Major du haut de l'escalier, en redescendant rapidement jusqu'à l'auto qui attendait le long du trottoir.

— Sans rancune, Major, répondit Dolan, en embrayant. Sans rancune...

— Mais on démare la semaine prochaine...

— Donnez le rôle à Timothy. Il a travaillé comme un nègre pendant des années. Donnez-lui sa chance...

— Dolan, vous ne pouvez pas me laisser dans un pétrin pareil...

— Vous seriez dans un pétrin bien plus embêtant si je restais. Je ne suis bon à rien. Ça vaut mieux comme ça. De toute façon, depuis que les répétitions ont commencé ma vie a changé, et je n'aurais plus le temps de flirter avec le théâtre.

— Je ne voulais pas vous mettre en mauvaise posture devant les autres...

— Voyons les choses comme elles sont, bon Dieu, dit tranquillement Dolan. Je l'avais mérité. J'ai dépassé la mesure. C'est simplement que je n'avais jamais envisagé la question sous cet angle-là.

— Mais vous avez terriblement besoin du théâtre. Vous avez besoin de ce qu'il peut vous apporter.

Restez, ne serait-ce que... que pour moi ? dit le Major en passant sa tête par la vitre entrouverte de la voiture.

— Attention, Major, je démarre, répondit Dolan, la gorge serrée, en mettant le contact et en appuyant sur le démarreur. Si je ne pars pas maintenant, je ne partirai jamais... fit-il en embrayant et en démarrant.

CHAPITRE II

Le premier numéro du *Cosmopolite* fut mis en vente dans les kiosques et magasins le mercredi suivant au cours de l'après-midi, et tout en montant l'escalier de son bureau le jeudi matin, Dolan rencontra Eddie Bishop qui en descendait.

— Eh bien ! mon salaud, lui dit gaiement Bishop en lui tendant la main. Tu as réussi !

— Tu l'as vu ? lui demanda Dolan en serrant la main tendue.

— Si je l'ai vu ? Mais tout le monde au bureau n'a vu que ça.

— Entre donc, lui dit Dolan en le faisant pénétrer dans son bureau. Myra, que je vous présente ce sacré communiste... Je n'aurais jamais pu sortir le magazine sans l'aide de Myra.

— Bonjour Ed, s'écria Myra. Plusieurs personnes vous ont demandé, dit-elle à Dolan. La liste est sur votre bureau.

— J'ai fait le tour des kiosques pour contrôler la vente. C'est pourquoi je suis en retard.

— Comment ça marche ? demanda Bishop en s'asseyant.

— Ça va ; bien que je ne sois pas très à même d'en juger. J'ai l'impression que ça marche bien. Dis-moi, Ed, entre nous, qu'en pensais-tu... en toute sincérité ?

— Je trouvais ça épatant, Mike. Mais cela ressemble beaucoup au *New-Yorker*, tu ne trouves pas ?

— Toute revue de ce genre doit ressembler en principe au *New-Yorker*. A part la chronique mondaine.

— C'est d'ailleurs la seule chose qui m'ait déplu, cette chronique mondaine.

— Il en faut une... avec des photos pleine page des « débutantes ». Pas mal de publicité pour un premier numéro, hein ?

— Qui s'en est occupé ? Toi ?

— Un nommé Eckmann. Il travaille avec Lawrence. Dis donc, est-ce que Thomas a lu mon papier sur le base-ball ?

— Je crois qu'il a acheté un exemplaire du premier tirage. Je lui en ai monté un, vers quatre heures, et il l'avait déjà lu.

— Qu'est-ce qu'il a dit ?

— Le scandale du base-ball l'a beaucoup moins ennuyé que ton éditorial sur les journaux muselés par les services de publicité. Il fumait quand il a vu ça.

— Mais, c'est l'exacte vérité, répliqua Dolan.

— Bien sûr que c'est la vérité, repartit Bishop. Comprends-moi bien, Mike, tu n'as pas besoin de chercher à me convaincre. Je le sais bougrement bien que c'est la vérité, bon Dieu ! Tu n'es pas le premier reporter qui se soit buté à cette difficulté. Nous en sommes tous là.

— La liberté de la presse, dit Dolan, sarcastiquement, quelle rigolade !

— Je vais te dire une chose, mon petit gars, reprit Bishop. J'ai bien peur que tu ne te cognes la tête contre un mur. Tu vas te faire un tas d'ennemis. Il y a un tas de gens qui vont t'en vouloir à mort. Thomas par exemple. Tu sais ce qu'il va faire dans son édition de l'après-midi ? Il va écrire un éditorial à la page sportive, en réponse à tes accusations concernant la suspension de cette bonne vieille *Times Gazette.*

— J'espère bien qu'il le fera. Je ne souhaite que ça, bon sang. D'ailleurs, continua Dolan en souriant, ça fera une publicité monstre pour la revue. Tout le monde va vouloir l'acheter...

— Oui..., un tas d'idiots de croquants qui ne croiront pas un mot de ce que tu dis...

— Je les obligerai à le croire, s'écria Dolan, en s'échauffant. Nom de Dieu, je leur fournirai des dates, des chiffres et des noms. Je leur fournirai des témoignages. Cette histoire de base-ball ne fait qu'ouvrir le feu. Je le prends depuis le début, en passant par l'Hôtel de ville, le bureau de l'Attorney, et jusqu'à la résidence du gouverneur.

— Si tu tiens le coup jusque-là...

— Oh ! je tiendrai le coup, répondit Dolan.

— Je te parie que si tu t'obstines, dans six mois d'ici, cette maison sera bouclée de telle façon que tu ne pourras même pas en forcer l'entrée avec un camion de mélinite.

— Ils passeront sur mon cadavre, s'écria Dolan.

— Très bien, tu verras. Mais ne te trompe pas,

minute.. Je suis avec toi. Pourquoi t'imagines-tu que je suis venu ici ?

— Pourquoi ?

— Eh bien, voilà... j'ai été reporter de police pendant quinze ans, et j'en ai vu de vertes et de pas mûres. Si jamais tu as besoin d'un papier, dis-le, je le ferai. Évidemment, je ne pourrai pas le signer, ça tu le comprends, à cause de ma femme et des gosses, mais je le ferai anonymement.

— Merci, Ed, mais j'ai assez de ces histoires d'anonymat. Chaque fois que j'imprimerai quoi que ce soit de dangereux, ce sera signé. Néanmoins, je vais te dire ce que tu peux faire. Tu peux me tuyauter de temps en temps. Je n'ai pas encore de budget bien établi mais, à l'occasion, je te payerai...

— Hello, Dolan, dit une voix traînante sur le pas de la porte.

— Tiens, bonjour, monsieur Thomas, dit Dolan en levant les yeux. Entrez donc...

— ... jour Tommy... marmonna Bishop.

— Pour qui travaillez-vous donc ? Pour moi, ou pour lui ? interrogea Thomas, après avoir enfin remarqué sa présence.

— Moi ? mais pour vous, Tommy. Je passais dire bonjour...

— Eh bien, c'est fait... rien ne vous retient. A moins que vous ne vous foutiez éperdument de ce qui se passe dans les commissariats.

— On y va, répondit Bishop en se levant, avec un regard furibond à Thomas. A plus tard, Mike...

— Au revoir, Eddie, lui jeta Myra par-dessus sa machine à écrire.

— A bientôt, Myra...

— Asseyez-vous, monsieur Thomas, fit Dolan.

— J'aime mieux rester debout, bougonna Thomas. Qu'est-ce qui vous a pris de m'attaquer ?

— Je ne vous ai pas attaqué. J'ai attaqué tous les journaux.

— Mais tout le monde sait en ville que vous avez travaillé à la *Times Gazette*, et on saura tout de suite qu'il s'agit de nous.

— Vous exagérez...

— Votre papier sur le scandale du base-ball a déjà fait le tour de toute l'Amérique. Ça va faire un raffut terrible. Vous avez sûrement avoir des nouvelles de Landis.

— Je l'espère bien... C'est là-dessus que je comptais.

— Fort bien, mais moi ce qui m'intéresse, c'est la *Times Gazette*. Je ne supporterai pas que vous nous attaquiez dans vos éditoriaux venimeux...

— En réalité, ce qui vous effraie, vous et les trois autres journaux, lui dit Dolan, c'est d'être mis en cause.

— Si vous ne laissez pas tomber, je vous promets que vous vous en mordrez les doigts.

— Grands dieux, mais je ne fais que commencer. Attendez seulement que je m'y mette vraiment, dit-il en sortant un papier de la poche intérieure de son veston. Voici une liste que j'ai commencée depuis quelques jours, d'articles à écrire, articles que les autres journaux auraient dû publier depuis longtemps. « Docteur Carlisle », lut-il... Vous le connaissez, l'éminent avorteur qui a déjà tué deux jeunes filles, et qui peut se permettre de poursuivre sa triste besogne parce que son frère est le gros bonnet du comté de Colton. « Carson ». Le contrôleur municipal Carson qui reçoit un pot-de-vin sur chaque camion vendu à la ville. « Riccarcelli », le type qui dirige un tripot dans l'hôtel le plus important de la ville. « Nestor », l'inspecteur de police qui était garçon de ferme il y a six ans, et qui maintenant se balade en Duesenberg. Voilà un vague aperçu de ce que je veux faire à première vue. Et Dieu sait ce que je vais déterrer, quand je commencerai à creuser sous la surface.

— Je ne vois rien de bien neuf là-dedans, répliqua Thomas. C'est un état de choses qui règne dans toutes les villes de ce pays. Cela fait partie du système établi. Il faut être complètement fou pour oser y toucher...

— Y toucher !!! Mais je vais les mettre à nu. Les exploiter à fond. Les sucer jusqu'à la moelle. Je vais fournir à notre vénérable Haute-Cour l'occasion de travailler un peu.

— Vous vous suicidez, c'est tout. Allez de l'avant si vous y tenez, mais rappelez-vous ceci : cessez de publier vos papiers venimeux sur la *Times Gazette*, sinon c'est à moi que vous aurez affaire, articula Thomas en sortant dans un grand martèlement de talons.

— Charmant, ce monsieur, dit Myra en s'arrêtant de taper. J'espère que vous n'allez pas vous laisser intimider.

— J'ai une frousse intense, répliqua Dolan en souriant.

— Avez-vous jeté un coup d'œil sur la liste des appels téléphoniques ? Deux d'entre eux ont dit que c'était important. Miss Coughlin et une certaine

Mme Marsden. Un certain M. Cookson aussi a dit que c'était urgent.

— Ça, c'est le Major. Le directeur du *Petit Théâtre.*

Le téléphone se mit à sonner :

— Allô... répondit Myra. Oui, c'est bien Beachwood 4556... Chicago ? Qui est à l'appareil ? Très bien, vous pouvez brancher, mademoiselle...

— Qui est-ce ? demanda Dolan, les sourcils froncés, en prenant le récepteur.

— C'est un monsieur qui a quelque chose à voir avec le base-ball. Il m'a dit s'appeler Landis...

CHAPITRE III

LANDIS SUSPEND SIX JOUEURS DE COLTON ACCUSÉS D'AVOIR ACCEPTÉ DES POTS-DE-VIN DANS UNE FINALE DE CHAMPIONNAT.

par Humphrey Presnell.

Six joueurs de l'équipe première du team de Colton ont été suspendus aujourd'hui par le commissaire Kenesaw Mountain Landis parce qu'ils avaient accepté des pots-de-vin pour perdre le championnat contre Bennetown, qui devait décider de la coupe. La mise en jugement a duré cinq jours.

Voici les noms :

Fritz Dockstelter, lanceur.

Harold Mullock, deuxième joueur de base.

Joe Trent, batteur, grande vedette du club.

Raoul Deadrick, remplaçant.

Mercer Castle, premier joueur de base.

Et Adrian Potts, attrapeur.

Deux des joueurs auraient fait une confession complète à l'inspecteur Landis, sans toutefois révé-

ler la source de la corruption. Aucun d'eux n'a voulu faire de déclaration au Courrier du Soir.

Le scandale avait été tout d'abord dévoilé par le Cosmopolite, *le nouvel hebdomadaire édité par les soins de Mike Dolan, ancien rédacteur sportif d'un journal local...*

— Il faut reconnaître que Presnell a été chic avec nous, dit Dolan en repliant le journal. Tout en première page.

— C'est une affaire sensationnelle, répliqua Myra. Tous les journaux de la région s'en sont emparé.

— Ça me fait plaisir qu'on les ait balancés, continua Dolan. Les salauds. Landis me plaît. Pas de chinoiseries avec lui. Il est parti pour épurer le baseball. Dommage que nous n'ayons pas un Landis en politique. Bon Dieu, ce qu'on en aurait besoin ! Un Landis dans le domaine politique ferait plus de bien pour le pays que six « Haute-Cour ».

— Bon sang ! s'écria soudain Ed Bishop. Écoutez donc l'éditorial de la *Times Gazette :* « La *Times Gazette* s'associe à tous ceux qui tiennent à ce que le sport demeure propre, en faisant des vœux pour que les six escrocs de Colton aillent faire un séjour à l'ombre... »

— C'est Thomas qui a écrit cela, dit Dolan. Diable !... un séjour à l'ombre !... Hum ! Continue...

— ... Ils étaient les idoles de la jeunesse de la ville... et probablement de la région, mais ils ont trahi la confiance qu'on mettait en eux, et les voilà maintenant exclus des championnats organisés par la Fédération. Bravo ! Quelle que soit la part que nous ayons prise en aidant à démasquer ces escrocs sportifs, elle ne constitue qu'un avertissement, et la *Times Gazette* tient à affirmer une fois de plus qu'elle ne tolérera aucune corruption dans le domaine des affaires publiques, ou des hommes politiques, pas plus qu'elle ne l'a toléré dans le domaine du « base-ball ». Ce n'est pas une rigolade ? demanda Bishop en souriant.

— Je m'y attendais, fit Dolan. Tout ce qui manque à cet éditorial pour pouvoir s'intituler : Comment *ne pas* écrire, c'est un titre d'une ligne dans le genre de : « Le crime ne rapporte jamais. »

— Il y est ! s'écria Bishop, je te jure qu'il y est. Regarde : « Le crime ne rapporte jamais. »

— Eh bien ! j' veux bien qu'on me les... ! s'exclama Dolan, en jetant un coup d'œil sur le journal que tenait Bishop, pour vérifier ce qu'il avançait. Tu ne trouves pas ça inouï ? Tu sais quoi, Ed ? C'est une veine que Thomas t'ait sacqué. Personnellement, j'aimerais mille fois mieux crever de faim que de travailler pour ce sale canard !

— Moi aussi, dit brièvement Bishop. En tout cas, c'est ce que je fais. Je venais juste d'être augmenté et je gagnais 55 dollars, quelques jours avant que Thomas m'ait surpris dans ton bureau. Tu m'en donnes 25. Naturellement, s'il m'a balancé, c'est uniquement parce que m'ayant vu ici, il s'est imaginé que nous complotions quelque chose. A l'entendre, je me suis laissé prendre de vitesse pour l'histoire de cette putain qui s'est fait descendre, mais, non d'un chien, c'était tout juste un fait divers. En réalité, ce n'était qu'un prétexte.

— Hello, Dolan. Hello, Myra, s'écria Lawrence en entrant gaiement dans le bureau.

— Présente Mr. Bishop, M. Lawrence. Il travaillait il y a peu de temps encore pour notre distinguée *Times Gazette.*

— Enchanté, monsieur Bishop, dit Lawrence en lui serrant la main.

— J'ai embauché Bishop hier, expliqua Dolan.

— Vraiment ? s'exclama Lawrence.

— Oui, c'est à cause de moi qu'il a perdu sa place, alors je l'ai embauché. Il y avait trop à faire, pour Myra et moi. Ed est un type épatant, bon Dieu. Il en a dans le ventre. Qu'est-ce que vous tenez là ?

— La dernière feuille de vente. Je voulais vous la montrer.

— Merci, dit Dolan en la prenant. Est-ce que Eckmann a fait des affaires aujourd'hui ?

— Il n'est pas encore rentré, mais je crois que cela va marcher maintenant.

— On devrait faire mieux que ça. Tout le monde en ville parle du *Cosmopolite*, dit Dolan en jetant un coup d'œil sur les chiffres de tirage : Trois mille cent onze. Ce n'est pas mal pour la quatrième semaine. On devrait avoir pas mal de publicité maintenant.

— J'y compte bien, répliqua Lawrence ; car trois mille exemplaires de vendus à dix *cents* l'exemplaire, cela ne fait pas lourd. Vous travaillez ce soir ?

— J'ai reçu les bons à tirer. Tout est prêt pour le marbre. Il n'y a plus rien à faire ce soir.

— Et la liste des abonnements ? Où en sommes-nous, Myra ?

— Comme ça... j'ai téléphoné à près de cent

personnes qui figuraient sur la liste, et j'ai récolté une vingtaine d'abonnements d'un an.

— Continuez, et mettez-en un coup, dit Lawrence en sortant.

— Je ne crois pas que ce type-là m'aime beaucoup, annonça Bishop.

— Oh ! si. Il est près de ses sous, c'est tout.

— Qu'est-ce qu'il entend par ses trois mille exemplaires à dix *cents* le numéro ? Nous avons autre chose comme rentrées ? Tous ces placards de publicité ?

— Eh bien, Eddie, tout à fait entre nous, la plupart de ces annonces étaient des amorces. Nous avons voulu prouver aux commerçants que nous pouvions augmenter leur chiffre d'affaires.

— Et alors, où prendras-tu l'argent pour me payer ? s'enquit Bishop, très surpris.

— J'espère bien que la revue rapportera. Mais ne t'en fais pas à ce sujet. Si tout le reste échoue, j'ai une mine d'or personnelle cachée quelque part. N'est-ce pas, Myra ?

— Absolument, fit Myra, une mine d'or de cinquante-cinq ans.

Soudain un homme franchit le seuil de la porte et se tint là, debout, le regard fixe. Il avait une trentaine d'années, était d'apparence très robuste, et vêtu avec recherche. Tous l'avaient vu, mais durant deux ou trois secondes personne ne bougea et pas une parole ne fut prononcée.

— Qu'est-ce que vous voulez, Fritz ? lui demanda calmement Dolan.

— Vous savez ce que je veux, articula lentement Dockstelter sans bouger. Vous qui m'avez fait exclure de la Fédération de base-ball. Vous savez ce que je veux, salaud.

— Un instant, Fritz, fit Dolan d'un ton presque aimable, en se levant. Je vous conseille de vous tenir tranquille.

— Vous vous rendez compte que vous avez brisé ma carrière, je suppose ?

— Je crois que vous y avez été pour quelque chose, répliqua Dolan tout en se rapprochant négligemment de lui. Il y a un bon mois que je connaissais cette histoire, mais le journal n'a pas voulu la publier. J'ai été obligé de plaquer mon boulot pour arriver à vous coincer.

— Sans blague ? fit Dockstelter en plongeant la main droite dans la poche de son veston.

— Attention ! hurla Bishop.

Dolan bondit, et son gauche atteignit Dockstelter à la tête et le fit reculer en chancelant. Dockstelter travaillait lui aussi du gauche, tout en faisant des efforts désespérés pour retirer son poing fermé de sa poche droite. Dolan le suivit, lui assenant une volée de coups de poing à la mâchoire puis, d'un droit en pleine figure il l'envoya s'écraser contre le mur. Dockstelter s'écroula sur le plancher. D'un bond, Dolan fut sur lui, essayant de faire sortir son poing droit de sa poche. Il y réussit enfin et introduisit sa propre main à l'intérieur.

— Je m'en doutais, dit-il en brandissant un revolver. Un trente-deux. Je me le disais bien que ce cochon-là avait un regard d'assassin.

— Tu ne te sers pas trop mal de tes poings, dis donc.

— Eh bien, s'écria Myra. Pendant un moment, je n'étais pas rassurée.

— Je ne suis pas encore fier, remarqua Dolan.

— Ed..., il y a de l'eau dans le hall. Dépêche-toi, qu'on tâche de le ranimer. Myra, mettez le revolver dans mon bureau. Bon Dieu... il y a du mouvement, ici, hein ?

— Et ça ne fait que commencer, conclut Myra. Attendez qu'on s'y mette pour de bon.

CHAPITRE IV

Dolan invita Myra à dîner, ce soir-là, sur un toit formant terrasse fleurie.

— C'est agréable ici, vous ne trouvez pas, dit Myra.

— Sans doute, dit Dolan en soupirant, tout en regardant par-dessus la rampe les lumières de la ville tout en bas.

— Ne soyez donc pas aussi déprimé, repartit gaiement Myra. Vous avez tout pour être heureux. En ville on ne parle que de vous et de la revue. Depuis que nous sommes assis là, il y a plus de vingt personnes qui sont venues vous féliciter. Et vous faites ce que vous avez toujours voulu faire. Que diable vous faut-il de plus ?

— Je ne pensais pas à cela, dit Dolan en jetant un coup d'œil vers l'estrade de l'orchestre, près de laquelle une longue table était dressée.

— Oh ! s'exclama Myra, en suivant son regard. Ça !... Ce n'est pas à moi qu'il faut en vouloir. Quand j'ai suggéré de venir ici, je ne savais pas que nous tomberions sur le repas de noce de la petite. Je ne savais même pas qu'elle était mariée.

— Je l'avais oublié moi-même, dit Dolan. J'ai l'air

de mettre les pieds dans le plat ; elle va me prendre pour un beau goujat.

— Pourquoi donc ?

— Le fait que nous soyons ici.

— Qu'est-ce que ça a de si terrible ?

— Pour l'amour du Ciel, essayez donc de comprendre. Avril et moi, on ne se quittait pour ainsi dire pas. Je passais mon temps avec elle et avec toute la bande qui est à sa table. Tout le monde sait que j'étais fou d'elle.

— Et elle de vous...

— Enfin, un fait est certain : c'est que je suis là, sur la terrasse où a lieu son repas de noce — avec une autre femme.

— Elle est bizarre, dit Myra en passant sa langue sur ses lèvres. On ne sait rien d'elle. Une traînée.

— Qu'est-ce qui vous prend, brusquement ?

— Comment voudriez-vous que je réagisse ? Vous venez de me dire que vous êtes gêné de vous trouver avec une femme qui n'appartient pas à ce milieu... — ce milieu de crétins patentés qui se prend pour la crème de la société.

— Je n'ai rien dit de pareil — vous êtes piquée.

— C'est vous qui êtes piqué. Mais, bon sang, que vous importe ce qu'ils peuvent bien penser de vous ? Pourquoi vous entêter à vouloir que votre nom soit dans le bottin mondain ? Pour eux vous n'êtes qu'un parvenu.

— Je le sais, répondit brièvement Dolan.

— Tous les clubs de la ville ont refusé de vous admettre parce que vous n'êtes pas de chez eux. Ils ricanent derrière votre dos. Ils n'ont que du mépris pour vous. Vous êtes stupide, mon pauvre Mike. Vous avez en vous toutes les possibilités, vous êtes une force... et maintenant vous voilà parti sur le bon chemin. Vous irez loin. Cessez de vous faire de la bile au sujet de ces lamentables parasites.

— Oh ! ce n'est pas pour eux que je me fais de la bile, c'est pour Avril. C'était vraiment une chouette gosse.

— Ce ne sont pas les chouettes gosses qui manquent. Seriez-vous jaloux de ce type qui l'a épousée — ce nommé Menefee ?

— Je ne crois pas...

— Alors cessez de dramatiser les choses. Elle est mariée et après ? Ça en fait une de moins. A voir la tête que vous faites depuis une demi-heure, on croirait qu'elle est la seule femme qui sache faire la culbute.

— Je vous interdis de parler sur ce ton d'Avril...

— Oh ! Miséricorde, soupira Myra avec lassitude tout en contemplant le firmament artificiel du restaurant, je vous en prie, cessez de jouer les parangons de vertu ! Je ne fais qu'exprimer ce que vous pensez. Je suis tout simplement honnête, Mike, dit-elle en se penchant sur ses coudes, et en le regardant dans les yeux. J'essaie tout simplement de vous guérir de votre snobisme social. Une fois que vous vous serez débarrassé de cela, rien ne pourra plus vous retenir. Ces gens sont des zéros. Ils s'agitent, mais ne participent à rien. Ils prennent beaucoup de place et respirent beaucoup d'air, alors que cet air profiterait joliment mieux à quelqu'un d'autre.

— Je ne discute pas ces faits-là, repartit Dolan. Il est probable que vous avez raison. Mais en dépit de tout, ils représentent pour moi quelque chose que je n'ai jamais eu et que j'ai très envie d'avoir.

— Vous me faites l'effet d'un type qui aurait raté sa vocation de conducteur de cotillon. Allez, fichons le camp d'ici.

— Je voudrais danser encore une ou deux fois...

— Autrement dit : vous avez envie de danser avec Avril.

— Admettons...

— Eh bien, allez-y, rendez-vous franchement ridicule, répliqua Myra, en passant son manteau du soir. Moi je m'en vais.

— Ce n'est pas indispensable, vous savez.

— Je sais bien que ce n'est pas indispensable. Mais j'ai davantage le souci de votre propre dignité que vous ne l'avez vous-même. Je rentre chez vous. Je vous attendrai, dit-elle en se levant.

— Il se peut que je rentre assez tard...

— Cela ne fait rien. Je demanderai à Ulysse de me faire entrer dans votre chambre. Les autres garçons seront là. Ils s'arrangeront probablement pour me faire passer le temps agréablement.

— Tout ce que vous voudrez, mais pas dans mon lit. Vous êtes prévenue. Sans ça je vous fous une trempe.

— Dans ce cas, ne rentrez pas trop tard, dit-elle en s'éloignant.

Dolan se leva, et se faufilant entre les couples, il se dirigea vers la table d'Avril. Un amoncellement de fleurs trônait au centre. Plusieurs chaises étaient inoccupées.

— Bonsoir, noble étranger, lui dit Avril d'une voix caressante en lui tendant la main.

— Félicitations, dit Dolan. A vous aussi, Roy.

— Merci, répondit Menefee. Vous connaissez tout le monde, n'est-ce pas ? Harry Carlisle...

— Oui, bien sûr. Tiens, bonsoir ! dit Dolan en s'inclinant et s'asseyant sur une chaise auprès de Lillian Fried, une jeune blonde dont les débuts dans le monde dataient de l'année précédente. Hello, Lillian.

— Hello, Mike...

— J'ai une dent contre vous, Dolan, s'écria Menefee. Vous me devez une lune de miel.

— Ah, oui ? Comment ça ?

— Vous avez fait entrer Avril au *Petit Théâtre* et maintenant que la pièce est commencée elle ne peut plus s'absenter.

— Je n'y suis absolument pour rien, Roy. C'est le Major qui l'a choisie. Tu es épatante, dit-il, s'adressant à Avril. La presse est excellente aujourd'hui. Comment ça a marché ?

— Très bien. Dommage que tu n'aies pas été là. On espérait tous te voir dans les coulisses après la représentation.

— J'ai été tellement occupé...

— Toujours aussi menteur, hein, Mike ?

Non, c'est vrai. La revue sort, tu comprends...

— Et, cette photo de moi, que tu devais passer ? demanda Lillian.

— Elle paraîtra la semaine prochaine...

— Ta page mondaine bat de l'aile, déclara Lillian. Était-ce ta rédactrice mondaine qui dînait avec toi ce soir ?

— Non, pas exactement. Pourquoi ?

— Pour rien...

— Elle a une allure étonnante, déclara Avril. Qui est-elle ?

— Oh, elle répond au téléphone, enfin un tas de choses de ce genre... Oh, elle écrit un peu...

— Je persiste à croire que c'est moi qui devrais m'occuper de ta chronique mondaine, dit Lillian. Tu sais que j'écrivais, dans la revue que nous avions, au lycée...

— Je ne pourrais pas te payer...

— Oh, je le ferais pour rien... Ça m'amuserait.

— Ce qu'elle veut dire, en réalité, reprit Harry Carlisle en se penchant sur la table, c'est qu'elle ferait tout, rien que pour être près de vous.

— La ferme, Harry ! lui jeta Lillian.

— Ne prenez pas ça mal, dit Carlisle en souriant. Je plaisantais.

— Un peu lourde, votre plaisanterie..., reprit Dolan.

— Tu veux danser, Mike ! lui demanda Avril...

— Mon Dieu..., dit Dolan en se tournant vers Menefee pour l'interroger du regard.

— Pourquoi pas ? répondit Menefee en se levant.

— Merci, fit Dolan, en se dirigeant avec Avril vers la piste. Tu crois vraiment que c'est correct ? lui demanda-t-il tandis qu'ils commençaient à danser.

— Bien sûr, grand dadais...

— ... Je veux dire de danser avec une jeune fille qui vient à l'instant de se marier ?

— Certainement car j'ai dansé avec Roy, Johnny London et Harry Carlisle.

— Johnny London était là ? Je ne l'ai pas vu.

— Tu n'as vu personne. Tu n'avais d'yeux que pour cette exotique jeune personne qui t'accompagnait. A propos, où est-elle donc ?

— Elle ?... Euh... partie.

— Bagarrés ?

— Si on veut.

— Je l'ai senti d'après le ton de votre conversation. Dommage. Elle est très séduisante.

— Oh, ce n'est pas grave. Cela lui déplaisait que je vienne te trouver. Elle ne voulait pas, alors...

— J'ai compris. Toujours aussi têtu. Pourquoi ne voulait-elle pas que tu viennes ?

— Oh, pour rien. Elle avait raison, d'ailleurs. Il y a tant de snobs dans la bande... La plupart ne m'ont même pas adressé la parole. Excepté Carlisle — et il a trouvé le moyen de me dire une vacherie.

— Laisse-le donc... Le succès lui a monté à la tête. Il nous racontait ce soir qu'il allait prendre une clinique plus vaste...

— Il le devrait. Il a une combine en or...

— Fio Rito t'a plu ?

— C'est la première fois que je l'entends... en chair et en os, je veux dire... Pas mal.

— Mike... pourquoi n'es-tu pas venu faire un tour au théâtre ?

— J'étais trop occupé.

— Tu n'as jamais été occupé à ce point-là. Est-ce à cause de l'histoire de l'autre soir, quand le Major a exigé que tu fasses des excuses ?

— Non, ce n'est pas l'unique raison. J'ai réellement beaucoup à faire.

— Je t'ai demandé plus de vingt fois au téléphone. On t'a fait la commission ?

— Oui, je n'aime pas te téléphoner chez toi, Avril... Tu sais comment est ton paternel. Et de toute façon, tu avais décidé d'épouser Roy. Vous auriez dû me le dire... je t'aurais envoyé un cadeau ou quelque chose...

— C'est pour cela que j'ai téléphoné ce matin. Je voulais te le dire...

— Oh, ce qu'on est bien, quand même, dit Dolan en la serrant contre lui. Je regrette que ça ne se soit pas arrangé autrement.

— Moi aussi, Mike...

— Oh, ce qu'on est bien, répéta-t-il, sentant le mouvement souple et lent de ce corps pressé contre le sien, et se rappelant, avec une brusque bouffée de chaleur, toutes les fois qu'il l'avait possédée.

— Tu crois que nous en aurons encore, de ces nuits au bord de notre petit ruisseau, Mike ? demanda-t-elle à voix basse.

— Je comprends, bon sang... Ça, oui...

— Excusez-moi, intervint brusquement Menefee en s'interposant entre Dolan et Avril. Permettez que je finisse celle-ci ?

— ... Fort bien... répondit Dolan en la relâchant. Merci, Avril. Bonne nuit...

S'insinuant entre les couples, il regagna sa table, et découvrit Carlisle assis sur la chaise que Myra avait laissée vide.

— C'est ennuyeux que vous n'ayez pas pu finir votre danse, lui dit Carlisle en souriant. J'ai dit à Menefee de rester tranquille et de cesser de se tourmenter, mais il a fallu qu'il aille vous interrompre...

— Tellement gentil de votre part, répliqua Dolan. Je comprends très bien...

— Vous avez une façon de réagir... On croirait vraiment que vous vous imaginez que c'est moi qui l'ai poussé à intervenir...

— Cela n'a aucune espèce d'importance, dit Dolan en faisant signe au garçon.

— Vous partez, lui demanda Carlisle.

— Ouais.

— J'aurais voulu vous parler...

— Un autre jour, répliqua Dolan en regardant la note.

Il tendit au garçon un billet de cinq dollars.

— Pourquoi ne sommes-nous pas amis, Dolan ? Vous m'êtes sympathique. Pourquoi ne m'aimez-vous pas ?

— Vous ne m'aimez pas, Harry. Vous ne m'aimiez pas du temps où nous allions ensemble à l'école, et vous ne m'aimez pas plus maintenant. Et c'est réciproque. Je vous prenais pour un petit c... à ce moment-là, et je vous prends encore pour un petit c... Ceci, conclut Dolan en faisant claquer ses doigts, pour qu'il n'y ait pas de malentendu.

— Et c'est pour cela que vous allez m'attaquer dans votre revue, parce que vous ne m'aimez pas ?

— Qu'est-ce qui vous fait croire que je vais vous attaquer ? demanda Dolan en faisant son possible pour ne pas paraître surpris.

— Oh, ces choses-là se savent. Et justement, j'ai tenu à vous prévenir que je suis un de ceux qu'il vaudrait mieux vous abstenir de mettre en cause...

— Vous ne croyez pas qu'il serait préférable d'attendre que je publie ce que vous croyez que je vais publier sur vous avant de venir me menacer ?

— J'ai pensé qu'il valait mieux vous rafraîchir la mémoire. Ceci, reprit Carlisle en imitant le geste que Dolan avait fait avec ses doigts, pour éviter tout malentendu.

— ... Merci, dit Dolan au garçon en prenant la monnaie, et en lui donnant un pourboire. Vous faites allusion à votre frère, sans doute ? reprit-il en s'adressant à Carlisle.

— Mon frère ?... Oh, vous voulez parler de Jack. Dites donc, fit-il en feignant la surprise, c'est une idée. Je n'avais pas pensé à Jack. Il a beaucoup d'influence. Peut-être en effet, pourra-t-il m'aider à vous obliger à vous tenir tranquille...

— Ouais, sait-on jamais ? Il pourra peut-être user un peu de son influence pour ramener à la vie ces trois jeunes filles que vous avez tuées en essayant de les faire avorter.

Carlisle se leva d'un bond.

— Écoutez, Dolan, dit-il d'une voix dont toute onctuosité avait disparu, vous ferez bougrement bien de vérifier les faits que vous avancez, avant d'imprimer quoi que ce soit de ce genre !

— Vous pouvez être tranquille qu'ils seront vérifiés. Je vous en fous mon billet, répliqua froidement Dolan en sortant...

CHAPITRE V

Il y avait de la lumière au rez-de-chaussée, lorsque Dolan rentra chez lui. A travers les larges fenêtres, il vit Elbert, Tommy et Ernst, assis en rond sur le plancher autour de Myra. Ils discutaient avec animation. Dolan monta chez lui et commença à se déshabiller. Il était en caleçon, lorsque Myra entra.

— Vous ne frappez donc jamais aux portes ? dit-il.

— Tenez, dit-elle en lui lançant son vieux peignoir qui traînait sur une chaise. Passez cela et n'en parlons plus.

— Je me fous des convenances, mais tout de même, la plus élémentaire des politesses... Bon Dieu, où son donc ces pantouffles ? demanda-t-il en jetant un regard circulaire. C'est ce nom de Dieu d'Ulysse qui a dû les descendre dans sa chambre. Il a déjà tout le reste de mes affaires, en bas...

— Si vous parlez de ces horribles mocassins rouges, ils sont là sous votre bureau, dit Myra en les montrant du doigt. A propos, vous savez l'heure qu'il est ?

— Je suis allé faire un tour, après avoir quitté le restaurant.

— Un tour qui a dû se prolonger assez longtemps. Voilà deux heures que je vous attends.

— Vous n'aviez pas l'air de vous ennuyer, fit remarquer Dolan en enfilant ses pantoufles. Quel était donc le sujet de la discussion ? L'homosexualité, condition première du génie ?

— Cette fois il s'agissait d'Hitler.

— C'est bien ce que je disais.

— Ernst déraille un peu quand il entame la question de l'aryanisme intégral, vous ne trouvez pas ?

— Oh, ça, complètement. Ce qui est joli, c'est qu'il est toujours en train de courir après les négresses. Ulysse avait amené une négresse chez lui l'autre soir. Il avait à peine eu le temps de tourner le dos que la négresse n'était plus là. En deux temps trois mouvements, Ernst l'avait allongée par terre derrière le piano. Ulysse allait le débiter en rondelles, si on n'avait pas réussi à le calmer. Oh, pour ça, Ernst n'admet que les Aryens cent pour cent. Et maintenant, Mlle Barnovseccotinsky, voulez-vous avoir l'obligeance de calter chez vous, et de me laisser me coucher ?

— Allez-y, couchez-vous. Ne vous gênez pas pour moi.

— Tout de même, c'est...

— Je voulais seulement vous parler. Je peux aussi bien le faire une fois que vous serez couché.

— Mais je n'ai pas envie qu'on me parle, répliqua Dolan, j'en ai assez d'entendre parler de mes complexes, inhibitions et refoulements. Rentrez chez vous, écoutez... écoutez...

— Vous avez vu Avril ?

— Oui...

— Comment prend-elle la chose ?

— Quelle chose ?

— Son calvaire. Elle vient d'épouser l'un, tout en continuant à aimer l'autre. C'est un calvaire, cela, vous savez...

— Sans blague ? dit Dolan ironiquement.

— Avez-vous pu danser avec elle ? continua Myra de même ton tranquille.

— Environ le tiers d'une danse. Puis son mari s'est interposé et a pris la suite.

— Interposé ? Vous ne trouvez pas cela bizarre, comme attitude ?

— Il m'en veut d'avoir retardé leur voyage de noces. Il croit que c'est moi qui ai fait engager Avril au *Petit Théâtre.* Mais c'est Harry Carlisle qui l'a poussé à s'interposer entre Avril et moi. Au moment où je m'éloignais de la table avec Avril, j'ai vu Harry venir s'asseoir auprès de lui. Harry lui a rappelé qu'il était censé être jaloux de moi.

— Je parie que Menefee n'avait pas grand besoin qu'on lui rafraîchisse la mémoire...

— Enfin, bref, tout ça est fini. Quand je suis revenu à notre table, Carlisle m'attendait. Il a essayé de me faire comprendre à demi-mot que je ferais bien de ne rien publier sur lui dans la revue.

— Oh, c'est donc ce Carlisle-là !

— C'est celui-là même. Le fameux médecin mondain.

— Comment a-t-il su que vous aviez l'intention de l'attaquer ?

— C'est ce que j'aimerais savoir. Personne n'était au courant excepté vous, Bishop et moi-même.

— ...Et Thomas. N'oubliez pas le jour où vous vous êtes emballé, et où vous avez essayé de l'impressionner en lui lisant la liste des gens que vous aviez l'intention de démasquer.

— Oui, et Thomas. Parfaitement.

— Est-ce que Thomas et Carlisle sont en bons termes ?

— Je ne sais pas. Il connaît Jack, son frère. Jack, le Grand Manitou du pays.

— J'espère que vous ne vous laisserez pas intimider par ses menaces.

— Rassurez-vous. Pour une fois, c'est un travail qui me sera infiniment agréable. Je n'ai d'ailleurs jamais pu le sentir... Et maintenant, voulez-vous, je vous prie, décamper.

— Vous ne voudriez tout de même pas que je rentre chez moi à pied toute seule à cette heure-ci ?

— Sacré bon Dieu... c'est bon. Je vais dire à Ulysse de vous reconduire chez vous dans ma voiture.

— A quoi bon ? Pourquoi ne pas faire la seule chose normale ?

— Je vous l'ai déjà dit, répliqua Dolan en se levant. Nous n'avons pas de lits supplémentaires.

— Celui-là me paraît assez confortable...

— C'est mon lit.

— Je le sais. Oh ! cessez donc de faire la bête.

— Je ne fais pas la bête, bon Dieu. Je sais ce que vous voulez. Je sais que je suis irrésistible. Je sais que je suis le roi du sex-appeal...

— Parfait. Vous voilà enfin vous-même, dit Myra en souriant. Épatant.

— Mais vous ne coucherez pas dans mon lit ! Nom

de Dieu, je regrette que vous n'ayez pas pris cette fameuse tasse de café, l'autre jour !

— De mieux en mieux. J'aime bien vous voir fulminer. Vous êtes magnifique dans ces moments-là.

— Vous devriez me voir quand je flanque les femmes à la porte à quatre heures du matin. C'est là que je suis vraiment magnifique. Maintenant, voulez...

Quelqu'un frappa à la porte.

— Entrez, dit Dolan, croyant que c'était un de ses camarades, ou même peut-être Ulysse.

La porte s'ouvrit, livrant passage à Avril Coughlin Menefee.

— Je ne savais pas que vous aviez du monde, dit-elle en regardant Myra sans sourciller. Je vous dérange ?

— Mais... pas du tout, répondit Dolan encore sous le coup de la surprise.

— Ça, c'est gentil, dit Avril en fermant la porte derrière elle.

Myra se tenait debout, respirant avec difficulté.

— Ne partez pas, dit Avril en lui tendant la main en souriant. Je m'appelle Avril Menefee. Je vous ai déjà vue...

— Bonsoir, dit Myra en lui serrant la main.

— Mlle Barnowsky, fit Dolan en se ressaisissant. Ma secrétaire. La secrétaire de la rédaction, je veux dire. Elle m'aide à corriger les épreuves. Mlle Barnowsky.

— Oui, je sais, dit Avril. Mlle Barnowsky.

— C'est ma secrétaire, dit Dolan en souriant d'un air idiot.

— C'est très gentil. Je vous trouve extrêmement séduisante, dit Avril à Myra.

— Merci...

— Je suis désolée que vous partiez. J'aurais aimé faire plus ample connaissance.

— Bonsoir, madame Menefee, répliqua Myra en sortant.

— Un instant, dit Dolan en la suivant jusqu'à la porte. Je vais aller dire à Ulysse de vous reconduire...

Ne vous dérangez pas, lui jeta Myra par-dessus son épaule, en se frayant un chemin dans l'obscurité, jusqu'à la cage de l'escalier...

— Elle est superbe, Mike. On dirait une esquisse de Benda. Maintenant, je comprends pourquoi tu as négligé...

— Oh ! misère. Tu n'as donc jamais rien d'autre en tête que des histoires de couchage ? fit Dolan en fermant la porte.

— C'est pathologique chez moi.

— Tu es folle. Comment es-tu entrée ?

— Ne fais pas les gros yeux, je suis entrée par la porte de derrière, par la chambre d'Ulysse, et par le petit escalier. Pourquoi ?

— Ça, par exemple, tu peux te vanter de m'en boucher un coin, dit-il en secouant la tête. J'en ai vu des cinglées, mais jamais comme toi. Tu viens de te marier, c'est ta nuit de noces, et tu me demandes pourquoi.

— Et je te redemande : Pourquoi ? Quel mal y a-t-il à venir te voir ? C'est on ne peut plus convenable et correct... Souviens-toi de la Déclaration des Droits de l'Homme.

— J'abandonne, dit Dolan, s'asseyant sur le divan, et pasant sa main dans ses cheveux. Décidément, j'abandonne, reprit-il. Tout le monde connaît ta voiture. As-tu pensé à ce que l'on dira quand on la verra à ma porte ? Tout le monde sait également que je vis ici.

— Je suis venue en taxi, répliqua Avril en retirant son manteau.

— Et Menefee ?

— Eh bien... rien. Nous nous sommes disputés à cause de toi et je suis descendue de la voiture.

— Charmante façon de commencer la vie en commun.

— La dispute, dit Avril en venant s'asseoir près de lui sur le lit, était à ton sujet. Elle a commencé au moment où il a interrompu notre danse, et s'est poursuivie jusqu'à présent. Roy est très jaloux de toi.

— Et pourquoi diable est-il jaloux ?

— Peut-être, dit-elle en le regardant avec de larges yeux innocents parce que tu es un amant infiniment plus satisfaisant que lui.

— Ça, alors, je veux bien être pendu ! s'exclama Dolan en la regardant avec stupéfaction. Tu as été lui dire ça ?

— Certainement.

— Oh ! mon Dieu ! gémit Dolan.

— Ce n'est pas la seule raison de ma visite. Enfin, je veux dire... pas uniquement pour ça. Je t'ai apporté quelque chose, dit-elle en ouvrant son porte-monnaie. J'ai pensé que la société de crédit avait dû être à tes trousses, ces derniers temps, je sais que tu lui dois un versement pour l'auto, ajouta-t-elle en déposant le chèque près de lui.

La porte s'ouvrit brusquement, et Myra entra en coup de vent.

— Il y a une auto qui vient de s'arrêter devant la porte, et un homme en sort, s'écria-t-elle, très excitée, je crois que c'est votre mari. Un roadster Packard.

— C'est lui, pas d'erreur, dit Dolan en se levant. Filez, Avril, par l'escalier de service.

— Qu'il vienne, répliqua Avril têtue, autant s'expliquer tout de suite.

— Mais nom de Dieu de bon Dieu, voulez-vous vous débiner ?

— Je ne sortirai pas, répondit calmement Avril, tout en s'allongeant confortablement sur le lit.

— Vite ! s'écria Myra.

Dolan se précipita sur Avril, et la saisissant par le bras il l'obligea à se lever. Puis, l'abandonnant l'espace d'une seconde, il prit du champ, se mit froidement en garde et lui assena un formidable coup de poing à la mâchoire. Avril poussa un petit cri d'animal blessé et retomba évanouie sur le lit. Dolan se pencha sur elle précipitamment, et la ramassa à la volée dans ses bras.

— J'tezsonmante ausurelle...

— Dépêchez-vous, dit Myra, en jetant le manteau sur le corps d'Avril.

Dolan sortit rapidement et bifurqua vers l'escalier de service. Il n'y avait pas de lumière dans le salon, mais le réverbère de la rue lui permit de trouver son chemin. Il sortit du salon, longea le couloir de service, et descendant rapidement l'étroit escalier il atteignit la porte de la chambre d'Ulysse qu'il ébranla à grands coups de pied...

— Qu'est-ce qu'il se passe, monsieur Mike ? demanda Ulysse en ouvrant la porte.

— Un tas de choses, dit Mike en déposant le corps sur le lit pliant. Je suis dans un foutu pétrin à cause de toi, enfant de cochon de bâtard de nègre. Je t'ai pourtant dit mille fois de ne pas laisser entrer Avril par l'escalier de service.

— Qu'est-ce qu'elle a, monsieur Mike ?...

— Je l'ai sonnée. Son mari est en haut...

— Je ne l'aurais pas laissée entrer si j'avais su qu'elle était mariée...

— Tu ferais n'importe quoi pour trois dollars, espèce d'andouille. Écoute. Il faut que je remonte et que je fasse comme si j'étais tout étonné de voir le gars. Couvre-la et fais attention qu'elle la boucle jusqu'à ce qu'il soit reparti. Si elle revient à elle et qu'elle a l'air de vouloir faire l'idiote, refile-lui un marron. Je reviendrai aussitôt qu'il sera parti.

— Entendu, m'sieu Mike, dit Ulysse en jetant une couverture sur le corps d'Avril, la couvrant complètement. M'sieu Mike, je voulais pas vous attirer des ennuis...

— Ça va, ça va ; je suis probablement autant à blâmer que toi, fit Dolan en sortant.

Devant sa propre porte, Dolan s'arrêta un instant pour allumer une cigarette avant d'entrer. Myra était dans le lit, le drap tiré jusqu'au menton, ne laissant émerger que sa tête. Roy Menefee se tenait debout, près du petit bureau. Son visage de bellâtre était renfrogné.

— Tiens..., bonsoir, dit Dolan en feignant une grande surprise, son regard interrogateur allant de

Myra à Roy, pour revenir à Myra, je ne m'attendais certes pas à vous trouver ici. Où est Avril ?

— C'est ce que j'essaie de découvrir, répondit Menefee.

— Il croyait qu'elle était ici, précisa Myra.

— Ici ? Que ferait-elle ici ? Ce n'est pas une plaisanterie, je suppose ? Qu'est-il arrivé, Roy ?

— Avril et moi nous nous sommes disputés en rentrant à la maison, et elle m'a dit qu'elle préférait rentrer à pied que de rester avec moi dans la voiture. Je pensais qu'elle bluffait, alors j'ai arrêté l'auto et je l'ai laissée descendre. Je voulais lui donner une leçon, alors j'ai fait le tour du pâté de maisons, dans l'intention de venir la reprendre... mais quand je suis revenu, elle n'était plus là.

— Vous ne connaissez pas très bien Avril. Ce n'est pas son genre de bluffer.

— Je m'en rends compte, à présent. Naturellement, je suis venu ici...

— Et qu'est-ce qui pouvait vous faire croire qu'elle serait ici ?

— Ma foi... Je ne sais pas. Elle parle de vous...

— Pourquoi m'avez-vous pas téléphoné d'abord ?

— Vous vouliez la prendre en *flagrante delicto*, n'est-ce pas ? intervint Myra. En train de forniquer, en latin, expliqua-t-elle à Dolan.

— Je suis « presque » désolé de vous décevoir, Roy, mais elle n'est pas ici.

— Je le vois bien, répliqua Menefee. je n'ai pas besoin de vous dire à quel point je regrette cette histoire, Dolan.

— N'y pensez plus. Elle a dû prendre un taxi et

rentrer chez elle. Pourquoi n'iriez-vous pas voir, là-bas ?

— C'est une idée... Tout à fait désolé de vous avoir dérangé, dit Menefee en se dirigeant lentement vers la porte. Est-ce que je pourrais vous dire deux mots, Dolan ?

— Certainement.

Ils allèrent dans le salon, et Dolan alluma le lampadaire situé auprès de sa porte.

— Je voulais vous demander de ne pas parler de cette histoire... dans votre revue...

— Entendu, Roy, c'est promis. Et moi, je vous demanderai de bien vous mettre dans le crâne qu'il n'y a plus rien entre Avril et moi. J'avais le béguin pour elle autrefois. Mais plus maintenant. C'est son père qui a tout cassé.

— Je vous crois...

— Et je voudrais que vous n'écoutiez plus Carlisle. Il voudrait vous faire croire un tas de choses qui sont complètement fausses.

— Entendu. Bonne nuit, Dolan, dit Menefee en lui serrant la main. Je suis désolé de vous avoir dérangé...

— N'y pensez plus, répondit Dolan en le raccompagnant jusqu'au palier. Bonne nuit.

— Bonne nuit, répondit Menefee en descendant.

Dolan, par la fenêtre, suivit le départ de Menefee et quand il l'eut vu monter dans sa voiture et démarrer, il redescendit chez Ulysse.

— ... Elle est toujours dans le cirage, fit Ulysse. Vous avez dû vous servir d'une batte de base-ball ?

— Va chercher de l'eau et embarquons-la en vitesse. Apportes-en un plein seau...

Dolan fit voltiger la couverture qui la recouvrait, et commença à lui frictionner les poignets. Elle ne revenait toujours pas à elle. Avril était étendue toute raide et à la lumière jaune de la petite veilleuse d'Ulysse elle faisait vraiment très cadavre.

— Voilà, M'sieur Mike, dit Ulysse en revenant avec le seau d'eau. Vous avez pu vous débarrasser de lui ?

— Oui, il m'a même fait des excuses. Attrape-la par les pieds. On va la mettre par terre...

Ils la posèrent sur le plancher, et Dolan, attrapant le seau d'eau, à toute volée le lui jeta en plein visage. Elle frissonna au contact de l'eau froide. Dolan la fit alors s'asseoir, et commença à la secouer violemment. Quelques secondes après, ses lèvres bougèrent, et elle fit une grimace, comme si elle venait d'avaler un citron pas mûr, puis elle cligna des yeux et finalement, les ouvrit.

— Avril ! Avril ! lui murmura Dolan à l'oreille.

Avril sourit en regardant autour d'elle dans la chambre.

— Ne t'affole pas, vieille fripouille ; je vais bien maintenant, dit-elle, en continuant à sourire, tu m'as cueillie quand je regardais ailleurs...

— Parlez d'un numéro ! dit Dolan en jetant un coup d'œil à Ulysse et en souriant malgré lui. Allez, Avril, il faut s'en aller d'ici. Roy vient juste de partir. Ulysse, mets vite tes chaussures et ton pardessus, fais sortir Miss Avril par la cour de derrière, et trouve-lui un taxi.

— Oui, Monsieur, répondit Ulysse, ravi de tenir un des premiers rôles dans une des aventures de M. Mike.

— Tu peux te fouiller pour me faire sortir par la

porte de derrière, s'indigna Avril. Je sortirai par où je suis venue.

— Tu feras ce que je te dis. Je me méfie de Menefee. Je crois qu'il m'a cru, mais il est jaloux, et un type jaloux à ce point-là peut être terriblement faux jeton. A l'heure qu'il est, il est peut-être arrêté plus haut dans la rue en attendant que tu sortes.

— D'ailleurs, dit Avril, j'ai froid. Rends-toi compte de ce que tu as fait de mes cheveux.

— Rends-toi compte de ce que tu as fait de ma vie, répliqua Dolan. Allons-y.

Il l'aida à se lever.

— Pars avec Ulysse; tu es sûre de trouver un taxi au coin. Tu as de l'argent ?

— J'ai toujours de l'argent, monsieur Dolan...

— Je l'ignorais. Je pensais que tu avais peut-être tout dépensé en graissant la patte à Ulysse. Allez, va-t'en...

— Je pars... mais je reviendrai...

— Essaye seulement et je te tords le cou. Tu es prêt, Ulysse ?

— Oui, Monsieur.

— Alors, barrez-vous...

Ulysse et Avril disparurent par la porte de service. Dolan la ferma derrière eux et remonta chez lui. Il éteignit le lampadaire et alla à la fenêtre jeter un coup d'œil dans la rue. Nulle auto n'était visible. Il sourit et entra dans sa chambre.

— Eh bien, dit-il en apercevant les vêtements de Myra soigneusement pliés sur une chaise et ses souliers rangés sous le bureau, ça va ?

— Elle est partie ? demanda Myra en se retournant vers lui et en s'appuyant sur son coude.

— Oui, et j'aimerais bien que vous en fassiez autant.

— Rien à faire. Dites donc, votre amie la timbrée vous laisse ce petit souvenir, dit-elle en lui tendant le chèque qu'Avril avait signé.

— Merci, fit brièvement Dolan, le glissant dans la poche de son peignoir.

— Vous n'avez pas de remords d'accepter de l'argent d'une femme ? questionna Myra, que sa nonchalance amusait.

— Pas quand ça paie un service rendu, répliqua brutalement Dolan.

— Je comprends... Dites-moi, toutes vos nuits sont-elles aussi trépidantes ?

— Trépidantes ! repartit Dolan en souriant froidement tandis qu'il retirait son peignoir et qu'il s'asseyait sur le bord du lit. Celle-ci n'a pas été trépidante. Plutôt barbante dans l'ensemble...

— Vous êtes un sorcier, dit Myra en rejetant sa tête sur l'oreiller. Vous êtes le plus incroyable mélange de charme, de personnalité et de goujaterie que j'aie jamais vu...

— Foutaises, répliqua Dolan en éteignant la lumière.

CHAPITRE VI

Quelques jours après, Lawrence l'appela dans son bureau.

— La situation est assez grave, dit-il. Expliquez-lui, Eckmann.

— Voilà ! dit Eckmann, ça peut se réduire à ceci : Nous n'arrivons pas à récolter de publicité pour *Le Cosmopolite.* Le cinquième numéro est sorti depuis quelques jours, et combien avons-nous de pages payées, d'après vous ?

— Je ne sais pas, dit Dolan, sept ou huit, probablement...

— Cinq pages et quart, précisa Eckmann, et sur ces cinq pages il n'y en avait que deux de payantes. Pour deux cents dollars en tout, à peu près.

— Et chaque numéro nous coûte plus de mille dollars, continua Lawrence. Vous voyez où ça nous mène ?

— Écoutez, dit Dolan. Ce côté de la question m'échappe complètement, mais du diable si je comprends ce qui nous oblige à faire cadeau de trois ou quatre pages de publicité par semaine. Elles devraient rapporter quelque chose.

— Elles sont données à titre gracieux. Nous y sommes obligés, répliqua Eckmann. Ces deux demi-pages données au *Courrier* et à la *Times Gazette* nous ont valu en échange deux demi-colonnes chez eux. Les deux autres pages et quart ont été offertes à de grands magasins de la ville, à titre d'expérience, pour leur prouver que notre journal pouvait faire monter leur chiffre d'affaires...

— Et alors ? leur chiffre d'affaires a monté ?

— Ils disent que non, répondit Eckmann. Dès lors, vous voyez combien ça m'est difficile de leur placer des annonces.

— Pourtant Myra a obtenu plus de quatre cents abonnements à l'année en un mois. Ça fait deux mille dollars. Ça aussi, c'est parti ?

— Oui, répliqua Lawrence. Vous voulez voir la comptabilité ?

— Non, je vous crois. Seulement tout cela me surprend un peu. Je croyais que ça marchait bien...

— Cela marche bien, dit Eckmann, si l'on considère strictement le point de vue rédactionnel. Elle est vraiment épatante, votre revue. Il y a un peu de tout et juste ce qu'il faut. Excepté, naturellement, votre chronique mondaine. Parce que, là, vous avez franchement dépassé la mesure.

— Mais c'était voulu, dit Dolan. Parlez d'elles dans un journal, publiez leurs photos... Et vous les tenez. Je les connais bien, allez.

— Nous n'allons pas discuter là-dessus, reprit Lawrence. C'est un point secondaire. La revue me plaît et les révélations sur le base-ball nous ont assuré un lancement du tonnerre de Dieu. Mais à quoi bon tout ça, si nous n'avons pas de quoi boucler le budget ?

— Ma foi, je ne vois pas ce que je pourrais vous répondre, dit Dolan en secouant la tête. Tout ce que je peux faire, c'est m'efforcer de sortir la meilleure revue possible...

— J'ai l'impression que vous n'en sortirez plus guère, fit Lawrence.

— Comment ? Il n'y en aura plus ?

— Pas à mille dollars par semaine... Un peu plus de mille dollars, d'ailleurs.

— Vous ne voudriez pas risquer le coup pendant quelques semaines encore, monsieur Lawrence ? Ça ne peut pas ne pas réussir. Nom de Dieu, ne me laissez pas tomber en ce moment. La semaine prochaine nous allons sortir le papier le plus sensationnel de l'année. Bishop y travaille en ce moment.

— Je regrette beaucoup, Dolan, mais je ne puis pas courir ce risque...

— Et, bien entendu, il est inutile d'essayer de vous convaincre en vous disant qu'il faut absolument que le papier en question paraisse.

— Pour moi, il ne vaut pas les mille dollars que me coûterait sa publication, répondit Lawrence. En ce qui me concerne, il n'y a pas un seul article qui les vaille.

— Pour moi ça les vaut. Et si je me procurais les fonds pour tirer les prochains numéros, comme je l'ai fait la première fois ?

— D'accord. Du moment que vous réglez les dépenses, aucune objection.

— Voulez-vous continuer à nous chercher de la

publicité, Eckmann ? Cette revue peut devenir une mine d'or un jour pour vous...

— Bien entendu, je continuerai... Je travaillerai plus fort que jamais pour vous, si cela est possible. Je ne demande qu'à vous amener tous les commerçants de la ville, moi... Je suis avec vous, j'admire votre cran. Et je crois vraiment que vous êtes désintéressé dans cette affaire.

— Merci. J'essayerai de me procurer l'argent cet après-midi, mais n'arrêtez pas de vous escrimer, parce que je l'aurai de toute façon aujourd'hui ou demain, dit-il en sortant et en montant l'escalier de son bureau.

Myra tenait le récepteur d'une main et cochait de l'autre la liste des clients à prospecter pour les abonnements. Bishop tapait comme un sourd sur la machine à écrire.

— Où est Lillian ? demanda Dolan.

— Elle est allée au Country Club faire le compte rendu des championnats féminins de golf, répondit Myra. Avez-vous vu Lawrence ? Il vous cherchait...

— Oui. Mais, bon sang, pourquoi Lillian n'a-t-elle pas fait le championnat par téléphone, ou bien tout simplement pris le compte rendu dans les journaux de ce soir... ?

— Vous ne connaissez pas Lillian, répliqua Myra. Elle est sortie avec son crayon et son petit carnet... Elle n'aurait pas pu se vanter d'être la Rédactrice Sportive du *Cosmopolite* en restant au bureau...

— Comment ça marche, Eddie ? demanda Dolan en s'arrêtant près de lui.

— On ne peut mieux, répondit Bishop. Mais pour l'amour du Ciel, fous-moi le camp de là, j'ai horreur qu'on lise par-dessus mon épaule. Tu sais que ça m'énerve. Tu es pire que Thomas.

— Bon, bon. Je t'ai téléphoné deux fois hier soir...

— J'étais sorti. Sais-tu seulement où demeure la dénommée Mac Alister ? Au diable vauvert, à l'asile des vieux du Comté ; du côté de Cold Springs.

— Tu l'as vue ?

— Ouais, je lui ai parlé longuement. Elle prétend que sa fille est morte d'une crise intestinale. Mme Griffith dit la même chose. On finirait par croire que c'est le seul diagnostic que le vieux Dr Estill est capable de rédiger.

— Elles n'ont pas soupçonné ce que tu cherchais... ?

— Non, j'ai amené la chose sans avoir l'air d'y toucher. J'ai découvert aussi quelque chose qui pourra nous être utile. Aucune des deux mères n'avait jamais entendu parler du Dr Estill ; c'est quand Elsie Griffith a commencé à souffrir de l'empoisonnement que quelqu'un a proposé de l'envoyer chercher. Naturellement, Mme Mac Alister n'avait jamais entendu parler de lui, avant qu'il soit venu signer le certificat de décès. Mais alors elle n'en a pas voulu. Fay Mac Alister est morte sur la table d'opération. Cet enfant de salaud de Carlisle est un assassin...

— Si on pouvait seulement retrouver les types qui les ont foutues enceintes...

— C'est possible ; mais on ne peut rien prouver. On ne peut prouver aucun fait patent de toute cette histoire. Même les jeunes filles qui sont allées trouver Carlisle et qui en ont réchappé ne veulent rien dire. On peut ouvrir une enquête, mais pour quoi foutre ?

Carlisle en sortirait blanc comme neige. On pourrait exhumer les corps des petites Griffith et Mac Alister, mais ça n'avancerait à rien non plus. Depuis le temps, il n'en reste plus que des os...

— T'occupe pas, Ed, écris ton papier. Je me charge des détails.

— Très bien. J'espère que tu sais ce que tu fais, bon Dieu. Quand le Grand Jury te convoquera, tu ferais bien d'avoir quelque chose à leur raconter.

— Je l'aurai. Myra, demandez-moi Mme Marsden, voulez-vous ?

— Quel est son numéro ? demanda Myra en se mordant la lèvre.

— Cherchez donc dans l'annuaire, répondit Dolan, en fixant pensivement le mur...

— Ce sera tout, Emery, dit Mme Marsden au maître d'hôtel qui disposait le plateau de thé sur la petite table renaissance.

— Comment prenez-vous votre thé, Mike, nature, crème, sucre, citron... ?

— Crème, sucre et citron, répondit Dolan.

— Tout à la fois ?

— Euh... oui, s'il vous plaît, dit-il, conscient, au ton de sa voix, d'avoir commis un impair. Pourquoi, ça ne se fait pas ? Je n'ai encore jamais pris le thé, alors je ne sais pas.

— C'est fou ce que vous êtes enfant, fit en souriant Mme Marsden. Vous êtes tellement naïf. Essayez donc de vous en tenir à la crème et au sucre.

— Très bien...

— Deux morceaux ?

— Oui, merci, dit-il en prenant sa tasse de thé. Je ne voulais pas vous déranger...

— Oh, vous ne me dérangez pas...

— Avez-vous des nouvelles de Mary-Margaret ?...

— Hier. Elle aime beaucoup Mexico.

— Je la comprends. Moi aussi j'aime les villes étrangères. J'irai à Mexico et dans les mers du Sud, un jour.

— Avez-vous déjà été dans les mers du Sud ?

— Oui, au dernier rang d'un cinéma. Ça manquait de charme.

— J'avais l'intention d'y aller faire un tour cet automne. Une croisière aux îles...

— Ça sera épatant. Je parie bien que Mary-Margaret aimera beaucoup cela. Elle adore voyager.

— Je ne la prendrai pas avec moi, répliqua Mme Marsden. Ça ne serait pas drôle pour moi. Vous n'aimeriez pas m'accompagner ?

— Moi ? Oh ! mais ce ne serait pas possible...

— Pourquoi donc ? Vous pourriez vous trouver à Los Angeles et je vous rencontrerais là-bas par hasard et...

— Ce serait magnifique, mais...

— Pourquoi pas ? Un peu de thé ?

— Non, merci. Oh, je ne pourrais absolument pas. J'ai ma revue...

— Vous croyez que vous l'aurez encore longtemps ?

— Je l'espère, — bien que, pour l'instant, ça n'ait pas l'air d'en prendre la tournure. C'est d'ailleurs la raison qui m'a poussé à venir vous voir. Je ne vois personne d'autre à qui m'adresser. Je me demandais...

— De l'argent ?...

— Oui. Momentané, bien entendu ! Nous ne sommes pas encore suffisamment connus, mais dès que nous le serons, les commerçants nous prendront des annonces et alors là, nous serons parés. Nous rembourserons tous ceux qui nous auront fait confiance...

— Combien vous faudrait-il pour vous faire passer ce mauvais pas ?

— Environ mille dollars par semaine...

— Et dans combien de semaine comptez-vous boucler votre budget ?

— Oh, environ deux semaines. Peut-être trois.

— Ne croyez-vous pas que six seraient plus près du compte ?

— C'est possible...

— Alors vous cherchez à emprunter six mille dollars ?

— Oui, mais naturellement je vous les rendrai...

— Oui, oui, je sais, dit Mme Marsden avec un sourire entendu, tout en se levant. Je vais vous faire un chèque, Mike. Mais pourquoi ne prendriez-vous pas cet argent pour aller quelque part... vous distraire et oublier votre revue ? A ce moment-là il servirait vraiment à quelque chose...

— La revue me tient trop à cœur, notre ville en a besoin. Vous savez ce que j'essaie d'en faire...

— Oui, et c'est pourquoi je ne vous comprends pas... au lieu de prendre l'argent et de partir. A Los Angeles, par exemple... jusqu'en septembre ?

— Je ne peux pas...

— Eh bien, si jusqu'à présent vous avez pu conserver vos illusions intactes, ce n'est pas moi qui vous les enlèverai. Mais vous savez que vous avez entrepris là une sorte de travail d'Hercule, n'est-ce pas ?

— Je le sais...

— ... Mon chéquier est en haut, dans ma chambre. Montez donc avec moi, vous me direz au nom de qui je dois le libeller, dit Mme Marsden en s'éloignant.

Avec ses six pieds de haut, ses cent quatre-vingt-quinze livres de viande coriace de viril quadragénaire aux moustaches brunes de vieux phoque, Bud Mac Gonagill était le type même du personnage qu'il était censé représenter : un gardien de la paix. Bud était le shérif du comté de Colton.

— J'ai pensé qu'il valait mieux que je vienne ici, dit-il en jetant un coup d'œil autour de la chambre de Dolan. Vous êtes bien installé ?

— Oui, pas mal. Qu'est-ce qui vous tracasse, Bud ?

— Rien ne me tracasse, Mike. Je ne voulais pas vous parler dans mon bureau. Plus prudent. C'est pourquoi j'ai attendu qu'il fasse nuit pour venir.

— Vous avez raison. Asseyez-vous, Bud. Il n'y a pas de dictaphones ici. Comment ça va ?

— Pas trop mal. Ça fait un mois que je ne vous ai vu...

— Ma revue m'a pris tout mon temps...

— Elle est très bien cette revue, Mike... Elle me plaît. Ça doit vous changer agréablement de votre journal...

— Je vous crois. Imaginez la joie que vous auriez à mettre la main au collet de tous ceux qui mériteraient d'être pincés.

— Ce jour-là ne viendra jamais pour moi, Mike. Il y

aura toujours ceux qui sont en cheville avec les gros bonnets. Ça me fait mal au ventre, mais je ne suis pas comme vous, Mike. Je ne peux rien faire. Merde, j'ai trois gosses à l'école...

— Comment se débrouillent-ils ? Que devient Terry ?

— Ça gaze... ça gaze. Terry m'a écrit qu'il avait eu de vos nouvelles...

— Je lui ai écrit avant de plaquer le journal. C'est un garçon épatant. Un grand joueur de football. Sera de l'équipe internationale la saison prochaine, Bud.

— Ce n'est plus tellement sûr... Maintenant que vous n'êtes plus au journal. Mais vous avez fait beaucoup pour Terry. Vous lui avez obtenu une réclame formidable dans les journaux et les périodiques...

— Terry n'a pas besoin de moi, Bud. Il sera international, c'est tout cuit. Il aurait percé l'an passé, si on n'avait pas fait tout ce battage autour de Milson, Grayson et Derwanger. Vous savez ce que c'est. Il faut un an avant d'être sélectionné...

— Je l'espère. On peut fumer ?

— Bien entendu. Allons, Bud, accouchez. Vous êtes un acteur minable.

— Ben voilà. On m'a beaucoup parlé de vous, Mike, dit lentement Mac Gonagill.

— Dans quel sens ?

— Vous défrayez la chronique du Palais de Justice, vous et votre revue. Il paraît que vous avez l'intention de nettoyer le pays, ou quelque chose comme ça.

— Tôt ou tard, c'est à ça qu'il faudra en venir,

mais vous n'êtes pas en cause, Bud. Vous êtes blanc comme neige, vous.

— Oh, je ne crains pas les enquêtes, ni les histoires de ce genre. J'ai idée que j'ai toujours fait proprement mon boulot de shérif. C'est pas pour moi que je me fais du souci, c'est pour vous.

— Pour moi ?

— Oui et c'est de ça que je voulais vous parler. Je me demandais si vous vous rendiez bien compte de ce que vous aviez déclenché.

— Je le devrais en tout cas. Depuis que j'ai lancé ce magazine on n'arrête pas de m'en parler... Ce à quoi je m'attaque et ce qui est susceptible de m'arriver. Mais cela ne m'intimide pas, Bud. Quand j'ai quelque chose dans le crâne je ne l'ai pas ailleurs. J'ai assez d'argent à présent pour continuer à foncer, qu'on me donne ou non de la publicité, et j'ai l'intention de continuer à foncer.

— Mike, vous me plaisez. Vous avez fait beaucoup pour moi... et pour Terry en lui faisant obtenir une bourse, sans parler du reste — mais maintenant vous voulez battre un brelan d'as avec une paire de deux. Moi, je vous le dis, ça fait je ne sais combien d'années que je suis dans ce foutu pays et je sais de quoi il retourne.

Dolan se leva et vint se planter devant lui.

— C'est chic de votre part d'être venu me voir, Bud — et j'apprécie votre geste. Mais je continuerai ce que j'ai entrepris. J'en ai marre de ces viols perpétuels, de toute cette corruption, de tous ces meurtres. Je ne pourrais plus dormir une nuit tranquille si je lâchais tout maintenant.

— Nom de Dieu, je suis content de vous entendre dire ça, fit Mac Gonagill en lui tendant la main. Je suis de cœur avec vous ; j'ai dit à Jack Carlisle que vous ne...

— Jack Carlisle vous a envoyé me voir ?

— Il m'a demandé de passer chez vous. Il savait que nous étions amis. Il voulait que je vous fasse en quelque sorte comprendre qu'il ne supporterait pas d'être embêté.

— Et c'est pour ça que vous êtes venu ?

— Pas du tout, j'aurais pu vous dire tout ça par téléphone. Tenez, je suis venu vous apporter ceci...

Il fouilla dans sa poche et sortit un papier et un insigne.

— C'est votre nomination de shérif-adjoint, et voilà l'insigne réglementaire. J'ai pensé que vous vous sentiriez peut-être plus à l'aise si vous les aviez.

— Merci, Bud, articula Dolan, la gorge serrée.

— Et... c'est pas tout. Tenez, dit-il en tirant de sa poche de derrière un revolver avec son étui. La licence et l'insigne ne servent pas à grand-chose sans ceci. C'est un 38 automatique... Il a déjà quatre encoches... Appartenait à Percy Yard. Vous vous souvenez de Percy...

— Je comprends que je m'en souviens. Nom de Dieu, c'est rudement chic ce que vous faites là, Bud.

— J'ai antidaté la licence de six mois, pour qu'on ne puisse rien dire. C'est un bon petit outil, Mike. J'espère que vous n'aurez pas à vous en servir mais si vous avez à le faire un jour, ce sera réconfortant de se dire que cette fois, c'est au service de la bonne cause.

— Mon vieux Bud, je ne sais pas quoi dire. J'espère

que je n'aurai pas à m'en servir. S'il m'arrivait une sale histoire, je crois que je serais tellement énervé que je serais capable de me suicider avec, sans le faire exprès. Je ne crois pas en avoir besoin...

— De toute façon il vaut mieux le prendre. Vous avez le droit de le porter. Si Jack Carlisle peut obtenir des permis de port d'arme pour ses tueurs patentés, je peux bien en procurer un à un ami. Qu'est-ce que c'est que cette histoire que vous allez publier sur son frère ? Au sujet de ses avortements ?

— Vous savez quelque chose sur lui ? interrogea Dolan surpris.

— Très peu. Je connais une jeune fille qui travaillait chez lui...

— Comment s'appelle-t-elle ?

— Je ne m'en souviens pas pour l'instant. Mais je pourrais le rechercher...

— Vous voulez bien, Bud ? Vous voulez bien faire des recherches ? Il est possible qu'elles puissent m'être utiles...

— Entendu. Je vous téléphonerai. Où peut-on vous toucher ?

— A la « Lauwrence Publishing Company ». Peut-être vaudrait-il mieux que je vous téléphone ?

— Non, je m'en souviendrai, soyez tranquille... Eh bien, Mike... s'il y a quelque chose que je puisse faire... en douce, bien entendu... faites-moi signe. Vous savez que ma situation est assez délicate...

— Je comprends. Je serai prudent, Bud. Encore une fois merci, pour tout... fit Dolan en lui serrant la main, et en l'accompagnant dehors.

— Bon courage, Mike, dit Mac Gonagill.

Dolan acheva la lecture du papier de Bishop, et se tourna vers Myra.

— Qu'en pensez-vous ?

— C'est épatant, dit Myra. Vous aussi êtes épatant. C'est la première fois que je vous vois en smoking. Où allez-vous ?

— Je parle de l'article, répliqua Dolan.

— Tous les faits y sont, dit Bishop. Malgré tout je ne crois toujours pas que ça soit suffisant pour coincer Carlisle. Mais en tout cas on peut mettre la machine en branle.

— Je t'ai déjà dit de ne pas t'en faire pour les détails...

— C'est simplement que je n'ai pas envie que la Chambre des Mises en Accusation nous tourne en ridicule. C'est tout.

— Pas de danger...

— Après ça, sur qui va-t-on se lancer ?

— Ton vieux copain, Nestor. Nous essayerons de découvrir comment un inspecteur de police peut faire construire une immense villa à Weston Park, et rouler dans une Duesenberg, tout ça avec une solde de quatre mille dollars par an...

— Ça va être drôle, dit Bishop. Je vais m'amuser. Mais, continua-t-il d'un ton enjoué, le plus drôle ce sera quand ils m'auront ficelé sur la chaise électrique, ou fait sauter la cervelle.

— Ça n'ira pas jusque-là, répliqua Dolan en se colletant avec sa cravate. Tous ces gars-là sont des dégonflés.

— Ouais ? Enfin... j'espère que tu es dans le vrai.

— Bonté divine ! s'écria Myra. C'est fou ce que nous devenons élégant ! Voulez-vous que je vous aide à faire votre nœud de cravate ?

— Merci, j'y arriverai. Et vos petits airs sarcastiques, vous savez ce que vous pouvez en faire ?

— Allons donc ! où a-t-il pris que j'étais sarcastique ? demanda Myra en se tournant vers Bishop. J'ai tout simplement constaté que vous faisiez très dandy, et vous commencez à glapir. Qu'y a-t-il ? Vous n'avez pas la conscience tranquille ?

— Et pourquoi n'aurais-je pas la conscience tranquille ?

— Oh ! pour un tas de raisons. Vous allez peut-être sortir avec Lillian, ou...

— Lillian ? Qu'est-ce qui peut bien vous avoir donné cette idée ?

— Vous oubliez que je suis une logicienne, expliqua Myra. Elle est très belle, elle fait partie de la meilleure société, son père est immensément riche, et par-dessus le marché elle est, comme on dit vulgairement, vachement mordue pour vous. Toutes ces qualités réunies vous ayant attiré dans le passé, j'en ai naturellement conclu qu'il fallait s'attendre à ce que vous fussiez encore sensible...

— Ecoutez, je mets ce smoking parce que ça fait deux ou trois mois que je ne l'ai pas mis, répliqua patiemment Dolan en étendant les mains. Je ne vais nulle part. Je me propose tout simplement d'aller faire un tour au *Petit Théâtre*, tout comme si je venais d'un endroit où la tenue de soirée aurait été de rigueur. Je veux voir en passant ce que donne la nouvelle pièce qui a commencé avant-hier, serrer la main à David, à qui je dois toujours mille cinq cents dollars — et serrer également la main aux quelques amis qui me restent. Votre insatiable curiosité est-elle satisfaite ?

— Pas mal, pas mal, dit Myra. En tout cas le ton est juste. Dommage que vous ayez abandonné le théâtre.

— Pour l'amour du Ciel, Ed, veux-tu me débarrasser de cette bonne femme avant que je ne lui tranche la gorge ?

— Je ne demanderais pas mieux que de te faire plaisir, mais il faut que je rentre à la maison. Un de mes gosses a la grippe. Tu n'as plus besoin de moi ?

— Non ; il n'y avait que le papier sur Carlisle. Merci de me l'avoir apporté.

— Entendu. Bonne nuit, dit Bishop en se levant et en prenant la porte.

— Pourquoi ne rentrez-vous pas chez vous ? demanda Dolan à Myra, tout en enfilant son pardessus.

— Je n'ai pas envie de rentrer dans ma chambre. J'ai envie de rester ici. Je vais m'installer confortablement...

— J'ai compris. Vous craignez que je n'amène une femme chez moi, n'est-ce pas ?

— Où avez-vous encore été pêcher cette idée ? demanda Myra. J'ai en vous une confiance éperdue, Mike... une confiance qui va très loin... à peu près aussi loin que je serais capable de lancer cette armoire avec mes deux mains attachées dans le dos.

— Oh, bon Dieu ! fit Dolan.

— Et si j'étais vous, continua Myra, je n'amènerais pas de jeune femme à la maison. Pas très commode de dormir à trois dans ce lit... Vous n'oubliez rien ? demanda-t-elle en l'arrêtant à la porte. Vous ne prenez pas votre revolver flambant neuf ?

— Gardez-le. Et, je vous en prie, faites-moi le plaisir d'introduire le canon dans votre bouche, et d'appuyer sur la gâchette. Mais pas dans mon lit. Ces draps sont propres...

CHAPITRE VII

Quand Dolan arriva dans les coulisses, la pièce était presque finie, on en était au quatrième acte d'*Anna Christie*, à la scène où Burke dit à Anna qu'il a retenu sa place sur le *Londonderry* pour aller au Cap.

Dolan resta un instant debout dans les coulisses, à regarder les acteurs sur scène, se demandant qui pouvait bien être le nouveau type qui faisait le rôle de Burke, puis il passa à travers les décors, et franchit la lourde porte d'incendie pour descendre dans le salon Bambou. Johnny London, David et Avril étaient mollement allongés sur les chaises longues en osier.

— Bonsoir, Avril...

— Bonsoir, Mike, dit-elle en se levant.

— Je vois que tes cheveux ont fini par sécher...

— Vos plaisanteries sont de mauvais goût, dit-elle sèchement en sortant.

— Qu'est-ce qu'il lui prend ? demanda Dolan, intrigué.

— C'est peut-être l'émotion de vous voir au théâtre ce soir, répondit David. Où allez-vous donc, attifé comme ça ?

— Je sors d'une réception. Comment va, Johnny ?

— Très bien. Tu as l'air florissant et prospère, dis donc.

— Plus que deux versements à faire et il sera à moi. Qui est le type qui joue le rôle de Burke ? Je croyais que c'était Pat Mitchell qui devait le faire...

— Pat a les oreillons. Ce type s'appelle Wycoff, répondit David. Appris le rôle en huit heures. Comment le trouves-tu ?

— Je ne l'ai vu que pendant quelques minutes ; mais il m'a paru bon...

— Il devrait l'être. Il y a des années qu'il fait des tournées.

— Que fait Avril ici ? Elle joue ?

— Non. Dites-lui, Johnny...

— Ça ne me regarde pas. Dites-le-lui vous-même.

— Avril s'est toquée d'Emil, dit David avec un large sourire.

— Vous voulez parler d'Emil l'électricien ?...

— Tout juste.

— Et depuis quand ?

— Il y a trois ou quatre jours. Seulement cette fois elle a réellement perdu la boule. Prétend qu'elle ne peut plus vivre sans lui. Elle nous parlait de son âme poétique, quand vous êtes entré...

— C'est donc pour ça qu'elle est partie. Et qu'en dit Roy Menefee, Johnny ?

— Il est fou de rage, mais il ne peut rien faire. Pauvre diable, je le plains. Si elle était ma femme, je lui mettrais une bonne châtaigne.

— Elle en aurait bougrement besoin, dit Dolan. Où est le Major ?

— Quelque part sur le plateau, sans doute...

— Je vais aller voir jusque-là. A un de ces jours, Dave, il faudra qu'on se parle sérieusement et que je vous soumette un rapport.

— Rien ne presse, Mike...

— A bientôt, dit Dolan en s'en allant.

Dans l'escalier il rencontra Timothy Adamson.

— Est-ce que je pourrais vous parler un instant, Mike ? demanda-t-il.

— Certainement, Tim ; montez avec moi...

— Je suis heureux de vous avoir rencontré ici, dit Timothy en l'accompagnant le long du couloir. J'avais l'intention d'aller vous voir demain...

— Qu'y a-t-il ?

— Vous savez depuis combien de temps je suis dans ce théâtre, n'est-ce pas, Mike ?

— Oui, deux ans environ...

— Trois et vous serez plus près de la vérité. Et pendant ces trois années, je n'ai jamais joué que des pannes. Je sers toujours de doublure. Je n'ai pas trop râlé pendant tout ce temps-là, parce qu'il n'y avait vraiment rien pour moi. Mais il y a un mois, quand vous avez abandonné votre rôle dans *Liliom*, j'aurais pu le faire. On l'a donné à David. Maintenant Pat Mitchell attrape les oreillons, et ils passent son rôle à un quelconque crabe. Moi je trouve ça foutrement injuste.

— Moi aussi, Tim, mais pourquoi n'allez-vous pas en parler au Major ?

— Je l'ai fait. Il m'a dit qu'il ne pouvait pas me confier un rôle important parce que je n'avais pas assez d'expérience. Mais comment pourrais-je acquérir de l'expérience s'il ne veut jamais me faire confiance ? Bon Dieu, j'aimerais mieux jouer que bouffer ; j'ai ça dans la peau, je veux arriver. Il n'y avait pas de raison qu'on donne ce rôle à ce nouveau type. Je connais le rôle par cœur. Comment deviendrais-je un bon acteur, si je reste à croupir dans la figuration ?

— Vous avez raison, Tim, cent pour cent raison. Que voulez-vous que je fasse ?

— Vous pourriez peut-être parler au Major...

— Ça ne servirait à rien. Il m'a dans le nez.

— Ben, voilà... Je lis votre revue, et je trouve que ce que vous essayez de faire est épatant. Est-ce que vous ne pourriez pas écrire un article sur ce qui se passe ici ? Ils vous démolissent, à la fin. Je ne vous aurais jamais demandé de le faire, mais après tout, il me semble qu'un théâtre d'avant-garde comme le nôtre devrait offrir sa chance à chacun. Ce théâtre est censé être ouvert à tous. Mais c'est devenu pire qu'un music-hall de Broadway.

— Vous avez raison, tout à fait raison.

— Voulez-vous en parler dans votre revue ? Vous êtes le seul qui soit capable de redresser cette situation...

— Oui, j'écrirai quelque chose. Sans faute.

— Vous ne m'en voulez pas de vous avoir demandé ce service ?...

— Vous en vouloir ? Je vais vous dire : c'est le geste le plus chic que quiconque ait jamais fait pour moi. C'est le compliment qui me touche le plus.

— Merci, Mike.

— C'est moi qui vous remercie, Tim. Avez-vous vu le Major ?

— Il est là-bas, de l'autre côté, près du tableau de distribution...

Dolan remercia d'un hochement de tête, longea le corridor, les loges des artistes, franchit la porte de secours de l'autre côté et se trouva côté cour. Lorsque ses yeux furent habitués à l'obscurité, il discerna dans un coin, près du tableau de distribution, Avril et Emil l'électricien, serrés l'un contre l'autre.

« C'est vraiment une petite putain », se dit Dolan en cherchant le Major du regard. A la fin il l'aperçut, alla le trouver et, lui tapant sur l'épaule, il lui fit signe de le suivre dans le couloir. Un moment après ils s'éloignaient sur la pointe des pieds.

— Il faut que je le tienne à l'œil, dit le Major... le soir de la première, vous savez ce que c'est.

— Vous faites le souffleur ?

— Non, je me tiens tout simplement là. Eh bien Dolan, comment allez-vous ?

— Très bien...

— Vous êtes superbe en smoking, seulement vous savez où vous devriez être, je suppose ?

— Où ça ?

— Là-bas, en train de jouer le rôle de Burke. Il était fait sur mesure pour vous...

— Ce gars-là m'a l'air de faire l'affaire. Qui est-ce ?

— ... Nommé Wycoff. Il a appris le rôle en huit heures.

— Non... Je veux dire... d'où vient-il ? Je ne me rappelle pas l'avoir vu par ici...

— Je l'ai découvert... Compliments pour votre revue. On m'en a beaucoup parlé.

— On vous en parlera davantage encore... je

l'espère, du moins... Paraît que Pat Mitchell a les oreillons...

— Oui, c'est embêtant.

— Major, pourquoi n'avez-vous pas offert le rôle à Timothy ?

— Oh ! allons, Dolan. Après tout, je dois faire ce qui me paraît être pour le mieux. Il y a les recettes à considérer. Timothy vous a parlé à ce sujet ?

— Je ne l'ai pas vu depuis un mois. Je sais qu'il est là depuis trois ans à attendre qu'on lui donne sa chance, et quand j'ai vu ce nouveau type, j'ai pensé à ça, c'est tout...

— Timothy aura sa chance. Mais parlons plutôt de vous...

— Je ne tiens pas à parler de moi. Je voudrais savoir si vous avez l'intention de faire quelque chose pour que ce théâtre redevienne ce qu'il n'aurait jamais dû cesser d'être, un théâtre où chacun a la possibilité de percer...

— Et moi je ne tiens pas à discuter de cela, répondit brièvement le Major. Ce théâtre est sous ma responsabilité et je le dirigerai comme bon me semble.

— Mais vous semblez oublier qu'il a été créé en coopérative et que ceux qui l'ont fondé ont aussi voix au chapitre...

— Avez-vous l'intention de traiter la question dans votre revue ? demanda soudain le Major.

— Possible...

— Dans ce cas, je n'ai plus rien à vous dire.

— Très bien, mais je vais vous donner la possibilité de vous disculper. Je peux demander à David un rapport que je publierai; j'aimerais aussi avoir votre point de vue.

— Je ne veux pas entendre parler de tout ça. Vous vous amenez ici avec l'idée de tout chambarder...

— Vous vous fourrez le doigt dans l'œil jusqu'au coude. Je suis venu ici pour dire bonjour à quelques amis que je n'avais pas vus depuis longtemps. J'ai vu cet inconnu jouer le rôle principal et je me suis demandé pourquoi on n'avait pas donné à Timothy l'occasion de sortir...

— Vous ne me faites pas peur...

— Je n'essaie pas, répliqua Dolan.

La porte de secours s'ouvrit et l'on entendit le bruit des applaudissements qui montait de la salle.

— Excusez-moi, dit le Major en se dirigeant vers la scène...

Dolan sortit par la porte de la scène, traversa le patio, puis atteignit l'allée derrière le théâtre où il avait garé son auto.

Il s'assit au volant, alluma une cigarette et attendit.

— Où voulez-vous aller? demanda Dolan, tandis qu'ils traversaient Sycamore Park.

— Au *Hot Spot*, dit Lilian. J'ai faim.

— Je n'ai pas envie d'aller là...

— Pourquoi?

— Tout simplement parce que pour la première fois de ma vie je montre un peu de bon sens. Vous êtes la seule jeune fille de la ville dont le nom n'ait pas été lié au mien, et je n'ai pas envie d'aller au

Hot Spot pour que tous vos amis nous voient ensemble. Si votre famille l'apprenait, cela pourrait être gênant pour vous.

— Ma famille ne me gêne pas du tout. J'ai vingt ans...

— De toute façon, nous n'irons pas.

— Vous avez peur de Myra ?

— Myra ? Ah ! ça non. Elle ne m'est rien...

— Ce n'est pas ce qu'elle croit. Elle m'a fait comprendre que je ferais bien de vous laisser tranquille.

— Quand vous a-t-elle dit cela ?

— Oh ! assez souvent. C'est pourquoi je vous ai donné rendez-vous... pour la faire tiquer.

— Vous avez un certain culot, répliqua Dolan, vexé.

— Oh ! ce n'est pas tout à fait ce que je voulais dire, dit-elle en se rapprochant de lui. Vous savez ce que j'éprouve pour vous, Mike...

— C'est bon, dit-il toujours morose. Je vais voir à vous procurer à manger.

Ils se turent, l'espace de quelques pâtés de maisons.

— Dites-moi exactement ce que vous a raconté Myra à mon sujet ? demanda-t-il enfin.

— Je ne me souviens pas... au juste. Mais dans l'ensemble, elle me signifiait que je ferais bien de vous laisser en paix.

— C'est tout ce que vous pouvez vous rappeler ?

— Oh ! elle a dit que vous étiez un enfant à bien des égards, que vous aviez un penchant très marqué pour les jeunes filles qui ont de la fortune et un rang social élevé ; enfin, que sais-je... un tas de sornettes auxquelles je n'ai guère prêté d'attention...

— Ah ! c'est comme ça ? dit Dolan sombrement.

Ils se turent à nouveau, l'espace de quelques pâtés de maisons.

— Lilian... est-ce que cela vous dirait de vous marier ?

— Ça me plairait, répondit Lilian.

— Je veux dire de vous marier avec moi ?

— C'est bien ce que j'avais compris, répondit-elle avec calme.

— Parfait... Pouvez-vous remettre le sandwich jusqu'après le mariage ?

— On ne peut pas se marier à cette heure-ci...

— Ah ! vraiment ? Je vais aller tirer du lit le type qui nous donnera le permis, puis nous irons voir le père Palmer. Il est juge de paix. Il nous mariera.

— Mais, voyons, Mike, dit Lilian qui commençait enfin à se réveiller. Et la bague ?

— Nous en emprunterons une. C'est le spécialiste des mariages impromptus. Il doit bien avoir une bague dans ses accessoires. Mais l'argent. Vous avez de l'argent ?

— Un peu. Quinze dollars à peu près...

— C'est suffisant. En route, dit-il en tournant entre deux rues et en rebroussant chemin pour aller téléphoner dans un drugstore.

CHAPITRE VIII

A deux heures du matin, M. et Mme Mike Dolan se trouvaient assis au comptoir d'un petit café ouvert toute la nuit dans le bas-fond de Front Street, aux abords du Palais de Justice.

Ils venaient de finir de manger, et attendaient que *la pluie* voulût bien cesser de *pleuvoir*.

— ... Eh bien, dit Lillian, voilà qui est fait.

— Oui, voilà qui est fait, dit Dolan en riant. Vous connaissez cette histoire ?

— Quelle histoire ?

— Celle-là. Eh bien, voilà...

— C'est osé ?

— Pas du tout ce genre-là. C'est une nouvelle de Dorothy Parker. Il s'agit d'un jeune couple qui vient de se marier...

— Oui ?

— Oh ! peu importe, laissons ça, dit Dolan en regardant par la fenêtre pour voir glisser les gouttes de pluie sur les carreaux. Vous aimez la pluie ?

— Non.

— Moi, j'adore ça. J'aimerais qu'il pleuve tout le temps. Cela me rappelle la guerre.

— Je m'étonne que vous aimiez les choses qui vous rappellent la guerre, après avoir été blessé comme vous l'avez été.

— Je ne veux pas parler de la guerre proprement dite. Je veux dire... de la France. Cela me rappelle la France.

— Paris ?

— Tours, Blois. Les châteaux de la Loire...

— J'aimerais bien que la pluie se décide à cesser. Mike, où allons-nous ?

— Cette nuit, vous voulez dire ?

— Oui.

— Je ne sais pas. Je crois qu'il vaudrait mieux que vous rentriez chez vous. Nous discuterons de tout ça demain matin...

— Discuter de quoi ? Nous sommes mariés, il me semble ?

— Oui, mais il y a beaucoup de choses à faire. D'abord, il faut que je vous achète une bague et que je rende celle-là au juge. Après ça, il faudra que j'aie un entretien avec votre père... tôt ou tard.

— Il est à San Francisco.

— Ah ! vraiment ? C'est épatant ! Cela va me donner le temps de me retourner. Écoutez, faites-moi le plaisir de ne rien dire de cette histoire, vous voulez bien Lillian ? Pendant un petit bout de temps. Notre mariage va soulever pas mal d'opposition ; il nous faut un peu de temps pour nous préparer à l'affronter.

— Mais, voyons, Mike... nous pourrions aller quelque part cette nuit et en parler.

— Nous pouvons fort bien parler ici. Mais ce n'est pas ça... J'ai besoin de gagner du temps. Pour réfléchir.

— Vous n'étiez pas comme cela il y a quelques heures, dit Lillian en faisant la moue.

— Oh ! ne vous méprenez pas, je ne suis pas une girouette. Et je ne regrette jamais ce que j'ai fait. Mais vous admettrez que tout ceci a été plutôt rapide et inattendu...

— Je voudrais bien que nous puissions aller dans un hôtel. De toute façon, je vais prendre un savon soigné à cause de cette histoire, alors autant en tirer un peu de profit...

— Venez, il pleut moins fort, dit Dolan en se laissant glisser de son tabouret. Je vous reconduis chez vous...

Après qu'il l'eut déposée devant sa porte (sans l'embrasser), il roula sans but sous la petite bruine, fasciné comme toujours par les rues luisantes, l'odeur d'asphalte mouillé et la solitude absolue de la ville.

brr...
brr...
brr...
brr...
brr...
brr...

Les rouages de son cerveau fonctionnaient sans qu'il pensât à rien de bien défini, malgré qu'il s'efforçât de concentrer sa pensée sur une chose précise, comme un homme sexuellement rassasié, repu, gorgé jusqu'à la nausée, essaie de se concentrer lorsqu'il lui arrive une nouvelle aventure avec une jolie fille, essaie désespérément, mais ne peut y arriver, son esprit se fixant sur un tas de choses mais pas sur cela...

En désespoir de cause, il abandonna et rentra chez lui. Il escalada une fenêtre ouverte au rez-de-chaussée et se fraya un chemin dans l'obscurité jusqu'à la chambre d'Ernst. Il tourna le commutateur. Ernst dormait comme une brute, ronflant, grognant, gargouillant..., faisant dans l'ensemble un raffut du diable. Dolan se pencha sur lui et le secoua sans ménagement.

— Qu'est-ce qu'il y a ? demanda Ernst avec son accent épais et savoureux, en clignant des yeux, tout à fait calmé, maintenant.

— Pousse-toi un peu, lui dit Dolan en commençant à se déshabiller.

— Pourquoi tu ne vas pas dans ton lit ? demanda tranquillement Ernst.

— Il est occupé. Myra.

— Encore ?

— Oui...

— Tu es un idiot, Mike. C'est une femme charmante.

— Je le sais.

— C'est la pluie qu'on entend ? demanda Ernst en se soulevant sur un coude, percevant soudain le léger roulement de tambour des gouttes d'eau qui tombaient du toit.

— Oui...

Ernst se leva pour aller jeter un coup d'œil à la fenêtre. Il ne portait pas de pyjama. Quelques secondes après, il se retourna, le visage souriant.

— J'adore la pluie, dit-il. Ça me rappelle le pays...
— La Hongrie ?
— Oui, dit-il en revenant dans son lit.
— Moi, ça me rappelle la France.
— La guerre ?
— Dans un sens...
— Où étais-tu, il y a dix-neuf ans exactement, ce soir ?
— A Saint-Mihiel. Et toi ?
— A Saint-Mihiel. Sur les flancs du mont Sec.
— C'est curieux. J'étais à Essey. Il y aura demain exactement dix-neuf ans, j'ai attrapé ça, dit-il en montrant sur sa cuisse droite une cicatrice de shrapnel qui ressemblait à la carte de Floride. C'est peut-être ta batterie qui m'a envoyé ça...
— C'est bien possible...
Dolan éteignit la lumière, et retournant vers le lit, il tâtonna à la recherche des couvertures.
— Pousse-toi, dit-il en se glissant sous les draps.
— Tu as eu de la chance de ne pas être tué...
— Tu crois ?... fit Dolan en se retournant.

Il pleuvait toujours quand Dolan arriva au bureau ce matin-là. Myra était seule et corrigeait les épreuves.
— Bonjour, lui dit-elle en arborant un charmant sourire.
— C'est le moment de le souhaiter, dit Dolan en suspendant son chapeau et son trench-coat au portemanteau. D'un bout à l'autre de l'horizon on ne voit que ces superbes nuages gris. On dirait qu'ils sont lourds de toutes les pluies du monde...
— Mike Dolan-Shelley, fit Myra avec un sourire un

peu moins charmant, vous n'êtes pas de ces gens qui aiment à errer seuls sous la pluie ?

— C'est ce qui vous trompe, tout au moins je le faisais jusqu'à ce qu'on ait fait toute cette publicité à Greta Garbo. A ce moment-là j'ai cessé, je ne voulais pas qu'on s'imagine que je ruminais ma jalousie. Ça se présente bien ?

— Ça ? Oh ! c'est parfait. Je les ai envoyées au marbre et corrigées. Il ne reste plus guère qu'à les relire...

— Merci, dit Dolan en s'asseyant devant son bureau, j'ai dormi tard.

— C'était la fatigue ou bien Ernst ?

— Comment savez-vous que j'ai couché avec Ernst ?

— Je regardais tomber la pluie, moi aussi. Je vous ai vu arriver en voiture, et enjamber la fenêtre du rez-de-chaussée.

— Je devrais vous en vouloir j'imagine, mais je n'en ai pas le courage.

— Vous n'avez aucune raison de m'en vouloir. Je me suis levée tôt pour que vous puissiez vous changer sans être gêné par ma présence, Mike...

— Qu'y a-t-il ? demanda Dolan sans la regarder, tout en fixant son bureau.

— Je ne vous embêterai plus. Je ne viendrai plus dans votre chambre.

— Oh ! ça va, Myra...

— Non, ça ne va pas. Pas du tout, même. J'ai été une idiote. Mais croyez-moi, fit-elle en se levant et en s'approchant de son bureau. Je voulais seulement vous aider.

— M'aider ? M'aider à quoi, pour l'amour du Ciel ? demanda-t-il, obligé cette fois de la regarder en face.

— Allons, ne commencez pas à grogner et à rouspéter, je déteste ces réactions automatiques chez vous.

— Et moi je déteste votre attitude avantageuse... tous vos sacrés airs maternels. De quel droit êtes-vous toujours à me donner vos foutus conseils ?

— Il faut bien que quelqu'un le fasse. Vous avez besoin d'être conseillé, Mike, dit-elle en s'asseyant sur la table, un pied posé à terre, vous seriez un grand homme..., une force..., si vous écoutiez les conseils que l'on vous donne. Vous êtes un chef né, mais vous êtes trop impétueux, trop impulsif, trop obstiné...

— Oh ! bon Dieu ! dit Dolan en plaquant violemment sa main sur la table et en se levant. Je me demande pourquoi je ne vous flanque pas un marron sur le nez... ajouta-t-il avec un regard furieux.

— C'est probablement parce que vous savez que j'ai raison, répliqua Myra, pas le moins du monde intimidée.

Dolan se mordit les lèvres, fit brusquement demi-tour et vint au bureau de Myra.

Il escamota les épreuves et descendit à l'imprimerie pour les donner à Cully, le contremaître.

— Ça va, Cully, vous pouvez y aller, dit-il.

Il s'approcha ensuite de la porte principale et se tint là, debout, à contempler la rue, regardant le tramway descendre la colline, fixant le devant de la voiture avec une insistance morbide. Il se demandait quelle impression cela pourrait bien faire de courir se jeter sous les roues, si ce serait très douloureux, et combien de temps il faudrait attendre la mort...

— Prescott, du *Courrier*, vient de téléphoner, lui dit Myra lorsqu'il revint à son bureau.

— Très bien. Hello ! Ed. Quand es-tu arrivé ?

— Il y a quelques minutes. J'ai parqué ma voiture dans le passage. J'ai gueulé un bon coup en arrivant, d'ailleurs...

— Pas possible ? s'écria Dolan très surpris.

— Si, tu étais debout devant la porte...

— Oui. Comment vont les gosses ?

— *Le gosse.* Ça va. Un peu de fièvre, quoi...

Dolan s'assit, compara le numéro du *Courrier* et demanda Prescott. La téléphoniste de la rédaction lui conseilla de demander la salle de la presse au Palais de Justice. Dolan coupa et composa le numéro de la salle de la Presse.

— Allan Prescott, dit-il... Allô... ici Mike Dolan... Oui... Eh, un instant, Allan... vous n'allez pas publier ça !... Oui... Ben, pas encore... je ne sais pas... peut-être la semaine prochaine, peut-être le mois prochain, peut-être ne m'en servirai-je pas du tout. C'est pour ça, vous comprenez ?

« Il a fait ça ?... Comment l'avez-vous su ?... Non ?... Vraiment ?... Eh bien, dites à cet enfant de cochon que je vais la lui renvoyer... Oui, bien sûr, bien sûr, publiez tout ce que vous voudrez, qu'est-ce que voulez que ça me foute ?... dit Dolan en raccrochant.

Myra et Bishop le regardaient tous deux fixement.

— Qu'est-ce qui se passe ? demanda Bishop.

— Rien... bon Dieu, rien.

— Qu'est-ce que c'est ? demanda à nouveau Bishop. Enfin, quoi, j'ai entendu malgré moi. Que voulait

Prescott ? Qu'est-ce qu'il a appris et que tu essaies de l'empêcher de publier ?

— Rien. Absolument rien.

— Très bien, si tu le prends comme ça... c'est bon... Je croyais que nous étions entre amis. Pardon.

Dolan ne répondit pas, il les fixait, mais sans les voir clairement, ses yeux n'étant pas centrés sur eux.

— Je vais vous le dire, fit Myra, cette espèce de piqué s'est marié la nuit dernière.

— Il... quoi ?

— Il s'est marié. Oh ! dit-elle à Dolan, inutile de prendre cet air ahuri ! Lillian m'a téléphoné ce matin pour me le dire. Elle tenait absolument à le crier sur les toits. Et avec force détails. L'histoire de cette bague que vous avez empruntée au juge et le fait que vous l'avez immédiatement raccompagnée chez elle...

— Ça alors, c'est plus fort que de jouer au bouchon, dit Bishop en s'asseyant. Et avec Lillian... par-dessus le marché.

— Pourquoi pas ? dit Myra. Elle est belle, elle appartient à la meilleure société, et son père est le président d'une des banques les plus importantes de la côte Pacifique, ex-sénateur, en plus. C'est tout ce que demandait cette espèce de timbré. Il se fout pas mal que ce soit une sale petite putain qui n'a rien dans le ventre...

Comme mû par un ressort, Dolan se leva de derrière le bureau, les yeux injectés de sang, et s'avança vers Myra, les poings fermés. Bishop l'attrapa au collet et le retint.

— Du calme, Mike... assieds-toi...

Dolan immobile, debout dans les bras de Bishop,

tremblait de la tête aux pieds ; il regarda Myra, le visage livide de haine.

— C'est la vérité, continua Myra sur le même ton mordant, c'est une sale petite putain. Elle avait le feu aux fesses pour vous et elle n'a pas eu le cran de coucher avec vous et d'en finir un bon coup. Il a fallu qu'elle vous épouse ! Eh bien, vous auriez mieux fait de vous l'envoyer la nuit dernière, parce que aujourd'hui tous les moyens lui seront bons pour essayer de se sortir de là. Sa mère va la travailler, ses amis aussi — et les journaux vont tous publier cela en première page. — Oh ! Dieu de Dieu... pauvre lamentable piqué.

Elle s'arrêta, se retourna et sortit rapidement du bureau pour aller dans la salle d'attente.

— Assieds-toi, Mike, lui dit Bishop en le relâchant. Assieds-toi...

Dolan regagna son bureau et s'assit.

— Je ne crois pas que tout ça soit aussi dramatique que ça le paraît, dit Bishop en allumant une cigarette. Ça devrait pouvoir s'arranger.

— Myra est jalouse, elle est jalouse comme une tigresse.

— Ça, je n'en sais rien, mais elle a aussi raison. Pour ce qui est d'avoir raison, elle a raison. Je ne vois pas comment tu peux te laisser posséder par ces grognasses, je te jure que je ne te comprends pas. Cette Lillian n'a pas cessé de te courir après depuis qu'elle est là. Et je ne serais pas étonné qu'elle se soit embauchée dans la revue de sa propre initiative...

— Il ne vous est pas venu à l'idée — à l'un ou à l'autre — que je pourrais très bien l'aimer, je suppose, fit Dolan, plus calme à présent.

— Des clous, si j'ose m'exprimer ainsi, fit Bishop, des clous ! Tu sais parfaitement que ses parents vont être furieux. La moitié de l'Amérique sait fort bien que la vieille Mme Fried ne plaisante pas sur le chapitre ancêtres. Tu connais cette histoire qui court les salles de rédaction... qu'elle ne veut pas s'asseoir sur une chaise s'il n'y a pas un écu peint dessus. Bon Dieu, tu le sais bien, elle a trimbalé Lillian à travers toute l'Europe l'an passé, pour tâcher de la marier à un titre. Tu ne finiras donc jamais par comprendre que tu es un danger public pour les pères de Weston Park ? Et le sien, de paternel, qu'est-ce que tu crois qu'il va dire ?

— Il est à San Francisco...

— Tu veux dire qu'il *était* à San Francisco. Tu peux parier ta tête à couper qu'il doit être en train de rappliquer dare-dare à l'heure qu'il est...

CHAPITRE IX

Dolan entra dans un drugstore de Weston-Park, pour manger un sandwich et boire un verre de lait, puis il redemanda le numéro de Lillian. Ni Mme Fried, ni Mlle Fried n'étaient rentrées, répondit le maître d'hôtel. Dolan demanda quand elles allaient rentrer. Le maître d'hôtel répondit qu'il n'en savait rien. Savait-il où l'on pourrait joindre Mlle Fried. Non, avait répondu le maître d'hôtel, mais par contre M. le Sénateur rentrait cet après-midi par avion et il lui serait certainement possible de le rencontrer, *lui*, vers les sept heures. Dolan raccrocha furieux, sortit et alla chercher son auto. Il s'assit au volant, fou de rage, réfléchit quelques minutes, puis décida d'aller en personne sonner à la porte.

Il arrêta sa voiture à cent mètres de là, descendit la rue et monta les marches de l'énorme perron. Un nègre vêtu de blanc répondit au coup de sonnette, en tenant la porte entrouverte, prudemment.

— Est-ce que Miss Lillian est ici, demanda Dolan.

— Non, Monsieur, répondit le nègre avec fermeté.

Dolan mit son pied dans l'ouverture de la porte,

poussa, et se glissa dans le somptueux vestibule. Le nègre n'essaya pas de l'empêcher.

— Lillian ! cria Dolan au bas de l'escalier. Lillian !

Il n'y eut pas de réponse.

— Elle n'est pas là, Monsieur...

— Où est-elle allée ?

— Elle ne l'a pas dit. Elle est sortie ce matin de bonne heure avec sa mère...

— Vous lui avez fait part de mes messages ?

— Je les ai remis à sa mère. Ce sont les ordres de Mme Fried...

Dolan hocha la tête, sortit et regagna sa voiture.

— Je suis content qu'il pleuve toujours, se dit-il.

Il conduisit sans but pendant deux heures puis retourna chez lui. Ulysse était dans le salon, en train d'éponger le rebord des fenêtres, où l'eau s'était infiltrée.

— Quelqu'un est venu ?

— Oui, Monsieur. Mlle Avril et un certain M. Thomas. Il a dit que c'était très important.

— C'est tout ? Rien de Mlle Lillian ?

— Non, Monsieur...

Dolan entra dans sa chambre, enleva son trench-coat et son chapeau et les jeta sur le bureau. Puis il alluma une cigarette et s'assit sur le bord du lit. Une minute après, Ulysse entra, un journal à la main.

— Vous avez lu les journaux, monsieur Mike ?

— Sur moi ?

— Oui, M'sieur. Ils disent que vous êtes marié ?...

— Oui, Ulysse. Ce matin, de bonne heure.

— Miss Lillian n'est pas venue ici, n'est-ce pas, M'sieur Mike ?

— Non, je ne crois pas. Blonde. Un peu forte. Jolie.

— Je vous crois qu'elle est jolie. Il y a sa photo dans le journal. Elle est très jolie. Vous allez déménager, monsieur Mike ?

— Je ne sais pas... Assieds-toi, Ulysse.

Ulysse s'assit, étendant son chiffon humide sur la corbeille à papier.

— Si je vous ai demandé ça, c'est parce que j'ai l'impression que nous allons tous être obligés de déménager, et dans ce cas-là ça serait une bonne chose pour vous de vous être marié. Le bonhomme est venu faire un tour cet après-midi...

— Quel bonhomme ?

— Vous savez bien, l'homme d'affaires. L'homme d'affaires de Mme Ratcliff. Il a dit que s'ils signent le contrat avec la compagnie des pétroles, ils démoliront la maison pour bâtir un grand poste d'essence ici.

— Oh, il est temps qu'on nous flanque dehors. Depuis que nous ne payons pas de loyer... Ça ne peut pas durer.

— Mais cette vieille maison tombe en ruine, monsieur Mike. Personne ne veut rien louer ici.

— C'est pourquoi Mme Ratcliff nous a supportés si longtemps. Ça va être un coup dur pour les copains.

— Je comprends. Ils n'ont pas deux dollars entre eux tous. Si vous ne les aviez pas nourris, ils seraient morts de faim, il y a longtemps.

— Peut-être que ça aurait mieux valu. Tu es resté ici toute la journée ?

— Oui, Monsieur...

— Et tu es sûr que Mlle Lillian n'est pas venue ?

— J'en suis sûr. Il n'y a eu que vous... Mlle Avril, et le monsieur de la *Times Gazette*.

— Eh bien... Je suis dans un joli pétrin, Ulysse...

— M'semb' que vous l'êtes souvent, M'sieur Mike, dans le pétrin, répliqua Ulysse en souriant.

— Mais cette fois-ci, il est soigné, je te le promets.

— Ses parents ?

— Oui, son père est capable de me tirer dessus...

— Dites-moi comment il est, je ferai attention de ne pas le laisser entrer ici.

— Ce n'est pas tellement ça qui me tourmente ; c'est le fait qu'avec les femmes je me conduis comme le roi des idiots. Pourquoi ? Peux-tu m'expliquer ça, Ulysse ?

— Je ne sais pas, Monsieur. Si je le savais, je pourrais m'éviter pas mal de tracas, à moi aussi...

— Écoute, Ulysse. Je vais essayer de dormir. Si Mlle Lillian vient, tu me réveilleras...

— Entendu, Monsieur, dit Ulysse en retirant le chiffon qu'il avait placé sur la corbeille à papier et se levant : Est-ce que je peux faire quelque chose d'autre pour vous ? Préparer un bain chaud, par exemple... ?

— Non, mais si tu vois à la porte un vieillard à cheveux blancs et à l'air distingué, armé d'une mitraillette, gueule un bon coup et cavale-toi...

Quand Dolan se réveilla, la première chose dont il eut conscience fut qu'il pleuvait toujours et qu'il avait dans le ventre, juste au-dessous du nombril, quelque chose de chaud, d'agréable et de réconfortant. Puis il se rendit compte que la lumière était allumée, que quelqu'un était dans la pièce, et qu'on le secouait sans ménagement. Quand il ouvrit les yeux, il vit que Bishop se penchait sur lui, et quand Bishop vit que ses yeux étaient ouverts, il s'assit près de lui sur le lit.

— Mike, es-tu réveillé ?

— Je suis réveillé. Qu'y a-t-il ?

— C'est au sujet de la revue...

— Qu'est-il arrivé à la revue ? demanda Dolan en se remontant dans le lit et s'adossant au mur, tout à fait réveillé maintenant.

— Carlisle l'a fait enlever des kiosques...

— Carlisle ?

— Jack Carlisle. Je pense du moins que c'est lui. Il n'y a pas un seul numéro du *Cosmopolite* dans aucun kiosque de la ville...

— Comment ? Qu'est-il arrivé ? dit Dolan, en rassemblant ses pieds, pivotant sur son séant et se mettant debout, les sourcils froncés.

— Autant que j'ai pu le comprendre, il s'agit d'une véritable rafle, admirablement exécutée. Quelques minutes après la distribution habituelle, deux ou trois types se sont amenés dans chaque kiosque, ont raflé tous les numéros, les ont jetés dans une voiture et ont décampé.

— Des hommes de main...

— Plusieurs marchands ont mal pris la chose et ont essayé de résister, mais les zèbres leur ont conseillé de la boucler, sinon ça allait barder. On reconnaît tout de suite la bonne vieille technique de Carlisle. Il prend ses précautions pour que l'histoire concernant son frère ne s'ébruite pas...

— Il ne peut pas faire ça ! s'écria Dolan. Bon Dieu ! Nous sommes en Amérique !

— Tu n'as jamais entendu l'histoire du moricaud qu'ils ont foutu en cabane. Ils n'avaient pas le droit de le faire, mais ils l'ont fait.

— Ah, c'est comme ça... Donc les seuls numéros qui soient en circulation ont ceux qui sont partis par la poste et ceux des cafés des environs...

— Oh ! j'ai idée que les patrouilles volantes en question ont dû faire les cafés à l'heure qu'il est. Neuf heures passées. Je ne serais pas étonné si Carlisle avait été faire un tour à la Poste et enlevé ceux-là aussi...

— Ça alors, je le souhaite ! Oh, nom de Dieu, tu ne peux pas savoir à quel point je le souhaite ! Je voudrais le voir faire le zouave avec les lois fédérales.

— Ce qu'il y a de marrant avec ces gars-là, c'est qu'ils s'en foutent... Bon Dieu, ça fait deux heures que j'essaye de te téléphoner, et on me répond toujours que tu es sorti...

— Oui, dit Dolan en s'asseyant, tout en allumant une cigarette. Bref, il va falloir tirer une seconde édition, voilà tout. Le salaud. Pour qui se prend-il ? Pour Hitler ?

— Il l'est... en petit. Bon Dieu, le pays en est plein.

Dolan tirait pensivement sur sa cigarette, se grattait les dents avec l'ongle de son pouce, quand soudain, il se leva et se précipita au salon pour téléphoner. Il chercha dans l'annuaire le numéro de téléphone privé de Lawrence et l'appela. Quelqu'un lui répondit que M. Lawrence était sorti et qu'il ne rentrerait qu'après minuit. Dolan retourna dans sa chambre à coucher.

— Lawrence est au cinéma, ou quelque part. Si je pouvais le joindre, j'obtiendrais de lui qu'il fasse lever les typos et on se mettrait immédiatement au travail.

Vingt dieux, dire qu'il fallait justement qu'il sorte ce soir...

— On pourra s'y mettre demain matin. S'il veut marcher.

— Comment : « s'il veut marcher » ?

— C'est un mou, ce gars-là, tu sais. C'est plutôt le genre à rentrer dans sa coquille dès qu'il flaire du grabuge — et je crois qu'on peut appeler ça du grabuge. Un seul mot de Carlisle, et Lawrence va se ratatiner comme un accordéon.

— On le forcera à imprimer le canard.

— Pas contre son gré, ça jamais, répliqua Bishop. C'est son atelier. J'ai idée que nous voilà sur les récifs, et sans avirons.

— Tu crois... ?

— Oui. Ne te méprends pas sur ce que je veux dire. Ce n'est pas le cran qui me manque. Mais autant regarder ce coup dur en face. Carlisle ne nous prend pas encore très au sérieux, sans ça il ne se serait pas contenté de mettre la main sur les revues...

— Merde alors, qu'est-ce qu'il te faut... !

— Non, pour lui ce n'est rien. C'est sa façon à lui de prévenir. La suite va venir... et ça ne sera pas long. Peut-être la visite d'Hitler en personne. Si jamais il va trouver Lawrence pour lui dire de laisser tomber, tu peux facilement deviner ce qui se passera, bon sang...

Le téléphone se mit à sonner. Dolan sursauta :

— Réponds, veux-tu, demanda-t-il. Je n'y suis pas...

Bishop se dirigea vers l'appareil ; Dolan l'entendit s'excuser, puis une minute plus tard il revenait dans la chambre.

— Mes compliments, dit-il, tu te mets bien, c'était l'éminent ex-sénateur, Mark Fried...

— Seigneur ! s'écria Dolan. J'avais oublié que j'étais marié...

— C'est une bonne chose que l'oubli. Ton beau-père te prie de l'appeler. Quelle que soit l'heure à laquelle tu pourrais rentrer, a-t-il dit. A propos, je vois que tu deviens presque une vedette, d'après les journaux de l'après-midi !...

— Je ne les ai pas vus. Dis donc, Ed, on est dans de sales draps, tu ne trouves pas ?

— Je me vois contraint de l'admettre. Mike, tu es adorable. Tu es vraiment l'enfant de cochon le plus ingénu que j'aie jamais vu. Tu n'as pas la moindre idée de ce que tu vas faire, je suppose ?

— Si, j'ai une idée : Bud Mac Gonagill. Je vais aller lui demander une nomination de shérif-adjoint pour toi, demain à la première heure, et nous sortirons la revue, quand nous devrions monter la garde devant les presses. Même s'il nous fallait appeler les pompiers pour protéger les kiosques...

— Parfait. Le truc de la nomination me plaît, parce qu'il y a en tout cas deux ou trois types que j'aimerais bien abattre. Mais pour les pompiers, les gardes, les gendarmes ou les flics, c'est cuit. C'est Carlisle qui les a sous sa coupe. Si nous sortons cette revue, nous le ferons sans aide. Personnellement, je crois que nous avons à peu près autant de chances qu'un youyou dans un maelström...

— Je pourrais peut-être avoir Lawrence par l'amour-propre. Ça m'a déjà réussi...

— Oui, mais à ce moment-là, il n'y avait pas de

danger réel. A présent il risque de recevoir une bombe en plein dans sa baraque. Retiens bien ce que je te dis, Carlisle n'aura qu'à ouvrir la bouche et cette espèce de tête de lard va ramper devant lui. La seule chose qui nous reste à faire, c'est de faire assaisonner Carlisle.

— Il y a un autre moyen...

— Ouais ? eh bien, essaie de le trouver.

— ... C'est ce que je vais faire. Bon... ben je m'en vais.

— Où ?

— Oh !... faire un tour, dit Dolan en s'emparant de son trench-coat et de son chapeau et en gagnant la porte.

— Eh, prends donc ça sur toi, lui dit Bishop en lui tendant le revolver.

Dolan réfléchit une seconde.

— Je ferais aussi bien, dit-il en revenant pour le prendre.

— Tu ferais bien d'être prudent et de ne pas aller coller ton nez n'importe où, dit Bishop en se levant, je voudrais que tu me laisses t'accompagner...

— Allez, viens. Ça ira, t'en fais pas, répondit Dolan, tournant l'interrupteur d'un coup sec, et se dirigeant vers la porte en endossant son pardessus.

Ils descendirent sans rien dire. La voiture de Bishop était rangée le long du trottoir, et à la lumière du réverbère du coin, Dolan s'aperçut que Myra était dedans. Il fut tenté de faire le tour de la maison et d'aller au garage chercher sa propre voiture sans lui adresser la parole, mais finalement il se dit qu'il était inutile de chercher encore des histoires.

— Pourquoi ne m'as-tu pas dit qu'elle était en bas ? demanda-t-il à Bishop, en allant à la voiture.

— Hello, Myra.

— Hello, Mike...

— Pourquoi n'êtes-vous pas montée ?

— C'est tout juste si Ed a pu entrer, répondit Myra en souriant. Votre nègre est un drôle de chien de garde... Où allez-vous par une nuit pareille ?

— Me promener...

— Mike, dit Myra d'un air préoccupé, vous n'allez pas faire de blagues ?

— Je vais tout simplement faire un tour...

— Où va-t-il, Ed, demanda Myra en se tournant vers Bishop, qui s'était glissé au volant.

— Mystère.

— Mike, vous n'allez pas vous attaquer à Carlisle, ou faire des blagues de ce genre ?

— Non...

— ... Permettez que je vous accompagne ?

— Je croyais que vous alliez me laisser tranquille, fit malgré lui Dolan.

— Ce n'est pas le moment de faire l'enfant, dit sèchement Myra. Je viens avec vous.

Elle tourna la poignée, mais Dolan mit ses deux mains contre la portière et la repoussa à l'intérieur.

— Non, rien à faire, dit-il. Pour l'amour du Ciel, vous m'avez attiré assez d'ennuis comme ça. Sans vous, je n'aurais jamais épousé Lillian...

— Je le sais. Vous vous êtes coupé le nez pour faire rager votre visage.

— ... Conduis-la chez elle, Ed. Je vous verrai tous

deux demain matin de bonne heure. Tôt. Vers les huit heures.

Il entra dans le garage et monta dans son auto. Comme il faisait marche arrière, Walter, surgissant de la chambre d'Ulysse, accourut à sa rencontre dans l'allée.

— Un nommé Thomas a demandé que vous alliez le voir chez lui. Il a dit que c'était très important.

— Tu parles... dit Dolan en continuant de faire marche arrière.

CHAPITRE X

Il roula au hasard, sous la pluie, sans but, à travers les rues inondées à ras de trottoir, touchant à peine le volant, se disant que c'était vraiment dommage que la pluie ralentît et à quel point ce serait agréable s'il continuait à pleuvoir, très fort, et que c'était la raison pour laquelle les archipels des mers du Sud le fascinaient tellement — la pluie perpétuelle ; mais tout au fond de sa pensée, il y avait Carlisle — *Le Cosmopolite* — et l'idée qu'il fallait que ce maudit pays fût vachement pourri pour permettre un tel état de choses, et aussi qu'il y avait un Carlisle dans chaque ville, mais que des millions et des millions de gens étaient trop crétins pour s'en soucier, et que c'était pareil dans le monde entier : des millions et des millions de gens prenaient Hitler pour un grand bonhomme, sans savoir (ou sans s'en inquiéter) que c'était un fou qui battait de la grosse caisse, pauvre malade délirant, conduisant un immense troupeau (ces mêmes millions de crétins) à l'abattoir, et qu'il finirait sûremment par nous y conduire tous (Hemingway avait raison de dire que dans la prochaine guerre la T.S.F. servirait à propager une hystérie collective) ; songeant qu'il serait grand temps de les liquider, tous ces Carlisle et ces Hitler ; oui, bien sûr, tout va pour le mieux dans le meilleur des mondes, dans ce superbe, ce merveilleux paradis que sont les États-Unis d'Amérique, le seul pays où la radio est libre et ne connaît pas la censure, où la parole, la presse, sont libres et ne connaissent pas de censure — parfaitement, un homme a le droit de dire tout ce qui lui passe par la tête, quand ça lui chante — tu parles — essaie seulement et on te rafle ton journal.

L'espèce
de saloperie
d'enfant de putain

se dit-il, en songeant à Carlisle (mais songeant en même temps à Hitler).

... A cet instant, il passa sous l'immense arche de pierre, l'entrée de Weston Park, et se rendit compte soudain qu'il était au volant de sa voiture et que c'était là le quartier où habitait Lillian, sa femme, et brusquement il eut l'impression qu'il était marié depuis très, très longtemps et sa main monta instinctivement vers sa barbe — bien qu'il sût parfaitement qu'il n'y avait là nulle barbe. Sa jeune femme ; oh, bonjour, comment allez-vous, madame Michael Dolan ? Bien j'espère ? Quelle surprise de vous rencontrer ici.

Et qui est donc cette vieille ganache qui est assise là-bas, tout au bout de la table ? Je n'ai pas bien saisi son nom — ah, oui, bien sûr... le Sénateur... juste Ciel, je suis vraiment impardonnable... le Sénateur, bien sûr.

Je me rappelle les services éminents qu'il a rendus à Washington... ses louables efforts en faveur de ses électeurs. Eh, sacrebleu, comment va ce cher Sénateur ?... Mâtin, quelle mine ! Oui... Dolan, Michael Dolan, vous vous rappelez bien ? Mais si, voyons, mes ancêtres ont débarqué du *Mayflower;* oui, bien entendu, la même famille, les Dolan, les anciens rois régnants de cette bonne vieille Irlande (à part que mes armes sont de pelle et de pioche croisées sous tramway rampant) ; et que dites-vous de ce temps épouvantable, mon cher sénateur, hein, qu'en dites-vous, espèce de vieille fripouille et de vieux salaud — et vous savez qu'il en court une bien bonne sur votre compte, ah ! mais une tordante (avec une grande claque dans le dos) — paraît que vous auriez craché cinquante mille dollars à Washington pour tâcher de retrouver votre vigueur défaillante (en douce, à l'oreille : j'ai lu dans un magazine une annonce qui pourrait vous intéresser). Tiens... te voilà, ma chérie... te voilà, ma toute belle, ton père et moi étions en train de remuer un tas de vieux souvenirs. Oh ! oui, soyez tranquille, sénateur, nous irons doucement, avec ce pavé gras, vous pensez ; il fait vraiment un temps affreux, et merci encore, merci pour cette petite maison que vous nous avez donnée en cadeau de mariage, elle est vraiment div...vine, le déjeuner aussi était div...vin, mais vraiment div...vin, et vous savez, nous ne ferons qu'un tour de bridge avec les Burlington-Whimsey ; oui, si je vois le comte, je n'oublierai pas de lui présenter vos meilleurs... Bonne nuit, bonne nuit !!!

Le maître d'hôtel noir vint ouvrir à son coup de sonnette.

— Mlle Lillian est chez elle ? s'enquit Dolan.

— Entrez, Monsieur. Entrez, répondit le maître d'hôtel d'un air affable, en s'effaçant pour lui livrer passage.

— C'est vous qui m'avez fait entrer ce matin ? demanda Dolan en entrant.

— Moi-même, monsieur Dolan, dit le portier, en l'aidant à se débarrasser de son pardessus.

— Vous me paraissez différent...

— C'est peut-être à cause de cet habit noir, Monsieur. Ce matin, j'étais en blanc...

— Non, il y a quelque chose d'autre. Quelque chose qui a trait à votre personnalité. Vous n'êtes plus le même...

— Vous non plus, vous n'êtes plus le même, Monsieur, répliqua le nègre en souriant.

— Oh ! oui, je m'en rends compte. Je suis dans le ton, maintenant. J'ai fait un tour d'une heure ou deux, justement pour me mettre dans le ton... Voulez-vous dire à Mlle Lillian que je suis là ?

— Elle vous attend, Monsieur. Je vais vous montrer le chemin...

Dolan le suivit à travers le salon et dans la bibliothèque. A l'extrémité de la bibliothèque, le nègre frappa légèrement à la porte et passa sa tête à l'intérieur. « M. Dolan est là » dit-il en s'effaçant. « Vous pouvez entrer, monsieur Dolan... »

Dolan entra, et la porte se referma immédiatement derrière lui. Dolan regarda autour de lui avec curiosité. Il se trouvait dans un fumoir.

— C'est vous, Dolan ? mugit une voix.

— Euh ! oui. Enchanté. Vous m'avez fait peur, je ne vous avais pas vu derrière ce fauteuil...

— Je voulais m'assurer que c'était bien vous, je suis le père de Lillian.

— Je sais, je vous ai reconnu d'après vos photos, Sénateur. Mais je croyais avoir compris que Lillian m'attendait...

— C'est moi qui ai recommandé au maître d'hôtel de vous le dire. Je voulais être sûr de vous voir au cas où vous viendriez. Asseyez-vous...

— Elle n'est pas là ?

— Je ne crois pas qu'elle veuille vous voir...

— Dans ce cas, je n'ai aucune raison de rester, dit Dolan en faisant demi-tour.

— Asseyez-vous, dit le sénateur en désignant un siège du bout de son cigare.

Dolan s'assit.

— Comment est-ce arrivé... ce mariage ?

— Eh bien, mon Dieu, c'est arrivé, voilà tout...

— Pourquoi ?

— Pour une raison bien simple, mon cher sénateur... nous nous aimons.

— Foutaises, siffla le sénateur en tournant en rond dans la pièce, tout en tripotant son cigare comme un procureur en cour d'assises. Je vais vous dire quelque chose qui va peut-être vous surprendre, Dolan. J'ai déjà entendu parler de vous. Fred Coughlin m'a dit pas mal de choses à votre sujet. Savez-vous que pendant votre aventure avec sa fille, il vous avait fait filer pendant plusieurs semaines par un détective privé ?

— Des semaines ? Vous exagérez. Dix jours seulement, répondit lentement Dolan. Bizarre, d'ailleurs. Mes amis n'arrêtaient pas de me dire qu'un zèbre venait leur poser des tas de questions gênantes. Alors, un jour, j'ai téléphoné à deux ou trois copains pour les avertir que tôt ou tard un type viendrait leur poser des questions à mon sujet, et qu'alors ils aient l'obligeance de me téléphoner au bureau.

« Je suis allé à la police et j'ai parlé à l'inspecteur Trushka, et Trushka a promis de m'aider. J'ai été reporter de police il y a des années, et j'avais eu l'occasion de rendre quelques services à Trushka. En fait, c'est pratiquement moi qui l'ai promu inspecteur...

— Passons, passons, fit le sénateur.

— Je suis désolé de vous ennuyer, mais cette histoire-là a son importance. Trushka m'avait promis de mettre deux flics à ma disposition au moindre appel téléphonique... et deux jours après on me prévient que le type qui se renseignait sur moi était dans le bureau d'un de mes amis. Je téléphone à Trushka et les deux poulets me rejoignent là-bas. On emballe le type et on l'emmène au centre. Il reconnaît qu'il est détective privé, mais ne veut rien avouer d'autre.

« Bref, les flics n'ont pas beaucoup d'affection pour les détectives privés — et je suis poli — alors on emmène le gars dans une petite salle du sous-sol. Une salle insonore, Sénateur, où il n'y avait qu'une seule chaise — une reproduction de la chaise électrique — en plein milieu, avec un énorme projecteur qui concentrait sa lumière sur le visage de ceux qui s'asseyaient dessus. On ficelle le type sur le siège et on le contusionne un petit peu, mais il persiste à ne pas vouloir parler. Alors on s'est mis au travail sur lui avec la matraque en caoutchouc et deux heures plus tard, il a reconnu que c'était Fred Coughlin qui l'avait payé.

« Je trouvai ça un peu fort de café, vu que Coughlin n'avait rien d'un ange lui-même, alors je suis resté dans les parages pendant une quinzaine, histoire de trouver l'occasion de le coincer. Ah ! oui, j'oubliais de vous dire qu'à un moment donné j'étais un piqué de la photographie miniature ; vous savez, ces appareils microscopiques. Quoi qu'il en soit, un de mes agents me prévint un soir que Coughlin était dans un certain hôtel, dans telle et telle chambre, avec une jeune fille — il les aime jeunes, du genre écolière ; toujours est-il que je suis monté dans le couloir, et là je me suis caché dans le placard de la femme de chambre jusqu'à ce qu'il sorte. Vous ne croiriez sans doute pas qu'il ait été assez bête pour sortir avec la jeune fille au lieu de la laisser derrière, mais c'est pourtant ce qu'il a fait ; ce qui m'a permis de prendre une superbe photo d'eux au magnésium. J'ai déposé le négatif dans un coffre-fort. Je me ferai un plaisir de l'imprimer si cela vous intéresse. J'en ai envoyé un exemplaire à Coughlin, et depuis il est très gentil.

« Et voilà... une réponse un peu longue à une question bien simple, mais maintenant vous savez ce que je pense des détectives privés.

— Tout cela est fort intéressant, répliqua le sénateur... Vous aimiez la fille de Coughlin ?

— Allons, allons, mon cher Sénateur, laissons dormir le passé. Le présent seul nous intéresse...

— Cessez de faire du mélodrame, Dolan, et dites-moi quelles sont vos intentions pour Lillian...

— J'aimerais en parler d'abord à Lillian elle-même. La fumée ne vous dérange pas ?

— Du tout, allez-y. Naturellement, vous vous rendez bien compte que ce mariage est absolument impossible. Allez-vous faire le nécessaire ou dois-je prendre moi-même les mesures qui s'imposent ?

— Je ne vois pas quelles mesures vous pourriez bien prendre... Sénateur, fit Dolan, en allumant sa cigarette. Lillian est ma femme.

— Pas encore, pas encore. Je pourrais le faire annuler.

— Et pour quel motif ?

— Mais pour la raison bien simple qu'elle n'est pas votre femme. Que vous — euh — n'avez jamais couché avec elle.

— Allons, ne disons pas d'âneries, Sénateur. Vous savez fort bien que vous n'obtiendrez d'annulation que si je veux bien m'y prêter. Vous ne pouvez pas porter cette affaire devant les tribunaux. Je ne veux pas qu'elle aille devant les tribunaux.

— Mais vous ne croyez pas un seul instant que vous aimez Lillian, n'est-ce pas ?

— Ça, je n'en sais trop rien. Elle est belle, agréable, et elle me plaît beaucoup. Mais pour ce qui est de l'aimer d'amour, je ne saurais dire...

— Naturellement, dit le sénateur d'un ton plein de menaces, je pourrais remédier moi-même à cette situation — mais cela ferait du vilain — et j'ai la violence en horreur.

— Allons, pas de mélodrame, Sénateur... Vous le pourriez, mais vous ne le ferez pas...

Le sénateur fronça les sourcils ; il réfléchissait.

— Écoutez, dit-il à la fin. Je veux liquider cette histoire et envoyer Lillian passer un an ou deux en Europe. Je fais appel à votre esprit chevaleresque, et vous demande de la laisser partir sans esclandre.

— Vous touchez là un point sensible, Sénateur. J'ai toujours passé pour chevaleresque, mais dernièrement j'ai eu l'occasion de me rendre compte que cette expression ne figurait pas dans le code du succès, et je puis me permettre ce poncif.

— Qu'est-ce qui pourrait vous décider à l'abandonner ?

— Il me semble que vous présumez de beaucoup de choses. En admettant que je ne l'aime pas — mais qu'elle me plaît beaucoup — comment savez-vous qu'*elle* ne m'aime pas ?

Le sénateur ne répondit pas ; il se dirigea rapidement vers le cordon de sonnette, le tira, puis se plaça devant la porte en souriant, comme s'il n'avait attendu que cette occasion.

Le nègre entra.

— Dites à Mlle Lillian de venir ici...

Le nègre fit un pas en arrière, avec un soupçon de sourire aux lèvres, et Lillian entra. De toute évidence elle attendait dans la bibliothèque. Dolan s'étonna. Il se demanda ce qu'elle avait bien pu entendre de leur conversation.

— Bonsoir, Lillian, dit-il en se levant et en éteignant sa cigarette.

— Bonsoir. Alors, papa chéri...

— Si tu veux bien répéter à M. Dolan ce que tu m'as dit ce soir, je crois pouvoir tout arranger...

— Lui dire quoi, papa ?

— Que tu ne l'aimes pas...

— Oh ! dit Lillian en se tournant vers Dolan. Ce que dit papa est vrai. Je ne vous aime pas...

— Qui de vous deux a décidé que vous ne m'aimiez pas ?... Vous, ou lui ?

— Oh ! c'est moi. Vous ne m'aviez pas prise au sérieux, je pense ? demanda-t-elle innocemment.

— ...Pendant un moment, je dois dire que si..., répondit Dolan en riant. Vous m'avez bien eu, ça je l'avoue.

— Je l'ai fait pour m'amuser, dit Lillian. Je ne croyais pas que vous me prendriez au sérieux...

— C'est tout, Lillian, dit le sénateur. Tu peux te retirer...

— Bonsoir, dit Lillian.

— Bonsoir, répondit Dolan. Elle a un sens de l'humour tout à fait remarquable, dit-il au sénateur quand elle fut sortie.

— Eh bien... vous voyez que j'avais raison.

— Oui, vous aviez raison. Je ne crois pas qu'elle m'aime...

— Bien sûr que non. Et vous ne voudriez pas épouser quelqu'un qui ne vous aime pas ? Évidemment pas. Maintenant, vous êtes d'accord que ce qu'il y a de mieux à faire c'est de déclarer ce mariage nul.

— Absolument, répondit Dolan. Absolument.

Parfait ! dit le sénateur en se frottant les mains avec bonne humeur, et en mâchonnant son cigare. Vous connaissez Oppenheimer, dans le Building des Banques ?

— Oui.

— C'est mon avoué. Rendez-vous là-bas demain matin à dix heures. Il aura préparé les papiers...

— J'y serai, dit Dolan. Alors...

— Mon garçon, dit le sénateur, tout sourire dehors, en secouant la main de Dolan, vous avez beaucoup de bon sens. Venez, je vais vous accompagnez jusqu'à la porte...

— Merci beaucoup, Sénateur, dit Dolan. Il y a une question que vous avez négligée.

Le sénateur fronça les sourcils.

— Je possède quelque chose que vous voulez, et vous possédez quelque chose que je veux. Voilà d'excellentes prémices à un arrangement, vous ne trouvez pas ?

— Je ne vois pas très bien où vous voulez en venir...

— Pour parler crûment, Sénateur, j'ai un grand besoin d'argent...

Tous les muscles de Mark Fried se raidirent ; sous les sourcils broussailleux, ses yeux fixaient Dolan.

— J'ai besoin de cet argent pour mener à bien une affaire que j'ai montée... et je pensais que vous pourriez peut-être m'aider.

— Du chantage, hein ? Un chantage prémédité...

— Pas prémédité. L'idée ne m'en est venue qu'à l'instant. Quand Lillian m'a dit tout net qu'elle ne m'aimait pas. Vous vous rappelez ? Quand elle a dit qu'elle ne s'était mariée que pour s'amuser. J'étais venu pour tout décommander et voilà que j'apprends que Lillian s'est amusée. Cela va vous coûter...

— Je ne vous donnerai pas un sou !

— Pas de pognon, dit calmement Dolan, pas d'annulation...

— Vous allez me payer ça ! J'ai quelqu'un qui va se charger de vous, espèce d'ignoble maître-chanteur, cochon d'Irlandais !

— Ce n'est pas du chantage, Sénateur, c'est du business. J'ai besoin d'argent, et vous en avez. J'exige cinquante mille dollars.

— Cinquante m...

— Je ne vais pas discuter. Cinquante sacs.

— Spèce de... de... de... bredouilla le sénateur. Je vous en donnerai vingt-cinq, ragea-t-il.

— Trente-sept-cinq...

— Trente-cinq. A prendre ou à laisser.

— Je prends. Je serai à dix heures demain matin chez Oppenheimer. Ne vous dérangez pas, Sénateur. Je trouverai mon chemin...

CHAPITRE XI

Cully, le contremaître aux machines, hésitait un peu à tirer une autre édition du *Cosmopolite.* C'est qu'il avait appris ce qui s'était passé la veille et il trouvait d'ailleurs que c'était salement moche, mais il avait aussi un horaire à respecter et aujourd'hui il avait à imprimer et à brocher une revue mensuelle pour une compagnie d'assurances, ce qui allait lui prendre presque toute la journée. Tout ce qui pourrait venir entraver cela décalerait tout le travail et obligerait les ouvriers à faire des heures supplémentaires, ce qui mettrait Lawrence dans une fureur noire.

— J'en prends toute la responsabilité, dit Dolan.

— Je sais bien, Mike, mais je préférerais avoir l'accord de M. Lawrence.

— Mais je vous dis que M. Lawrence n'est pas chez lui. On vient de me dire qu'il est parti pour le bureau.

— Il devrait déjà être là...

— Je sais bien qu'il devrait être là, mais pour l'instant il n'est pas là et il se peut qu'il ne vienne pas avant une heure. J'ai déjà perdu trop longtemps. Écoutez, Cully, la composition est encore dans les formes ?

— Oui, elle est encore dans les formes.

— Alors, bon Dieu, allons-y. Collez-les sur les machines et activons. A combien a-t-on tiré hier ?

— Vingt-deux et quelque...

— Sortons-en trois mille cinq aujourd'hui.

— Ça va me bousiller mon horaire.

— Bon, eh bien si l'autre travail nécessite des heures supplémentaires, je les payerai... Maintenant, vous y allez, n'est-ce pas ?

— Entendu, Mike, mais si Lawrence dit quelque chose...

— Je m'en charge. Foncez sans vous occuper d'autre chose.

— Eh ! Cully...

— Salut, Ed...

— Alors, qu'est-ce qui se passe ? demanda Bishop à Dolan.

— Ça gaze. Sortons d'ici et laissons travailler Cully, dit Dolan en sortant de la salle de corrections pour aller dans le couloir. T'as vu Bud ?

— Oui. Regarde, dit-il en montrant l'insigne de shérif-adjoint. Il n'est pas très joli. Bud en a un avec un diamant dessus... C'est le club des Bisons... ou des Buffles qui le lui a donné, je ne sais plus exactement. Si j'avais attendu dix minutes de plus, je l'avais.

— Il t'a donné un revolver ?

— Non, il m'en a prêté un. Un 38 Police. Prétend l'avoir ramassé sur Pretty Boy Floyd[1], la fois qu'il l'a capturé ici, mais je crois qu'il s'est foutu de moi.

1. Pretty Boy Floyd (Floyd : « Bonne Bouille. ») Célèbre hors-la-loi.

— Bud adore en mettre plein la vue aux gens en faisant étalage de tous les bandits célèbres qu'il a connus.

— Je sais bien. Mais c'est un brave type...

Ils entrèrent dans le bureau.

— Vous l'avez ? demanda Myra.

Bishop fit un signe que oui, et souleva le pan de son veston pour qu'elle pût voir le revolver dans sa poche de derrière.

— Insigne, étui... enfin tout. Devine où l'on m'a fait prêter serment...

— Où ça ? demanda Dolan.

— Dans les lavabos du coiffeur d'en face. Bud disait qu'il lui fallait être prudent. Imagine un peu. Dans les goguenots. Symbolique, tu ne trouves pas ? fit-il en riant.

— Et Cully ? demanda Myra à Dolan.

Le sourd cliquetis de la presse montait jusqu'à eux.

— Le *Cosmopolite ?* demanda Myra.

— Oui.

— Épatant ! Épatant ! On va montrer à ce salaud-là de quel bois on se chauffe !

— Et les kiosques ? demanda Bishop. Carlisle les a fait rafler par ses sbires et il recommencera.

— Tu crois ? répliqua Dolan en se dirigeant vers la fenêtre du fond, et en leur faisant signe de le suivre. Venez donc jeter un coup d'œil...

Dans le parc à voitures aménagé derrière l'imprimerie, sous le toit de la remise où Lawrence parquait ses camions, il y avait sept ou huit individus en train de se battre les flancs.

— Des gorilles, fit Dolan. Des truands. Ils parlent la même langue que Carlisle. Savez-vous où je les ai dénichés ? Dans le livre d'or de la police. Emmet les a ramassés pour moi.

— Et quand as-tu vu Emmet ? demanda Bishop, surpris.

— Ce matin. Ce matin à six heures, je suis allé chez lui. Je lui ai expliqué ce qui s'était passé et je lui ai demandé du renfort, et le voilà. J'aimerais bien voir quelqu'un essayer d'intimider ces bébés-là.

— Je veux bien être pendu s'il n'est pas allé voir le chef de la police pour lui demander du secours, s'écria Bishop avec une grande claque dans le dos de Dolan. Quand est-ce que ça t'est venu à l'idée ?

— Hier soir, quand je suis sorti faire cette balade que vous vouliez absolument m'empêcher de faire l'un et l'autre. Ce n'est d'ailleurs pas tout...

— Quoi d'autre ? demandèrent-ils ensemble.

— L'affaire n'est pas encore dans le sac, mais si ça marche, c'est la fin de nos ennuis.

— De l'argent ! s'écria Bishop. C'est de l'argent. De qui ?...

— De Fried...

— Ah ! c'est donc là que vous êtes allé hier soir, dit Myra. Que s'est-il passé ?

— Cessez de m'aboyer aux oreilles, répondit Dolan en se tournant vers Bishop pour lui donner des explications. Tout en conduisant hier soir, je pensais à pas mal de choses quand tout d'un coup je me suis trouvé devant chez Lillian. Par exemple, je ne sais pas pourquoi je suis allé là-bas, ni rien.

Je n'avais pas la moindre intention d'y aller en partant, mais tout d'un coup, pan ! me voilà devant sa porte.

— Elle a dû vous tomber dans les bras, j'imagine... dit Myra.

— Vous allez la boucler, oui ? fit Dolan par-dessus son épaule. Bref, le fin mot de toute l'histoire c'est qu'elle m'a déclaré m'avoir épousé pour rigoler, mais qu'elle ne m'aimait pas...

— C'est son vieux qui l'a poussée à dire ça...

— Toutes les chances. Il était là quand c'est arrivé. Il l'a fait paraître comme principale pièce à conviction, afin de prouver que le mariage ne tenait pas debout. Elle avait l'air de trouver ça on ne peut plus marrant.

— Sans compter que ça devait être drôle, remarqua Bishop. Continue...

— C'est tout. J'ai dit d'accord, je voulais bien annuler toute l'affaire. Seulement il me fallait cinquante mille dollars.

— Fichtre ! s'exclama Bishop avec un sifflement appréciateur. Cinquante sacs. Il te les a donnés ?

— J'ai transigé pour trente-cinq. Ce matin j'ai rendez-vous avec Fried chez son avoué pour signer les papiers...

— Bon Dieu ! Tu es un sorcier, dit Bishop en secouant la tête. Ces trente-cinq-là plus les quatre qui sont déposés au nom de Myra vont nous permettre de tirer pas mal de numéros. Tu pourrais peut-être m'en avancer cent ou deux cents... tu comprends, avec le gosse qui n'est pas bien...

— Bien sûr. Bien sûr, Ed. Tu sais... Je me suis fait une bile monstre toute la nuit...

— Pourquoi, grands dieux ! Tes ennuis sont terminés. Il n'y a plus rien qui puisse te tracasser...

— C'est cet argent que Fried m'a promis. Je me fais l'effet d'un mufle...

— Non mais, écoutez-le ! s'exclama Bishop, en s'adressant à Myra. Écoute donc, Mike. Tu y as droit à ce fric. Quand comprendras-tu, bon Dieu, qu'un type qui a des scrupules de nos jours, est sûr d'être faisandé ? D'ailleurs, cet argent est destiné à une juste cause...

— Tu veux parler de la revue... Oui, bien sûr, c'est ce que je me suis dit, répliqua Dolan avec gravité. C'est bien pour ça que je lui ai fait cette proposition. Qu'en pensez-vous Myra ? lui demanda-t-il en s'approchant du bureau où Myra se tenait debout, suçant un crayon.

— Je trouve que vous avez une sacrée veine qu'il ne vous ait pas cassé la figure, répondit Myra.

— Alors, vous me prenez pour un ignoble individu, dit calmement Dolan. Je devrais vous filer un marron dans le nez pour vous montrer que ça ne me touche pas !

— Vous savez pourquoi vous le prenez de cette façon, n'est-ce pas ? dit tranquillement Myra. Vous le savez parfaitement, n'est-ce pas ?

— Je ne sais pas ce qui me retient de vous sonner pour vous faire rengainer vos sarcasmes.

— Assez, vous deux, grogna Bishop en s'interposant. A-t-on jamais vu une chose pareille ! Un de ces jours, imaginez que je ne sois pas là quand vous commencerez à vous bouffer le nez, ça donnerait quelque chose de joli ! Assez...

Dolan marmonna quelque chose d'inintelligible

entre ses dents et Bishop les quittant tous deux s'avança vers la fenêtre.

— ... Mike, appela-t-il doucement...

Dolan, soudain frappé par le ton inquiétant de Bishop, s'approcha rapidement à son tour, et regarda par-dessus son épaule.

Un homme venait de sortir des bureaux et traversait la rue. Il était petit et pas impressionnant de dos. Ils le regardèrent traverser la rue, et se planter devant l'arrêt du tramway. Quand, finalement, il se retourna, face au building, Bishop et Dolan s'écartèrent précipitamment de la fenêtre pour ne pas se faire voir.

— C'est curieux qu'il ne soit pas monté ici, s'exclama Dolan.

— Pas du tout. Il ne nous trouve pas assez importants.

— Qui est-ce ? demanda Myra.

— Jack Carlisle, dit Dolan en se mordant la lèvre.

Myra traversa rapidement la pièce pour jeter à son tour un coup d'œil par la fenêtre.

— Faites attention qu'il ne vous voie pas, dit Dolan.

— Aucune chance, dit-elle, en glissant sa tête le long du mur de façon à tout voir sans être vue. Il ne regarde pas de ce côté... Voilà donc le dictateur local ! Eh bien !... dit-elle en s'éloignant de la fenêtre, son aspect m'explique un tas de choses qui ne laissaient pas de m'intriguer...

Le cliquetis monotone des machines qui accompagnait en sourdine leur conversation, soudain s'interrompit. Dolan et Bishop se regardèrent.

— Tu viens ! s'écria Dolan.

Il se précipita en bas avec Bishop à ses trousses et

pénétra sans frapper dans le bureau de Lawrence. Lawrence était en train d'enlever son imperméable.

— C'est vous qui avez arrêté les machines ? s'enquit Dolan.

— Oui, et je suis prêt à recommencer si on les met en marche sans ma permission, répliqua Lawrence en se dirigeant vers son bureau. De quel droit donnez-vous des ordres ici ?

— J'ai essayé de vous joindre et je n'ai pas pu, et j'étais très pressé de tirer une seconde édition de la revue, expliqua Dolan. Alors, quel mal y a-t-il à cela ?

— Vous savez fort bien qu'aujourd'hui nous imprimons le catalogue des Compagnies d'Assurances. Il y a trop longtemps que nous avons ce contrat pour les laisser tomber maintenant.

— Ce n'est pas la vraie raison, intervint Bishop.

— Tu permets, Ed, dit Dolan. Ce ne serait pas la visite de Jack Carlisle qui vous aurait incité à arrêter les machines, par hasard ?

— Carlisle. Carlisle...

— Pas de comédie... Je viens de le voir traverser la rue...

— M. Carlisle sort d'ici, convint Lawrence. Il a insinué qu'il serait peut-être...

— Il n'a rien insinué du tout. Il a donné un ordre. Très bien. Alors ? Vous allez vous laisser intimider par lui ?

— Il ne s'agit pas d'intimidation, c'est simplement que je ne veux pas être entraîné dans un procès en diffamation. Je vous avais dit, quand j'ai lu l'article, que je croyais...

— Répondez-moi : allez-vous, oui ou non, imprimer la revue ?

— Eh bien, voilà, Dolan, je vais vous dire...

— Je t'avais prévenu que c'était un jaune, dit Bishop. Je t'avais prévenu qu'il se traînerait à ses pieds...

— C'est bon, fit Dolan, je la ferai imprimer ailleurs. Je vais prendre ce qui a été fait et les pages déjà composées et je continuerai ailleurs. Pas d'objections, je suppose ?

— Ça alors, aucune... s'écria Lawrence, soulagé.

— C'est ce qui fait que rien ne marche droit dans le pays, ajouta Bishop en se penchant sur le bureau. Un tas de minables dans votre genre, qui n'ont rien dans le ventre, espèce de ver de terre...

— Allons, viens, dit Dolan.

Ils descendirent à l'imprimerie. Il y avait sur le margeur une pile de pages prêtes à être coupées et une autre pile sur la table où les employés les pliaient et les brochaient. Cully vint les trouver, l'air effondré.

— Alors... dit-il.

— Nous déménageons, dit Dolan. Je fais venir une camionnette dans quelques minutes ; nous prendrons ce qui a été fait. Les flans aussi.

— Je regrette, Mike, dit Cully. Sale affaire que de vouloir tenir tête à Jack Carlisle...

— Ça m'en a tout l'air, fit Dolan. Soyez gentil de ramasser tout et de le remettre aux types qui attendent derrière — vous savez, les chimpanzés...

— Entendu...

— Et merci pour tout ce que vous avez fait pour nous, Cully.

Ils remontèrent au bureau. Myra vidait les tiroirs des bureaux et en empilait le contenu sur les tables.

— Nous déménageons, annonça Bishop.

— C'est bien ce que j'avais pensé quand les machines se sont arrêtées...

— Ed, dit Dolan en enfilant son manteau, reste ici jusqu'à mon retour. Il faut que j'aille chez l'avoué, après quoi faut que je dégotte une camionnette.

— Où va-t-on ?

— Si je n'obtiens pas cet argent on ne va nulle part. On est foutus... Mais si je l'obtiens... Ne bouge pas d'ici. Je vais dire deux mots aux zèbres d'en bas. Crois-tu que je doive les envoyer ici ?

— Pour quoi faire ?

— Au cas où il arriverait quelque chose...

— Ils ne feraient qu'encombrer. Myra, moi et mon vieux Pretty Boy Floyd, on est d'attaque, ils peuvent s'amener, dit-il en tapotant affectueusement sa poche revolver.

— Thomas vient de téléphoner, dit Myra.

— Je voudrais bien qu'il me fiche la paix, dit Dolan en se dirigeant vers la porte.

— Mike, s'écria Myra, soyez prudent...

— Entendu...

Oppenheimer, l'avoué, arpentait lentement sa carpette, les mains dans les poches, regardant tour à tour Dolan et la fenêtre.

— Je crois que la pluie va bientôt cesser, remarqua-t-il. L'impression que ça s'éclaire du côté du Nord. Si le vent se met à souffler, le terrain de golf sera assez sec pour qu'on puisse jouer demain après-midi. Vous jouez au golf, Dolan ?

— Non, je n'ai jamais pu m'y mettre...

— C'est un jeu épatant.

— C'est ce que l'on m'a dit...

Oppenheimer s'arrêta devant Dolan et baissa les yeux sur lui.

— Voyons, Dolan, je ne crois pas que vous ayez agi dans cette affaire avec beaucoup d'adresse. Le Sénateur n'est pas un homme que l'on puisse offenser de la sorte. Je le connais. Il est très contrarié.

— Moi aussi...

— Vous auriez dû accepter son chèque. Vous l'avez pour ainsi dire... insulté, en le refusant.

— Écoutez-moi, monsieur Oppenheimer. Je suis venu ici pour signer cette renonciation, et je la signerai dès qu'il sera là avec l'argent. J'ai refusé son chèque, parce que je n'ai pas voulu courir le risque qu'il y mît une opposition avant que j'aie eu le temps de l'encaisser...

— Mais c'est justement cela qui l'a blessé. Autant lui dire en face que vous n'aviez pas confiance en lui. Le Sénateur est un homme intègre...

— Je sais, je sais. Je sais tout ce qu'est le Sénateur. Vous oubliez que j'ai été journaliste pendant pas mal d'années...

La porte s'ouvrit.

— Mais entrez donc, Sénateur, dit Oppenheimer.

— Voilà, dit le Sénateur en jetant une liasse de billets sur les genoux de Dolan. Trois cent cinquante billets de cent dollars. Maintenant, nom de Dieu, vous allez me signer cette renonciation ou je vous jette moi-même par la fenêtre...

— Merci, dit Dolan en se levant pour s'approcher du bureau. Où dois-je signer, monsieur Oppenheimer ?

— Ici... Ici...

Dolan apposa sa signature, puis se releva.

— Merci, répéta-t-il en mettant l'argent dans la poche intérieure de son veston et en prenant la porte.

— Nous installons de nouvelles machines, dit Baumgarten à Dolan. Que me disiez-vous ?

Dolan s'arma de patience.

— Je publie une revue, commença-t-il.

— Je la connais : *Le Cosmopolite.* Je suis au courant. Vous me parliez de machines ?

— C'est vous qui avez fourni à Lawrence tout son matériel ?

— C'est exact.

— C'est ce que je voulais savoir. Alors, voilà, je n'imprime plus chez lui. Mais j'ai les flans et tout le reste et je voudrais simplement savoir où je pourrais les porter...

— Vous voulez la faire imprimer ailleurs ?

— Voilà. Mais je voudrais conserver le même format.

— Nous avons plusieurs machines du même calibre. Green en a une.

— Non, pas Green. C'est son oncle qui imprime *Le Courrier* et, tôt ou tard... Non, impossible.

— Grissom, à côté, en a une aussi. Il s'occupait beaucoup de catalogues et de brochures des compagnies minières. Je lui ai vendu du matériel neuf il y a environ deux mois.

— Croyez-vous qu'il se chargerait du *Cosmopolite ?*

— Je ne vois pas pourquoi il refuserait. C'est là que vous avez le plus de chances de réussir, en tout cas. Naturellement, votre réputation n'a rien à gagner à cette... collaboration.

— Ce n'est pas le moment pour moi de faire la petite bouche. Je prends ce que je trouve. Pourquoi pourrait-on trouver à y redire ?

— C'est le personnage qui imprimait les tracts communistes. C'est pourquoi Lawrence imprime la plus grande partie des catalogues commerciaux, maintenant...

— Ça ne m'a pas l'air d'avoir nui beaucoup à votre réputation, le fait d'avoir fait des affaires avec lui ? Je croyais que vous étiez un membre actif de la Légion...

— Les affaires sont les affaires, dit Baumgarten. Je n'appartiens à la Légion que le soir.

— ... Grissom, m'avez-vous dit ?

— Oui, je vous y aurais conduit moi-même, si je n'étais pas si pressé.

— Ne vous dérangez pas. Merci, Henry...

— Pas de quoi, Mike. Faites-moi savoir si vous avez pu vous entendre...

Grissom était un homme d'une cinquantaine d'années, à l'aspect doux, grisonnant, aux yeux bleus et aux traits réguliers. La proposition que lui fit Dolan l'intéressa vivement. Lorsque Dolan lui fit part des aventures du *Cosmopolite*, il remua la tête en souriant d'un air entendu. Lorsque Dolan termina son récit en lui racontant comment Lawrence avait fait interrompre brusquement le travail des machines, quelques heures auparavant, la gaieté de Grissom ne connut plus de bornes.

— Eh bien ! Monsieur Dolan, n'ayez aucune crainte, nos machines ne s'arrêtent pas, ici. Au risque de vous paraître irrespectueux, je vous dirai que M. Jack Carlisle ne m'intimide pas le moins du monde.

— Avez-vous une pièce disponible que je pourrais prendre pour bureau ?

— Tenez, cela vous irait-il ?

Il désigna du doigt l'extrémité de la salle autour de laquelle courait une sorte de galerie.

— Mes correcteurs s'installaient là à l'époque où j'avais encore des correcteurs. Avez-vous un personnel important ? Mais, au fait, avez-vous du personnel ?

— Nous sommes trois, deux personnes et moi-même...

— Je ne vois donc pas pourquoi vous ne vous mettriez pas là.

— D'ailleurs, c'est sans importance, ce qui est important c'est que nous puissions terminer notre seconde édition...

— Quand vous voudrez. Nous pourrions même commencer dès maintenant si vous aviez les flans. Il va falloir que j'embauche du personnel pour le pliage et le brochage...

— Au besoin, nous pourrions le faire nous-mêmes si c'était nécessaire. Tenez, dit Dolan, en plongeant la main dans la poche de son veston, et en détachant du bout des doigts une coupure de la liasse. Voici cinq cents dollars. Pour vous prouver que ce n'est pas de la rigolade...

— Mais ce n'est pas nécessaire...

— Prenez-les...

— Ma foi... dit Grissom en prenant le billet, toujours sous le coup de la surprise.

— Je vais chercher une camionnette, et amener la camelote d'ici une heure. Je voudrais commencer vers midi, si c'est possible...

— Je vais m'occuper de réunir une équipe, répondit Grissom.

Trente minutes plus tard, Dolan arriva au garage Lawrence avec un camion. Les flans et les feuilles brochées et non brochées étaient déjà assemblés, sur des bancs, bien empaquetés, et surveillés par la bande des gorilles que le chef de police avait mis à sa disposition.

— Chargez ça sur le camion, mes enfants, et après on ira tous déjeuner. Nous changeons de quartier ; et cet après-midi les numéros seront prêts pour la vente.

Il contourna le bâtiment et monta au bureau.

— Alors ! firent Bishop et Myra.

Dolan sortit la liasse de billets de sa poche et la posa sur le bureau.

— Trente-quatre mille cinq cents dollars. En espèces.

— Eh ben, merde, alors ! s'exclama Bishop en escamotant et en feuilletant la liasse. Jamais j'ai encore vu autant de fric en même temps !

— Et la revue ! Où s'installe-t-on ? J'ai vu en bas un camion qui est de taille à transporter toute la boutique.

— J'ai déniché quelque chose dans la Sixième Avenue. Un zèbre du nom de Grissom.

— Grissom ? fit soudain Bishop.

— Tu le connais ?

— Je sais qui il est. C'est un extrémiste. Les agents l'ont embarqué deux ou trois fois...

— Il m'a paru assez inoffensif. Très gentil et très doux. Et puis je m'en balance qu'il soit ou non extrémiste. Il a le matériel qu'il nous faut et c'est tout ce qui m'intéresse...

— ... Ça colle, j'en suis, dit Bishop. Mais, tu sais, inutile d'être extra-lucide pour prévoir ce qui va arriver...

— Ce qui va arriver tout d'abord, c'est que Myra et moi nous allons à la banque. Toi, pars avec le camion et la camelote et nous viendrons te rejoindre tout de suite.

— Vous n'allez tout de même pas déposer tout cet argent en mon nom ? dit Myra en prenant la liasse de billets des mains de Bishop.

— Il ne m'est guère possible de les déposer en mon nom à moi, répliqua Dolan. Ils seraient trop heureux si j'avais un compte en banque. Ils y mettraient opposition en cinq sec.

— A tout à l'heure, chez Grissom, dit Bishop.

— Entendu. Vous venez, Myra...

— Vous devriez téléphoner à Thomas, dit Myra en mettant son chapeau. Il a essayé de vous avoir deux fois aujourd'hui.

— Je commence à croire que j'ai une touche avec lui, fit Dolan. Venez. Allons déposer cet argent, avant que quelqu'un ne nous fasse le coup du père François.

CHAPITRE XII

Le N° 5 du *Cosmopolite* était à nouveau en vente dans tous les kiosques vers cinq heures de l'après-midi, suffisamment à temps pour que tous ceux qui rentraient chez eux après le travail pussent l'acheter. De grandes affiches annonçaient :

En vente ici :

LE COSMOPOLITE
La revue qu'on a essayé d'étouffer.

Au sommaire :
« L'histoire ténébreuse du Docteur Harry Carlisle. »

LE COSMOPOLITE
(La vérité, toute la vérité, et rien que la vérité.)

Devant chacun des sept kiosques les plus importants de l'Avenue, et tout contre les piles de magazines, se tenait un des gorilles. Tous parfaitement équipés : matraque en cuir et coup de poing américain (que Dolan avait achetés chez un brocanteur) et ils ouvraient l'œil. Ils avaient reçu des instructions détaillées, et savaient ce qu'ils auraient à faire en cas de coup dur.

Dolan, Bishop et Myra faisaient le tour de ces sept kiosques, contrôlant la vente, gratifiant les gorilles de billets de dix dollars, et leur promettant la même somme si la vente se passait sans incident jusqu'à neuf heures.

— C'est épatant, ça s'enlève comme des petits pains, fit Dolan, tandis qu'il s'éloignait du dernier kiosque. Et Carlisle n'a pas bronché.

— Ne nous emballons pas, dit Bishop. Il a encore tout le temps de nous tomber sur le poil...

— Nos zouaves sauront le recevoir. Ils adorent ça. Trois d'entre eux ont travaillé pour Bergoff.

— Qui est Bergoff ?

— Pearl Bergoff. Tu n'as jamais entendu parler de Pearl Bergoff ?

— Si, il me semble me rappeler, dit Bishop. Un article dans *Fortune ?*

— C'est ça...

— Mike, dit Myra, vous devriez vous mettre en rapport avec Mac Gonagill, au sujet de cette petite qui travaillait autrefois chez Carlisle. Vous aurez besoin d'elle. La chambre des mises en accusation va se mettre en branle, et le syndicat des médecins...

— Je lui téléphonerai ce soir. Ne vous faites pas de soucis. J'aurais tous mes tuyaux...

Il fut arrêté par les signaux lumineux.

— ...Regarde, lui dit tranquillement Bishop. Dans cette auto à ta gauche...

Dolan regarda. Une voiture luxueuse venait de

s'arrêter le long du trottoir. Un homme la conduisait ; la femme assise auprès de lui lisait *le Cosmopolite* à haute voix. L'homme penchait la tête de son côté de façon à n'en rien perdre.

— T'as compris ? lui demanda Bishop.

— Toute la ville en parlera ce soir.

— Mais toute la ville en parle en ce moment, répliqua Bishop.

Les signaux changèrent de couleur, et Dolan se dirigea sur le Sud en direction de l'océan.

— Où irons-nous manger ?... questionna Myra.

— Bon Dieu ! s'exclama Bishop, ne me dites pas que vous avez encore faim ?

— Je me sens de taille à manger un cadavre de confédéré, fit-elle.

— On va à la plage ? proposa Dolan. Vous aimez la soupe aux clams ?

— Oui, quand elle est bonne, mais je n'en ai jamais mangé à la plage. C'est trop près de l'océan.

— Ça vient de l'océan, les clams, espèce de gourde, fit Dolan.

— Je le sais. C'est bien ce que je veux dire...

— Je mangerais n'importe quoi, sauf un steak haché, déclara Bishop. Maintenant qu'on est pleins aux as, j'aimerais mieux crever que de manger un hamburger.

— Myra, dit soudain Dolan, faites-moi penser à porter ce soir un chèque à David et à Mme Marsden...

— Grands dieux, et pourquoi donc ? demanda Bishop. Il se peut que nous ayons besoin de ce fric. Tu n'as pas besoin de les rembourser tout de suite...

— Je les rembourse pendant que j'en ai les moyens.

Et je vais régler quelques autres dettes, aussi. Je viens justement de penser à quelque chose, dit-il en riant, appuyant à fond sur l'accélérateur, pressé d'aller à la plage, de dîner, et de rentrer chez lui.

Le téléphone sonna, et, quelques minutes plus tard, Ulysse entrait dans la pièce.

— C'est Mac Gonagill. Il dit que vous savez de quoi il s'agit.

Dolan se leva de son lit et se précipita dans le salon.

— Il a raccroché, dit Ulysse en l'arrêtant au passage.

— Pourquoi ne m'as-tu pas appelé, répliqua Dolan furieux. Tu sais bien que je voulais lui parler...

— Non, M'sieu, je ne le savais pas. Vous m'avez dit que vous n'y étiez pour personne. N'est-ce pas, Mam'zelle Myra ?

— Tout à fait exact, Ulysse. Ce n'est pas sa faute, Mike, ajouta-t-elle. Il a passé tout son temps à répondre au téléphone depuis huit heures.

— Excuse-moi, Ulysse, lui dit Dolan. Je vais le rappeler chez lui.

Il passa dans le salon, et rappela Mac Gonagill chez lui.

— Bud ?... Ici, Mike Dolan. Vous m'avez appelé ?... Épatant ! Qu'est-ce que c'est ?... Attendez un instant, je vais chercher un crayon pour le prendre par écrit... Très bien. Jane Christie. Où habite-t-elle ?... Dolly Madison Apartments. Bon... Oh ! vous avez fait ça ? Épatant, Bud... C'est très chic de votre part. Dites donc, vous avez des nouvelles de Carlisle ?... Aucune, hum ? On a sorti la revue cet après-midi... Vous l'avez vue ? Qu'est-ce que vous pensez du papier en question ?... Je comprends que c'est sensationnel. Merci, Bud... Merci mille fois...

Il revint dans la chambre.

— Mac Gonagill a retrouvé la jeune fille. Elle s'appelle Jane Christie, et elle vit à Dolly Madison Apartments. Et, ce qui est plus fort, il lui a parlé ; et elle a dit qu'elle serait heureuse et témoigner si on le lui demandait.

— Ça alors, c'est formidable, dit Bishop.

— Il m'a dit qu'on ferait bien de lui refiler cinquante dollars, pour la dédommager du temps qu'on lui ferait perdre. Je suis d'accord...

Myra était étendue sur le lit, très pâle ; elle se mit à s'éventer avec un livre.

— Qu'avez-vous ? lui demanda Dolan, un peu inquiet.

— Les clams... Ils jouent *La Chevauchée Fantastique* dans mon estomac, répondit-elle. Je le savais... Je le savais.

— Vous désirez quelque chose ?

— Non, cela va se passer, dit-elle en gémissant.

— Ed, dit Dolan, je crois que je vais aller voir la petite Christie, et bavarder un peu avec elle...

— Fais-le si tu en as envie, mais je n'en vois pas bien la nécessité. Du moment que Bud lui a déjà parlé on n'a pas à s'en faire...

— Quand même. Je me sentirai plus rassuré, quand je lui aurai parlé... Vous êtes sûre que vous n'avez besoin de rien, Myra ? Puis-je vous rapporter quelque chose de la pharmacie ?

— Ça ira, répondit Myra. Mais ne restez pas trop

longtemps absent, voulez-vous ? Ed, je crois qu'il vaudrait mieux que vous l'accompagniez ?

— Reste ici, Ed, répliqua Dolan, je ne serai pas long...

— Excusez-moi de ne pas pouvoir vous faire monter dans ma chambre, dit Jane Christie, mais c'est un appartement de femmes et elles sont toutes très vieux jeu.

— Ce vestibule fera l'affaire, dit Dolan. Merci d'être descendue.

— De rien. Je vous attendais. M. Mac Gonagill m'avait laissé entendre que vous viendriez me voir...

— Si j'ai bien compris, il vous a dit ce qui m'intéressait.

— Oui ; c'est au sujet de cet article sur Harry Carlisle, dans votre revue ?

— Avez-vous lu la revue ?

— Ces pages-là. Entre nous, qu'est-ce que vous lui avez cassé !

— Avec une histoire comme celle-là, il ne faut pas y aller par quatre chemins. Une gifle en pleine figure, c'est la seule manière. Vous vous souvenez de l'une ou de l'autre des deux jeunes filles : Griffith et Mac Alister ?

— Oui, de toutes les deux. J'étais de service aux deux opérations. La jeune Mac Alister est morte dans mes bras.

— Vraiment ? s'exclama Dolan, sidéré. Bon sang, jamais je n'aurais cru que ce serait si simple de coincer Carlisle. Mlle Christie, je crains qu'il n'y ait une enquête au sujet de cette affaire, et je me demande si vous... enfin, euh...

— Si je voudrais raconter cette histoire devant la Commission ?

— Vous le feriez ? Ça me gêne beaucoup de vous le demander, mais si nous n'avons pas de témoignages, notre histoire ne repose sur rien, vous comprenez ?

— Oh ! mais je suis prête à témoigner, ça vous pouvez y compter, répliqua-t-elle avec véhémence. Ce n'est pas tout d'ailleurs. Il m'a fait subir une opération semblable, à moi aussi. C'est lui-même, qui m'avait mise dans cet état, après quoi, il m'a opérée ! Et un mois après, il me mettait à la porte.

— Je ne vous blâme pas de lui garder rancune, dit Dolan. Vous devez en avoir gros sur le cœur. Mais je l'aurais cru plus intelligent. Il aurait dû au moins vous ménager.

— Que voulez-vous, j'avais peut-être tort de m'humilier devant lui. J'avais l'habitude de le supplier, et, naturellement, un homme méprise toujours une femme qui le supplie. Et puis, il comptait trop sur la puissance de son frère pour le tirer de n'importe quel pétrin. Il croyait qu'il me tenait par la crainte. Croyez-moi, monsieur Dolan, il y a longtemps que j'attends une occasion comme celle-là — une occasion de lui rendre la pareille...

— Vous l'avez. Tenez. Vous savez ce qu'on devrait faire ? On devrait aller immédiatement faire enregistrer votre témoignage chez un avoué. J'en connais un qui s'en chargera. Vous voulez bien ?

— Je ferai ce que vous jugerez bon. Il faut que je sois rentrée pour onze heures...

— Alors, c'est parfait. Cela ne peut vous nuire. Et je me sentirai infiniment plus tranquille lorsque ce sera fait.

— Entendu, je vais m'habiller.

— Tenez, lui dit Dolan en lui tendant une enveloppe qui contenait cinquante dollars.

— Qu'est-ce que c'est ? demanda-t-elle en rougissant, comprenant de quoi il s'agissait.

— Un mot. Vous l'ouvrirez là-haut. Je vous attends ici.

Elle lui sourit et s'approcha de l'ascenseur.

CHAPITRE XIII

Ils étaient trois, trois brutes épaisses collées au plafond, aux visages tournés vers le bas, armés de longs bouts de tuyaux de plomb. Ils portaient des masques de gaze blanche et des gants de caoutchouc rouges, et tous trois avaient les yeux braqués sur Dolan et chuchotaient entre eux. Et voilà qu'ils se mirent à balancer leurs tuyaux de plomb à bout de bras et à lui taper sur le crâne, pas méchamment, mais au contraire, souriant et riant comme des enfants qui s'amusent. Dolan essaya d'éviter les coups, essaya de se relever ; mais il constata qu'il ne pouvait se mouvoir qu'au ralenti — un ralenti absurde. Les tuyaux s'écrasaient sur son crâne et il se disait : Bon dieu, pourquoi ne puis-je pas bouger ? Et, finalement, il tomba du lit, et commença à ramper, et derrière lui ils le poursuivaient, sans cesser de brandir leurs tuyaux. Il finit par se mettre debout mais ses jambes ne se mouvaient qu'avec cette même lenteur, ce même ralenti absurde. Il se pencha, se courba presque en deux, posant ses mains sur le sol, se propulsant à l'aide de ses mains, s'efforçant désespérément d'avancer plus vite. Les trois chimpanzés continuaient sans répit à lui assener des coups de tuyaux... Alors il se mit à hurler, puis il s'assit et ouvrit les yeux.

— Calme-toi, calme-toi, cesse de te débattre.

C'était la voix de Bishop.

Un instant, Dolan crut qu'il était devenu fou. Le soleil brillait par la fenêtre, formant un rectangle de chaleur parfaitement visible.

La minute d'avant il faisait noir, et maintenant tout était clair.

— Étends-toi, lui disait Bishop en le repoussant doucement sur son oreiller, et lui...

de se démener
de se démener
de se démener

pour tâcher de comprendre ce qui pouvait bien se passer, nom de Dieu. Il toucha son oreiller du dos de son crâne et se mit à grogner, car il avait la sensation qu'on venait de lui renverser une casserole d'eau bouillante sur le front. Mais, maintenant qu'il était plus bas que le rectangle de lumière, il n'était plus aveuglé, alors il se rendit compte qu'il était dans sa chambre. Et c'était Bishop qui était là et qui le regardait d'un air hagard et fatigué, et Myra près de lui, qui avait un air un peu hagard et fatigué, elle aussi.

— Bon sang ! se dit-il, indécis, j'ai été blessé, et puis : Bang ! le mur qui dans sa mémoire l'empêchait de se souvenir, se brisa et s'effondra en miettes et tout redevint clair : Il avait reconduit Jane Christie à son hôtel après avoir fait enregistrer sa déposition et il sortait de son auto dans le garage quand trois colosses...

— Oh, misère ! s'écria Dolan, je suis très abîmé ?

— Pas autant que tu aurais pu l'être, dit Bishop en s'asseyant sur le lit, avec un sourire. T'as une veine de cocu... Bon Dieu, tu peux te vanter d'avoir le crâne solide.

— Ça me fait un mal de chien, dit Dolan en passant sa main sur l'épaisseur de pansements : Merde, j'étais fait comme un rat ; ils m'ont sonné avant que j'aie eu le temps de me retourner.

— Mais, sacré nom d'un chien, pourquoi n'avez-vous pas gueulé un bon coup ? demanda Myra. Nous ne nous doutions de rien, ce n'est que lorsque nous avons entendu le bruit d'une lutte. Ils se cavalaient à travers le parc à voitures quand nous sommes arrivés en bas...

— Je leur ai expédié six pruneaux, dit Bishop, mais j'étais tellement énervé qu'il s'en est fallu d'un kilomètre...

— C'est du Carlisle, ça, dit Dolan en se mordant les lèvres.

— En tout cas, c'qui est sûr, c'est que ça n'vient pas d'un copain. Qu'est-ce qui est arrivé ? As-tu envie de parler, maintenant ?

— Oui, ça va. Qu'est-ce que j'ai à la tête ?

— Rien, quelques entailles ; on t'a fait des points de suture. Alors ta visite à la jeune Christie ?

— Magnifique. Harry Carlisle l'avait fait avorter elle aussi. Avec un témoin pareil, il est sûr d'écoper de la perpète. J'ai sa déposition.

— Non ? Où est-elle ?

— Derrière la banquette de ma voiture. Descends la chercher...

— Je te crois et tout de suite ! s'écria Bishop en quittant rapidement la pièce.

— Pourquoi ne l'aviez-vous pas mise dans votre poche ? demanda Myra.

— Comme ça... une intuition...

— C'est heureux. Ces salauds-là ont pris tout ce que vous aviez sur vous. Ça devait être des spécialistes... Nous sommes descendus presque aussitôt, et nous vous avons trouvé allongé par terre, les poches retournées. Je me demande si Carlisle avait eu vent de votre visite à la jeune fille ?

— Je ne crois pas. Ces types en me faisant les poches ne recherchaient rien de particulier. Ils le faisaient simplement par acquit de conscience. Est-ce que ma tête est très mal en point ? Passez-moi la glace...

— Oh, quelques points de suture, c'est tout...

— Je ne dois pas être gravement touché, du moment que je suis capable de penser, de parler et que je me souviens parfaitement de tout. Mais ça me fait danser, bon Dieu.

— Bien sûr. Calmez-vous, Mike...

— Ça va. Je peux parler tout de même ? Ça va, je vous dis.

— Cessez de jouer la comédie... restez tranquille...

— Je ne joue pas de comédie. Nom de Dieu, j'en ai assez de vous entendre me répéter ça. Pourquoi vous imaginer que je veux toujours jouer les héros ? répéta-t-il, en s'asseyant, pivotant sur son séant, posant ses pieds nus sur le plancher, et se levant. Tenez, gros malin, regardez. Je n'ai même pas les jambes qui flageolent.

— Allez-y, cassez-vous la gueule, tombez si ça vous chante. Si vous croyez que cela me fait quelque chose...

Dolan eut une grimace d'impatience et traversa la chambre pour aller vers la glace qui se trouvait sur la commode. Il avait une longue cicatrice à la figure, et sa tête était couverte de pansements. Il pencha la tête de droite et de gauche, en se regardant dans le miroir, puis se retourna en souriant.

— J'ai beau avoir ce turban, je reste quand même le plus beau du pays... Hein ? Avouez ?

— Non, pas dans cet accoutrement. Mike, voulez-vous retourner au lit, je vous en prie.

Il baissa les yeux, et s'aperçut qu'il avait bien sa veste de pyjama, mais pas de pantalon.

— Qui m'a déshabillé ?

— Ed et moi.

— Et, comme d'habitude, vous avez tout fait de travers. Je dors avec le pantalon de pyjama et non avec la veste. Jamais, souvenez-vous-en.

Myra lui jeta sa robe de chambre, et il la passa.

— Vous ne comprendrez donc jamais rien ? fit-il.

— Oh, assez, couche-toi, dit Bishop en entrant dans la chambre.

— Tu l'as trouvé ? demanda Dolan.

— Je l'ai lu en montant. C'est un joli document à ajouter à ta collection d'érotiques.

— C'est l'exacte vérité, de la première à la dernière syllabe.

— Ce qui ne l'empêche pas d'être érotique. Écoutez ce passage, Myra...

— Inutile, je m'imagine très bien, dit Myra. Vous ne croyez pas que nous devrions mettre ce papier en lieu sûr ? demanda-t-elle à Mike. Pourquoi ne pas le mettre dans votre coffre ?

— Vous avez raison. Seulement ça m'assomme de sortir avec cette cochonnerie sur ma tête. Il va falloir que je réponde à mille et une questions idiotes...

— Mais il n'est pas question que tu sortes ! Tu vas rester ici, s'écria Bishop.

— Tu peux toujours courir ! Allez, caltez... laissez-moi m'habiller.

Bishop regarda Myra.

— Inutile de discuter avec lui. Il ne voudrait pour rien au monde manquer cette occasion de se faire remarquer. Il adore poser au surhomme, vous savez...

— Que vous est-il arrivé ? demanda Grissom à Dolan, alors que les trois amis entraient à l'imprimerie.

— Je me suis fait bousculer un petit peu.

— Ils lui ont même chauffé son revolver et son insigne, ajouta Myra.

— Carlisle ? demanda Grissom, sans faire la moindre attention à elle.

— Probablement...

— Évidemment, qui voulez-vous que ce soit d'autre ? dit Bishop.

— En somme, vous rebondissez quand on vous frappe, dit Grissom, en secouant la tête. Vous avez du cran, Dolan...

— Allez-y, Dolan, admettez-le pour une fois, dit Myra.

Dolan la regarda d'un air furieux.

— Où cela vous est-il arrivé ? demanda Grissom.

— A mon garage. Trois ou quatre malabars m'ont sonné au moment où je sortais de ma voiture.

— Mais dites-moi, vous ne croyez pas que vous feriez mieux de rester chez vous à vous soigner ?

— Je ne voudrais pas faire ce plaisir à cet enfant de salaud !

— Il est visible que vous ne connaissez pas très bien notre héros, monsieur Grissom, dit Myra.

Dolan lança brusquement son pied vers elle. Myra rentra les fesses et esquiva le coup de justesse.

— Quelles nouvelles ? demanda Bishop.

— Six ou sept commandes.

— D'où ?

— Des boutiques autour de Weston Park...

— En plein dans le fief de ce cher docteur, dit Dolan. Nous allons les envoyer immédiatement.

— Elles sont déjà parties. Mon apprenti les a portées.

— Vous n'auriez pas dû l'envoyer, dit Dolan, je ne voudrais pas qu'il lui arrive du vilain à ce gosse...

— Je ne crois pas, dit Grissom.

— Enfin... dit Dolan en grimpant sur le balcon où était installé son bureau.

— Je suis contente que ce témoignage soit en lieu sûr, fit remarquer Myra. Nous savons au moins qu'il ne pourra rien lui arriver.

— Qu'est-ce que nous faisons la semaine prochaine ? demanda Bishop.

— La première chose que je vais faire, c'est un éditorial sur la situation du *Petit Théâtre*. Ce n'est plus du tout un théâtre d'amateurs. C'est une société par actions, très fermée.

— Ce n'est pas tout, intervint Myra de sa place, j'ai l'impression que c'est avant tout un rendez-vous de pédérastes et de lesbiennes. Et les foyers qu'il a détruits ? Les gens qu'il a ruinés...

— Oui, mais il y a l'autre côté de la question, dit Dolan. Il a aussi aidé pas mal de gens. Il y a eu un sacré progrès depuis que le Major s'en occupe.

— Ça y est, dès qu'on attaque tant soit peu votre cher *Petit Théâtre*, vous ne voyez plus clair...

— Je vous en prie, je sais ce qui s'y passe, et beaucoup mieux que vous. J'ai aidé à le créer. Et j'y ai pour ainsi dire vécu pendant sept ou huit ans...

— C'est bien ce que je veux dire. Il vous touche de trop près. Vous ménagez la chèvre et le chou. C'est moi qui écrirai l'éditorial sur le *Petit Théâtre*.

— Bon, bon, puisque vous êtes si bien renseignée, écrivez-le et qu'on n'en parle plus.

— D'ailleurs tout le monde s'en fout, dit Bishop. Qu'est-ce qu'on va avoir comme article de tête, Carson ?

— Du menu fretin, Carson.

— Ah ! oui ? Il se fait cinquante mille dollars par an rien que sur l'achat des camions de la ville.

— Mais de ça aussi, tout le monde se fout. A notre époque, les gens s'attendent à ce que leurs conseillers municipaux soient des combinards. Ils seraient probablement déçus s'ils ne l'étaient pas. Non, pas Carson...

— Nestor ?

— Je me le demande. Comme escroc il a plus

d'envergure que Carson, à cause de ses accointances avec la pègre. Il a l'air d'un paysan et il parle comme un paysan, malgré sa Duesenberg, mais il est drôlement ficelle.

— Je me demande s'il ne vaudrait pas mieux commencer par le bas, pour arriver petit à petit jusqu'à notre Hitler-Carlisle.

— Voilà, je te l'accorde, du gibier de choix : Carlisle. Si on pouvait lui faire faire la culbute, j'estime qu'on devrait nous décerner le prix Pulitzer pour services éminents à la cause politique.

— L'ennui, c'est qu'on ne décerne pas de prix aux magazines. A moins de foncer tout de suite sur Carlisle ? L'ennui c'est que nous sommes un hebdomadaire, et qu'il nous faut, coûte que coûte, paraître la semaine prochaine. Si nous étions une revue mensuelle, ce serait simple, nous aurions tout le temps de contrôler les faits. Je ne crois pas que nous puissions coincer Carlisle en huit jours.

— Moi non plus, dit Bishop, mieux vaut s'attaquer à Nestor. Je sais tout ce qu'il y a à savoir sur lui. Je peux écrire cet article sans même sortir du bureau...

— C'est pour ça qu'il vous intéresse tant, avouez...

— Permettez, répliqua Bishop. C'est lui que vous mettez en boîte... pas moi. Voulez-vous me foutre la paix ?

— Oh ! c'est bon... Allons-y pour Nestor.

— Monsieur Grissom, appela Dolan en se penchant sur la balustrade.

Grissom s'approcha jusqu'en bas de l'escalier et leva la tête.

— Vous ne voyez pas de courtiers de publicité que notre revue pourrait intéresser ?

— Non, personne que je puisse recommander, répondit Grissom. Pourquoi ne demandez-vous pas à Jerges, du *Courrier*. Il se peut qu'il connaisse quelqu'un...

— Je vais l'appeler, dit Dolan en descendant au téléphone. Vous pourriez peut-être faire mettre un poste là-haut. Le téléphone marche sans arrêt, avec nous...

— Bon, je vais m'en occuper. Vous trouverez le numéro du *Courrier* sur cet agenda...

Dolan composa le numéro et expliqua à Jerges ce qu'il désirait. Jerges répondit qu'il pourrait probablement dégoter quelqu'un, mais qu'il craignait que la personne qu'il enverrait ne demandât un petit salaire hebdomadaire et un pourcentage sur le chiffre d'affaires. Dolan lui dit que c'était d'accord, qu'il pouvait l'envoyer, et lui donna l'adresse de Grissom.

— Envoyez-moi quelqu'un de chez vous également. Je voudrais prendre une demi-page dans le *Courrier*. Pour moi, personnellement.

Jerges répondit qu'il ne pourrait envoyer personne avant le milieu de l'après-midi, remercia et raccrocha. Dolan revint en bas de l'escalier.

— Hé, Ed, appela-t-il. Tu viens faire un tour avec moi du côté des kiosques ?

— Entendu...

— C'est ça, dit Myra en se penchant sur la balustrade, allez-y, surmenez-vous...

— Occupez-vous de noter, d'après le calendrier mondain, les réunions des clubs de femmes. Vous êtes une secrétaire salariée, ne l'oubliez pas...

— Nous serons de retour dans une heure, lança Bishop.

— Si un courtier de publicité me demande, priez-le de m'attendre, ajouta Dolan.

— Allez-y doucement, dit Myra. Il se peut que vous soyez plus touché que vous ne le croyez...

Dolan ne répondit pas et se dirigea vers la porte avec Bishop.

— Je voudrais d'abord aller au bistrot téléphoner, dit Dolan.

— Pourquoi ne pas téléphoner d'ici ?

— Je ne veux pas que Myra m'entende. Je vais demander à Mac Gonagill de me procurer un nouvel insigne et un autre revolver. La prochaine fois je serai plus prudent...

LE Dr HARRY CARLISLE EST TROUVÉ MORT
CHEZ LUI

On découvre dans la salle de bains le cadavre du célèbre médecin mondain.

Un revolver à portée de sa main, braillaient les titres en manchette.

— Un revolver à portée de sa main... fit Dolan. Ces vacheries de journaux. Ils n'ont même pas eu le courage de dire qu'il s'était suicidé...

« Le docteur Harry Carlisle, chirurgien âgé de trente-cinq ans et personnalité mondaine notoire, vient d'être trouvé mort un peu après onze heures, dans la salle de bains de sa maison de Weston Park, lut Bishop. Une seule balle avait pénétré dans la tempe droite. Un revolver était à proximité de sa main droite. Le docteur Carlisle était l'objet d'une attaque violente déclenchée hier par un nouvel hebdomadaire de Colton, mais ses intimes ne peuvent préciser s'il avait eu ou non le temps d'en prendre connaissance. Jack Carlisle, son frère, bien connu dans les milieux politiques de la région, était trop frappé par cette tragédie pour être en mesure de nous donner une interview... »

— Tout ça dans le même paragraphe ? demanda Dolan.

— Non, il y en a plusieurs. C'est ma façon de lire qui t'a fait croire ça.

— J'allais dire que c'était bien mal écrit...

Ils gardèrent le silence l'espace de deux ou trois « blocks », Bishop tenant le journal et contemplant les titres d'un air absent, Dolan les yeux fixés droit devant lui, absorbé par la conduite de la voiture.

— On ferait mieux de rentrer au bureau, dit brusquement Dolan.

— Tu as raison.

Dolan gara son auto dans le parc à voitures, puis il rentra avec Bishop à l'imprimerie qui se trouvait à deux pas de là.

Quand ils arrivèrent, Grissom et Myra se trouvaient dans le bureau de Grissom et lisaient le journal. Ils levèrent la tête et virent que Bishop avait lui aussi un journal.

— C'est moche, hein ? fit Grissom.

— Évidemment, je ne pensais pas qu'il irait jusque-là, dit Dolan.

— Il n'avait pas le choix, fit Myra.

— Oh ! pour l'amour de Dieu, ne venez pas me raconter que vous l'aviez prévu, dit brutalement Dolan.

— Je ne l'avais pas prévu, non, répondit Myra. Mais, bon sang, nous aurions dû y penser. En y réfléchissant un peu, il n'y avait pas d'autre issue pour lui. C'était le seul moyen d'éviter que l'affaire aille devant la Chambre des Mises en Accusation.

— Bon, et bien admettons qu'on s'en soit douté... Et après ? Ça ne nous aurait pas empêchés de publier le papier, je suppose ?

— Peut-être pas, accorda Myra.

— Je m'en fous, je ne regrette rien, je ne veux pas être hypocrite. C'était mon ennemi de toujours, je le vomissais et il me le rendait bien. En plus, c'était un danger public. La ville va pouvoir respirer un peu mieux. D'ailleurs, tout ça ce n'est pas mes affaires, je me demande seulement quelles répercussions ça va avoir sur *Le Cosmopolite.*

— Je ne connaissais pas ce monsieur, fit Grissom, mais si vous voulez mon avis, je crois que ce sera une excellente publicité pour vous. Le public trouvera peut-être cette histoire affreuse, mais quand les gorilles de son frère vous ont assommé, ce n'était pas très joli non plus. Ils auraient très bien pu vous tuer aussi.

— Dieu m'est témoin qu'ils ont tout fait pour ça, répondit Dolan. Ils ont raté leur coup parce qu'ils ne savent pas ce que c'est que la tête d'un Irlandais. Si vous voulez occire un Irlandais, ne commencez jamais par lui taper sur le crâne...

— Je propose... fit doucement Bishop, de mettre un peu d'ordre dans le bureau, en prévision de la visite de Jack Carlisle.

— Tu ne crois pas qu'il aurait le culot de venir ici, je suppose, dit Dolan, comme on précise un fait, et non comme une question.

— Je ne vois pas comment il pourrait faire autrement, dit Bishop.

— Je ne crois pas qu'il vienne... pas maintenant. Je ne suis pas tellement sûr que nous entendions jamais parler de lui.

— Je me sentirais plus à mon aise si je pouvais penser comme toi, dit Bishop.

A cet instant, deux hommes entrèrent, deux jeunes gens.

— Nous cherchons M. Dolan, dit l'un d'eux.

— C'est moi. Vous désirez ?

— Je m'appelle Cook, répondit l'homme, je suis envoyé par le *Courrier.* Monsieur est M. Gage. Jerges m'a parlé d'une annonce que vous vouliez passer...

— Oui.

— Gage est venu vous voir au sujet de la place de courtier chez vous. Je crois que vous en avez parlé à Jerges. Gage à travaillé avec Jerges.

— Voulez-vous monter, messieurs, dit Dolan en les conduisant à son petit bureau.

— Vous m'avez l'air d'en avoir pris un sérieux coup ? dit Cook, tandis qu'ils montaient l'escalier. Accident d'auto ?

— Si l'on veut. Ce n'est pas aussi mauvais que cela en a l'air. Asseyez-vous...

— Les autos sont de véritables fléaux de nos jours, remarqua Cook.

— Oui, dit Dolan. Je voudrais passer une annonce d'une demi-page dans le *Courrier* de demain. Mais bien placée, surtout.

— Tout ce qui est dans la première partie est bien placé, monsieur Dolan. Je regrette de ne pouvoir vous spécifier exactement l'emplacement que je pourrai mettre à votre disposition, car presque tout est déjà retenu. Mais je vous placerai quelque part dans la première partie.

— Combien ça coûtera ?

— Ce sera un placard ou simplement du texte ?

— Du texte.

— Deux cents dollars. Si vous voulez que ça paraisse demain, il nous faudrait la copie avant trois heures. Le texte est déjà rédigé ?

— Ce ne sera pas long, je vous l'enverrai avant trois heures. Voulez-vous me donner un reçu ? dit-il en sortant un rouleau de coupures.

Il lui compta deux cents dollars et les lui tendit.

Cook lui signa un reçu et prit l'argent.

« Le présent reçu ne constitue en aucun cas une obligation pour le *Colton Courrier* de passer le placard de publicité désigné ci-dessus », lut Dolan, en petits caractères en bas de la feuille de papier. « *Le Courrier* se réserve le droit de rejeter toute copie qui ne serait pas en accord avec la ligne générale et les traditions du journal. »

— ... Une simple formalité, précisa Cook.

— Heureusement que mon annonce a un caractère strictement personnel, remarqua Dolan. A lire ça, je craindrais que nous ayons des ennuis si nous faisions de la publicité pour la revue chez vous.

— Oh ! vous n'avez pas besoin de faire de la publicité pour la revue, répliqua Cook. On n'entend parler que du *Cosmopolite* partout...

— Vraiment ? En mal ou en bien ?

— A peu près moitié moitié, selon moi, mais cela n'a pas d'importance, l'essentiel est qu'on en parle... A tout à l'heure, Gage. Merci, monsieur Dolan, dit-il en descendant l'escalier.

— Dolan se tourna vers Gage.

— Vous avez déjà fait de la prospection publicitaire ?

— Je n'ai fait que ça depuis que j'ai quitté l'école. Quatre ans de métier. Je travaillais chez Jerges...

— Alors ?

— Rien. Les affaires ont ralenti, et j'ai été malade il y a six mois. J'ai deux lettres de recommandation sur moi, dit-il en plongeant sa main dans sa poche.

— Peu importe. Vous savez naturellement que je ne peux pas vous donner ce que vous donnait le *Courrier*, à beaucoup près. Combien vous faisiez-vous là-bas ?

— Vingt dollars par semaine.

— Vingt dollars ! Bon Dieu, je m'étonne qu'ils ne soient pas sur la paille. Je m'imaginais que dans ce métier vous vous faisiez dans les soixante à soixante-dix...

— Il y en a qui les font, je suppose. Pas moi.

— Combien voulez-vous pour travailler avec moi ?

— Je ne sais pas, monsieur Dolan. J'aimerais un petit fixe et un pourcentage sur le chiffre d'affaires.

— Hé, Mike ! appela Bishop du bas de l'escalier. On va en face chercher des sandwiches. En veux-tu un ?

— J'en veux deux, dit Dolan en se penchant sur la rampe.

— A quoi ?

— Ce que tu voudras. Alors, Gage, croyez-vous pouvoir faire des affaires pour le *Cosmopolite ?*

— Je peux essayer, répondit Gage en souriant.

— Vous n'avez pas l'air très optimiste...

— Je ne suis pas un camelot, monsieur Dolan. Je ne crois pas à tous ces bobards sur le génié de la vente, l'art de faire l'article et tout ce qu'on vous raconte dans les magazines. Ce que je peux vous dire c'est que vous en aurez pour votre argent...

— Je vous crois, d'ailleurs. Vous avez déjeuné ?

— Non, monsieur...

— On n'a pas l'habitude d'être cérémonieux, ici, vous savez. Appelez-moi Mike. Comment vous appelez-vous ?

— Cecil.

— Eh bien Cecil, allez déjeuner, et après nous reparlerons des tarifs et de tout ce qui s'ensuit. Si je ne peux pas en discuter maintenant, c'est que je n'y connais rien. Je n'ai jamais mis le nez dans ces questions-là... Attendez, nous n'avons pas parlé de vos honoraires. Vous aviez vingt dollars par semaine au *Courrier.* Comment voulez-vous que je vous paie ?

— Je m'en remets à vous.

— Quinze dollars, ça irait ?

— Parfait. J'espère vous amener des affaires...

— Moi aussi, je le souhaite. Sinon, j'aime autant vous dire que vous ne tiendrez pas plus d'une semaine. Tenez, voilà cinq dollars d'acompte...

— Merci, dit Gage en prenant l'argent. Il se leva. Je serai de retour dans une demi-heure...

CHAPITRE XIV

I

Cette nuit-là, Dolan prit cinq cachets dans l'espace de quarante-cinq minutes, pour essayer de calmer sa migraine.

— Si vous vouliez seulement vous arrêter de marcher de long en large, de vous asseoir toutes les dix minutes et de songer à ces choses auxquelles vous ne pouvez rien, votre tête vous ferait moins mal, dit Myra. Carlisle est mort.

— Je me fous de Carlisle, répliqua Dolan.

— Alors, qu'est-ce qui vous tracasse ?

— Rien.

— C'est cet article de *New Masses* [1] que je vous ai fait lire ? dit Myra. Si je vous l'ai montré, c'est pour vous prouver que notre ville n'est pas la seule où il se passe des choses bizarres...

— Ce n'est pas ça qui m'ennuie, dit Dolan. Ça m'a foutu en rogne, évidemment. Tous les jours, je décou-

1. *New Masses* : journal communiste.

vre des choses qui me mettent en boule. C'est pour ça que je voudrais sortir quelque chose de plus conséquent, une revue à gros tirage, d'importance nationale, de façon à pouvoir agir en grand. Je trouve que Dorothy Sherwood avait parfaitement le droit de tuer son fils de deux ans. Elle savait qu'il n'avait pas une chance sur un milliard d'obtenir dans la vie ni bonheur, ni dignité, ni même assez à manger... Et elle avait raison. Elle ne voulait pas que son fils grandît en la maudissant de l'avoir mis au monde — comme je l'ai fait moi-même pour ma mère. Et mon père. Comme je continue d'ailleurs à le faire. Quel droit avaient-ils de me faire naître ? Ils n'étaient pas capables de prendre soin de moi ; ils m'ont laissé faire l'apprentissage de la vie à travers des fentes de palissades et dans des impasses obscures, que le diable les emporte tous les deux...

— Mike ! s'écria Myra d'une voix brève, en se levant pour aller vers lui.

— Vous croyez qu'il s'agit simplement d'une crise de cafard ? Eh bien, ma petite dame, vous vous trompez. Je sais fort bien ce que je dis. Je sais ce que Dorothy Sherwood a dû ressentir ! Qu'est-ce que ce pays avait de valable à offrir à son fils ? Qu'est-ce que ce pays a de valable à offrir à *n'importe quel* enfant d'homme ? Une place dans une file de chômeurs et un éclat d'obus dans le ventre ! Était-ce de sa faute si elle l'a tué ? Pourquoi est-ce que le jury n'a pas condamné les responsables de cet état de choses à la chaise électrique ? Nom de Dieu, c'est ça qui aurait été intelligent...

— C'est fou ! Cette puissance et cette force que

vous avez en vous, dit doucement Myra en le couvant des yeux. Michaël Dolan, vous serez un grand homme un jour ! Vous allez devenir quelqu'un de formidable...

On frappa à la porte.

— Entrez, jeta Dolan par-dessus son épaule.

C'était Ulysse.

— Il y a un homme qui vous demande en bas, dit-il.

— A quel sujet ?

— Je ne sais pas, m'sieu Mike. Je lui ai demandé, et il a dit que c'était personnel.

— Comment est-il ?

— Il a l'air bizarre. Un petit bonhomme, avec des moustaches. Il a l'air d'un étranger...

— N'a pas dit de quoi il retournait ?

— Non, m'sieu. Je lui ai dit que je ne croyais pas que vous étiez chez vous. Peut-être qu'il vaut mieux que je lui dise que vous n'êtes pas là...

— Fais-le monter, Ulysse.

— Un instant, Ulysse, intervint Myra. Écoutez, Mike, voilà des choses à ne pas faire. Quand est-ce que vous allez vous mettre dans la tête que nous nous sommes engagés dans un travail dangereux ?...

— Vas-y, Ulysse, répliqua Dolan.

Ulysse sortit à regret, en secouant la tête.

— Vous regretterez un jour de ne pas m'avoir écoutée, s'écria Myra.

Dolan lui sourit, lança sa cravate sur la bibliothèque, et posa son pardessus sur le dos d'une chaise. Puis il s'approcha du bureau et sortit un automatique à six coups tout neuf (le second que Mac Gonagill lui avait donné, tard dans l'après-midi) de sa poche revolver, le posa sur le bureau, et le recouvrit d'un journal. Il installa la chaise près du bureau de façon à pouvoir se saisir de son revolver tout en restant assis... et reçut l'étranger d'un air très naturel lorsque Ulysse l'introduisit.

L'homme, de toute évidence, était un étranger. L'air assez miteux, très petit, un poids coq. Italien, se dit Dolan. Il avait l'air inquiet, mais Dolan ayant atteint le stade où il se méfiait de tout le monde, doutait qu'il fût sincère.

— Ce monsieur-là est M. Dolan, dit Ulysse sans beaucoup d'aménité, en marchant lentement vers la porte, hésitant à se retirer.

Dolan lui fit signe de sortir et l'étranger attendit qu'il fût sorti pour parler.

— Monsieur Dolan, dit-il enfin, je viens vous demander votre appui.

Dolan fut très surpris d'entendre l'homme s'exprimer très correctement. A le voir, on se serait attendu à ce qu'il eût un accent terrible.

— Asseyez-vous, dit Dolan en le surveillant très étroitement.

— Je m'appelle Bagriola, ajouta l'homme, toujours debout, en tortillant son chapeau. Il regardait Myra du coin de l'œil, prudemment. Je suis coiffeur...

— Mademoiselle Barnowsky, ma secrétaire. Asseyez-vous...

Bagriola salua Myra d'un rapide signe de tête, et finit par s'asseoir sur le bord de sa chaise. Myra alla se placer près de la bibliothèque, un peu en retrait, et s'accoudant au meuble, commença à le surveiller de très près, d'un air remarquablement hostile.

Bagriola en avait conscience, car il se retourna deux ou trois fois vers elle, avec de la frayeur dans les yeux.

— Ne vous hérissez pas, monsieur Bagriola, lui dit Dolan. Personne ne vous fera de mal. Pourquoi vouliez-vous me voir ?

— Je vais vous le dire, dit Bagriola, légèrement rassuré, en s'adressant directement à Dolan. Je suis allé à la police, j'ai vu plusieurs journaux mais personne n'a pu m'aider. Aujourd'hui, pendant que je rasais un client, je l'ai entendu parler de votre revue avec un voisin ; il disait qu'il vous fallait beaucoup de courage pour lutter ainsi pour le bien...

— Comment ça, la police ne peut pas vous venir en aide ?

— Deux fois déjà j'ai été enlevé par des hommes qui m'ont traîné dans le bas de la rivière pour me fouetter. La dernière fois ils m'ont laissé attaché à un arbre...

— Qu'est-ce que c'est que cette histoire ? s'écria Dolan. Quels hommes ?

— Je ne sais pas quels hommes. Ils portent des robes. Ils portent des cagoules sur la tête. Ils enduisent les gens de goudron puis les roulent dans des plumes.

— Nom de Dieu de bon Dieu ! s'exclama Dolan. Les Croisés !

Bagriola fit un signe affirmatif et l'ombre d'un sourire effleura son visage, mais ses yeux étaient froids. Puis il se leva et enleva son manteau. Il défit sa cravate et se mit en devoir de déboutonner sa chemise.

— Je vais vous montrer, dit-il en enlevant la chemise. Regardez...

— Nom de Dieu, s'écria Dolan, stupéfait. Venez donc voir ça, Myra...

Le dos de Bagriola n'était plus qu'un savant entrecroisement de coupures, de bourrelets et d'entailles.

— Seigneur, dit Dolan. Il y en a qui sont profondes comme mon pouce, de ces vallées. Je n'ai jamais rien vu de pareil ! C'est même étonnant que vous soyez encore vivant. De ma vie je n'ai rien vu de semblable.

— Cela prouve que vous n'êtes pas très au courant de ce qui se passe dans votre cher et beau pays, remarqua tranquillement Myra.

— Vous devriez vous faire panser par un médecin, dit Dolan. Cela pourrait s'infecter...

— J'ai déjà vu le docteur plusieurs fois. Ce soir je lui ai dit de retirer mes pansements parce que je voulais vous montrer... dit calmement Bagriola en remettant sa chemise.

— Nom de Dieu de nom de Dieu ! s'exclama de nouveau Dolan. Mais, dites-moi : Qu'a dit la police ?

— Rien. Ils m'ont dit qu'à moins que je puisse identifier les hommes, ils ne pouvaient rien faire. Naturellement, je n'ai pas pu les identifier, puisqu'ils portent des masques, et sont tout le temps en bande. Très courageux... ajouta Bagriola en haussant les épaules et en reboutonnant sa chemise.

— Est-ce que... Est-ce que vous voulez boire quelque chose, lui demanda Dolan.

— Non, merci, répondit Bagriola en souriant, je n'ai besoin que de justice...

— Eh bien, merde, alors... se dit Dolan, profondément troublé parce qu'il avait vu.

— Ne vous frappez pas trop, dit Bagriola, très sincère. Je ne suis pas le seul, il y en a d'autres...

— Vous voulez dire que ce genre de choses se produit souvent ?

— Très souvent. Il y en a des douzaines et des douzaines. Personne n'en sait rien parce qu'on n'écrit pas là-dessus. C'est ce qui m'a convaincu que quelqu'un de la police ou des journaux doit être au courant. Sinon, pourquoi ces faits seraient-ils tenus cachés ?

— Vous parlez très bien l'anglais pour un étranger, lui dit Myra.

— Vous aussi, lui répondit Bagriola en souriant doucement.

— Je ne suis pas une étrangère...

— Moi non plus. Je suis né dans ce pays. Quelquefois quand je suis un peu énervé je parle moins correctement — mais sans ça, je parle très bien. Voyez... je suis américain, dit-il en s'emparant de son pardessus, et en écartant le revers.

A sa boutonnière fleurissait le ruban rouge, blanc et bleu de la croix du Mérite...

— Dans l'Argonne. A Cunel, avec la Première Armée, dit-il.

— Oui, fit Dolan. Vous êtes un Américain, pas d'erreur. Si j'écrivais un papier là-dessus, les gens ne voudraient pas me croire. Ils seraient prêts à parier que j'ai inventé ce détail de la décoration pour corser l'affaire...

— Et pourtant c'est exact, vous le voyez, fit remarquer Myra.

— Évidemment, c'est exact, mais je veux dire que c'est une affaire qui date déjà, et que personne ne voudrait croire à présent... mais je regrette de vous avoir interrompu, monsieur Bagriola, continuez, voulez-vous ? Pourquoi vous ont-ils fouetté ?

— Pour immoralité. Ils ont dit...

Il s'arrêta en lançant un coup d'œil gêné à Myra.

— Continuez, monsieur Bagriola, lui dit Myra.

— Ils ont dit que je couchais avec ma sœur, avec ma belle-sœur et avec mes filles...

— Pour quelle raison ont-ils dit cela ?

— C'était une chose toute naturelle, monsieur Dolan. Nous sommes une famille très nombreuse, et nous vivons tous dans une petite maison très petite. Si j'étais riche j'aurais une vaste maison où chacun aurait sa chambre...

— Mais vous ne faites rien d'immoral, n'est-ce pas ?

— Non, Monsieur, répondit Bagriola. Je ne suis pas un vicieux. Vous pouvez me croire.

— Nous le croyons, dit Myra. Comment se fait-il que ces hommes s'en soient pris à vous.

— Je ne sais pas, répondit Bagriola. Vous pouvez enquêter sur moi. J'envoie mes enfants à l'école, je suis un bon coiffeur, je suis pieux... je paie mes dettes. Pas toutes, mais j'en paie quelques-unes tous les mois. Je ne sais pourquoi ils s'en sont pris à moi. Des voisins, peut-être...

— Quelqu'un qui aurait voulu se venger ?

— Se venger de quoi. Je n'ai fait de mal à personne...

— Les gens n'ont pas besoin de prétextes très convaincants pour se saisir d'un homme et le fouetter, constata Myra. Ils le font sans se soucier du reste...

— Il y en a eu beaucoup de fouettés. Il y en a qui

ont été estropiés. J'en connais un qu'on a pendu par le cou.

— Quoi ? s'écria Dolan, haletant.

— Il n'est pas mort, dit Bagriola. Ils voulaient lui donner une leçon. Il vivra, mais il sera toujours paralysé. Certains nerfs ont été touchés...

— Dites donc... vous pourriez me mener voir cet homme ?

— Certainement. Quand vous voudrez...

— Maintenant, je veux y aller maintenant.

— Un moment, Mike. Inutile de se précipiter comme des fous. La fin du monde n'est pas pour ce soir.

— Mais, bon Dieu, je n'ai encore jamais entendu parler d'un truc pareil, s'écria Dolan, dont les lèvres minces étaient toutes blanches. Je me fous pas mal de ce que cet homme a pu faire. C'est une honte de laisser d'immondes salauds de dégonfleurs s'arroger le droit de pendre un homme. C'était la même bande qui a fait le coup, Bagriola ?

— Ils portaient des robes noires et des cagoules noires. Il doit y avoir plusieurs clans, mais c'est toujours la même organisation.

— Bon Dieu, je n'ai encore jamais entendu une histoire pareille, reprit Dolan en mettant sa cravate. Parlez d'une façon de se distraire !

— N'empêche que vous êtes idiot de vous mettre dans un tel état pour ça, en ce moment, lui dit Myra en s'approchant de lui. Écoutez, Mike. J'ai roulé ma bosse un peu partout, croyez-moi, ceci n'est qu'une forme comme une autre de ce bon vieux patriotisme américanisant. Le pays en est plein, de trucs de ce genre. Bon sang, vous n'avez pas la prétention de vouloir tout chambarder à vous tout seul ? Il faut faire ça petit à petit, calmement et sans passion. Vous ne pouvez pas gaspiller toute votre énergie pour ces choses qui vous bouleversent. Soyez logique... Je présume, dit-elle en se tournant vers Bagriola, la voix glacée et l'hostilité à nouveau peinte sur son visage, je présume que vous avez dit la vérité ?

— C'est la vérité. Vous savez bien que c'est la vérité, s'écria Bagriola.

— En tout cas, moi je vous crois, dit Dolan en mettant son manteau. J'avais déjà entendu parler de ces zèbres-là, mais c'est la première fois que je vois un spécimen de leur travail...

Myra s'approcha du bureau, et enleva le journal qui recouvrait le revolver. Bagriola la regarda faire sans que la moindre trace d'émotion vînt troubler sa figure pâle. Myra prit l'arme, la replaça dans l'étui, et s'approchant de Dolan, la lui mit dans sa poche de derrière.

— Monsieur Bagriola, dit-elle en se tournant vers lui, moi aussi je suis disposée à vous croire. Mais nous faisons un travail dangereux, et nous devons nous montrer prudents. Si M. Dolan soupçonne un instant que vous cherchez à l'attirer dans un guet-apens, il vous tuera séance tenante. Souvenez-vous.

— Ce n'est pas à ce point-là, Bagriola, fit Dolan. Venez...

— Avant de partir, dit Myra à Bagriola, veuillez avoir l'obligeance de me laisser l'adresse de votre boutique, et celle de votre maison.

— Ma boutique est au 138, North Las Cruces. Ma maison est la porte à côté, au 140.

— Merci, dit Myra en les inscrivant. Mike, si dans deux heures je n'ai pas de nouvelles de vous, je téléphone à Mac Gonagill et je vais à cette adresse. Je vous conseille de veiller à ce qu'il revienne sain et sauf, monsieur Bagriola.

— Voulez-vous me faire le plaisir de ne pas mêler Ed à cette histoire et de lui foutre la paix, lui dit Dolan. Son gosse est toujours malade, et d'ailleurs il va probablement être pris toutes les nuits désormais. Laissez-le tranquille, je vous en prie.

— Eh bien, moi, répondit Myra avec fermeté, je vais lui téléphoner, et je descendrai ensuite demander à Ernst Luger de me tenir compagnie. Tout cela ne me dit rien qui vaille. Vous êtes une tête de cochon et un triple idiot, si vous voulez mon avis.

— Allons, venez Bagriola, dit Dolan en s'en allant. Elle adore faire du mélodrame...

Une heure et demie plus tard, Dolan rentra chez lui, et trouva Myra et Bishop qui l'attendaient.

— Je suis désolé qu'elle t'ait dérangé, Ed, fit-il. Vous voyez, oiseau de malheur, lui dit Dolan furieux, je suis là. Il ne m'est rien arrivé. Et je savais bougrement bien qu'il ne pouvait rien m'arriver.

— C'est heureux, répliqua Myra ; je ne plaisantais pas quand je parlais de téléphoner à Mac Gonagill et de partir à votre recherche...

— Je suppose qu'elle t'a mis au courant de l'histoire Bagriola ?

— Depuis A jusqu'à Z. Tu as vu le personnage qui est resté paralysé ?

— Oui, je l'ai vu. Bagriola m'a mené également

chez un nègre qui avait été cruellement fouetté. Voilà ce qu'ils fabriquaient tous ces « Croisés ». J'avais demandé à Thomas de passer un papier à ce sujet. S'il m'avait écouté, tout ça ne serait peut-être pas arrivé !

— Le Bagriola en question est un genre d'ambassadeur des opprimés, si je comprends bien...

— Ça peut te paraître très drôle, Ed, mais j'aurais voulu que tu voies ce que j'ai vu. C'était horrible.

— Je n'en doute pas, dit Bishop. Il y a beaucoup de choses horribles. Tu as fait la guerre. Ça aussi c'était horrible. Tout est horrible. Mais pourquoi t'en vas-tu jeter feu et flammes pour ça, plutôt que pour autre chose ? Pourquoi ne pas y venir petit à petit ?

— Je comprends tout, dit Dolan. C'est Myra qui t'a bourré le crâne, elle trouve toujours que ce que je fais est idiot...

— C'est faux, s'écria Bishop.

— Elle passe son temps à râler, à aboyer, et à batailler...

— Mais, triple idiot, c'est parce qu'elle t'aime.

— Ed ! s'écria Myra.

— Évidemment, continua Bishop avec calme. Il est temps que quelqu'un prévienne cette espèce de crétin.

— Il n'en est pas moins vrai, répondit Dolan, que je sais ce que j'ai vu, et que rien au monde ne m'empêchera de m'en mêler. Même si je dois y rester, bon Dieu !

— Parfait ! dit Bishop. Personne ne veut t'empêcher de t'en mêler. Nous essayons tout simplement de t'aider. Nous aussi nous voulons faire quelque chose. Mais tu ne peux pas foncer la tête baissée dans une histoire de ce genre en comptant seulement sur ton sens de justice outragée pour te tirer d'affaire. Tu ne peux pas nettoyer le monde entier en une nuit.

— Non ? Eh bien je vais justement foncer tête baissée dans cette histoire-là...

— Et Nestor ? Et Carlisle ? Je croyais que nous allions d'abord nous attaquer à eux.

— Nous aurons tout le temps de nous occuper d'eux plus tard. Ce que j'ai découvert ce soir est fantastique. C'est l'histoire la plus phénoménale que vous ayez jamais entendue, une histoire du Tonnerre de Dieu. Vous vous souvenez du Ku Klux Klan, n'est-ce pas ?

— Très, très bien. Assieds-toi. Enlève ton chapeau.

— Eh bien, continua Dolan, restant debout et gardant son chapeau sur sa tête, je ne sais pas s'il s'agit du Klan ou non. Ces gars-là se mettent tout en noir et s'affublent du nom de « Croisés ». Ils s'inspirent du « Klan » en tout cas. Dieu sait combien ils sont. Des légions. Tout ça est très secret et très mystérieux, et jamais il n'a paru un mot là-dessus dans les journaux. Ils enlèvent les gens la nuit, les flagellent, les enduisent de goudron et les recouvrent de plumes, exactement à la manière du Klan. — Obligent les gens à baiser le drapeau... et ce genre de conneries. Bon Dieu, quand je pense qu'ils ont obligé ce pauvre Bagriola à baiser le drapeau, après l'avoir fouetté, alors que ce type est médaillé de guerre et plus Américain que n'importe lequel de ces fumiers-là. Et ce pauvre Trowbridge, allongé là sur son lit et incapable de bouger, — je n'y peux rien, moi, si ça me fait sortir de mes gonds. Ça me retourne les sangs, ces histoires !

— Fort bien, dit Bishop. Je t'ai écouté patiemment et maintenant, c'est toi qui vas m'écouter. Je vais te dire quelque chose que je voulais te dire depuis longtemps. Je trouve magnifique que ça puisse te mettre dans des états pareils. C'est vrai, je t'assure. Et Myra aussi. Mais ce qui se passe à Colton a cours également dans toutes les villes des États-Unis. Corruption, bigoterie, faux patriotisme — tout ça se retrouve partout. Colton peut être pris comme exemple-type, comme symbole de tout ce gâchis. Imagine que tu réussisses à éliminer ces Klans ou Croisés, ou ce que tu voudras. Imagine que tu arrives à en débarrasser Colton...

— C'est ce que je vais faire, tu peux être tranquille...

— Un instant, nom de Dieu, ne m'interromps pas tout le temps. Imagine que tu les écrases à Colton ? Et le reste du pays ? Tu ne peux rendre un service durable que si tu t'attaques à la tête. Tu videras l'abcès ici, d'accord — mais demain, hop ! il réapparaîtra ailleurs. Tu vois où je veux en venir ?

— Franchement, non. Je n'en ai pas la moindre idée...

— Je vais te le faire comprendre autrement. As-tu jamais entendu parler d'un nommé Marx ?

— Évidemment, j'ai entendu parler de Marx, d'Engels et de Lénine. Et après ?

— Tu es au courant de leur activité ?

— Pas très. Du diable si je vois le rapport !

Bishop se tourna vers Myra.

— Il est inouï, dit-il. Ce n'est pas croyable...

— Assez étonnant en effet...

— Mais, nom de Dieu, explique-toi, fit Dolan furieux.

— Je t'ai demandé si tu les connaissais, parce que j'estime que tu devrais les étudier, lui dit Bishop. Ils avaient les mêmes réactions que toi. Ils s'indignaient comme toi. Ils t'ont devancé, et de pas mal d'années.

— Je ne comprends toujours pas...

— Je ne vois vraiment pas comment je pourrais te faire comprendre, dit Bishop. Tu as besoin de te discipliner, de t'organiser. Sans discipline et sans organisation, tu es coulé d'avance. Tu n'es plus qu'un type qui fait du zèle. Tu sais ce que c'est que le communisme, n'est-ce pas ?

— Vaguement, oui.

— Tu es toujours en train de te foutre de moi en disant que je suis un sacré communiste...

— Oh ! je ne voulais pas te froisser, Ed, tu le sais bien. C'est simplement une façon de parler.

— Ne t'excuse pas, dit Bishop. J'en suis fier. Mais tu as raison lorsque tu dis que ce n'est qu'une façon de parler. Pour la plupart des gens ce n'est pas autre chose. Mais, bon Dieu, tu es plus communiste que moi...

— Tu es cinglé, répondit Dolan. Je ne suis pas communiste.

— Tu es communiste, seulement tu l'ignores. Tu vomis la façon dont cette ville est administrée, tu vomis la façon dont le *Petit Théâtre* est dirigé — tu vomis toute cette publicité grotesque des postes de radio, tu vomis les curés et les prédicateurs qui rampent, qui quémandent, qui font la chasse aux fidèles, tu vomis le régime établi. Tu me l'as dit au moins cent fois, nom de Dieu !...

— Écoute, dit Dolan en retirant son chapeau. Cette

discussion pourrait se prolonger toute la nuit. Il se peut que je sois communiste. Si je le suis, je n'en sais rien. Mais je déteste vraiment tout ce dont tu as parlé, et pas mal de choses dont tu n'as rien dit, telles que ces combines du Jour des Mères et du Jour des Pères, mais je hais tout particulièrement tous ces salauds qui s'affublent de robes noires et de cagoules et emmènent les gens dans le fond de la vallée pour les fouetter à mort, pour les châtrer et leur faire embrasser le drapeau. Il se peut que j'aie besoin de discipline et d'organisation ; il se peut que plus tard je demande à quelqu'un de m'initier. Mais je n'ai pas de temps à perdre, pour le moment. Tout ce qui m'importe pour l'instant, c'est de bousiller cette combine de Croisés, et je le ferai, quand ça devrait être mon dernier acte sur terre...

— Tu t'enrichiras à ce jeu, répondit Bishop avec une trace d'ironie.

— Oh, je m'en fous, un linceul n'a pas de poches, répliqua Dolan. Je n'ai jamais ressenti ça auparavant. Un certain nombre de choses m'ont agacé, et un peu à contrecœur, j'ai eu envie de les changer. Mais je gaspillais mon énergie à droite et à gauche, — c'est surtout les femmes qui en ont bénéficié. Rien d'étonnant à cela. Tout le monde sait que n'importe quelle jolie fille pouvait me tomber sans se donner de mal. Mais il n'y a rien d'étonnant non plus à ce qu'un beau jour je me réveille et je me ressaisisse. Un homme peut se coucher ce soir un parfait idiot et se réveiller sensé le lendemain matin. Il ne peut pas expliquer ce qui s'est passé entre-temps. Tout ce qu'il sait c'est que c'est *arrivé*. C'est mon cas, je ne sais pas encore ce que je vais faire, je n'ai pas la moindre idée de ce que je vais entreprendre. Mais je sais que je le ferai.

« Je me fous pas mal de votre communisme, de vos règlements et de votre organisation. Tant que des hommes viendront me trouver tout comme l'a fait Tim Adamson, lorsqu'il m'a demandé de l'aider au *Petit Théâtre* et comme Bagriola l'a fait ce soir, je sais que je suis sur la bonne voie. Possible que l'on puisse lutter contre ce genre de choses à l'aide de règlements, de manuels, de tactiques scientifiques, mais je ne crois pas. Désormais, il n'y aura plus de discussion, ni de conseils détournés, — à partir d'aujourd'hui vous ferez tous les deux ce que je vous dirai de faire et comme je vous dirai de le faire, sinon c'est bonsoir. Et je suis sincère, je vous prie de le croire. Pour commencer, demain matin on va s'attaquer à ces soi-disant Croisés, c'est la seule chose qui importe — et c'est maintenant qu'il faut vous décider : c'est oui ou c'est non ?

Bishop se mordit les lèvres et regarda Myra. Son visage ne lui révéla rien.

— Eh bien, Myra, dit-il enfin, il fait fausse route, mais j'ai l'impression qu'il va nous falloir suivre le mouvement.

— Oui, répondit Myra d'une voix rauque.

— C'est bon, dit Bishop à Dolan, tu te trompes du tout au tout, mais tu es têtu comme un cochon, et un cochon Irlandais en plus, et le bon Dieu en personne n'arriverait pas à te convaincre. Mais nous ne te laisserons pas tomber, parce que nous t'aimons bien tous les deux. Si par miracle nous nous en sortons, à ce moment-là je pourrai peut-être te montrer pourquoi tu te gourres.

— Parfait... dit Dolan. Maintenant, voulez-vous avoir l'obligeance de foutre le camp d'ici et de me laisser dormir. J'ai l'impression que ma pauvre tête va éclater...

Bishop et Myra se levèrent. Bishop prit son chapeau sur le bureau, et sortit lentement, sans même dire bonsoir. Myra alla chercher son manteau sur la bibliothèque et mit un temps infini à le passer. Personne ne dit mot. On entendait le tic tac du petit réveil sur la table de nuit... A la porte, Myra se retourna et regarda Dolan ; toujours silencieuse, toujours sans sourire, elle le regardait simplement. Puis elle sortit. L'instant d'après, il l'entendit descendre avec Bishop.

Il ne remarqua que plus tard, lorsqu'il se mit au lit, que depuis qu'il la connaissait, c'était la première fois qu'elle était rentrée se coucher chez elle sans avoir insisté d'abord pour passer la nuit avec lui. Il ne savait pas très bien ce qu'il devait en penser.

Le lendemain matin, il se trouvait dans la salle de bains d'en bas (Celle du haut était toujours détraquée : Mme Ratcliff, la propriétaire, se refusant à faire la moindre concession.) et prenait sa douche, se frottant avec ardeur et se martelant les muscles tout en s'efforçant de ne pas mouiller son pansement, quand la porte s'ouvrit soudain sous une brusque poussée. Dolan n'y fit pas attention, s'imaginant que c'était l'un de ses camarades, quand tout à coup, Elbert, qui se rasait à côté, poussa un cri aigu.

Dolan écarta les rideaux et regarda. Dans l'embrasure de la porte se tenait Roy Menefee, le visage rouge, un revolver à la main.

— Sortez de là, cria-t-il à Dolan.

— J'arrive, dit Dolan fermant le robinet et écartant les rideaux, toujours nu dans son tub. De quoi s'agit-il ?

— Où est Avril ?

— Je ne sais pas où est Avril. Pourquoi me le demander à moi ?

— Assez de mensonges, Dolan. Dites-moi où elle est.

— Je vous répète que je ne sais pas où elle est. Je ne l'ai pas vue depuis plusieurs jours.

— Je vais vous tuer, espèce de sale menteur...

Pour Dolan, la chose était presque comique ; Menefee, le doux Menefee, planté là avec un revolver. Elbert le regardait horrifié, son bras toujours arrondi tenant le rasoir appuyé contre sa joue, n'osant pas le bouger. C'était presque comique, vraiment...

— Une minute, Roy, dit Dolan, qui n'osait pas remuer un muscle, sauf pour parler. Je ne sais pas où est votre femme. J'ai eu des flopées de choses à faire toute la semaine et je ne l'ai pas vue. Je n'ai même pas eu de ses nouvelles. N'est-ce pas, Elbert ? Est-ce qu'elle est venue ici ?

— Non, finit par articuler Elbert.

— C'est la vérité, je vous le jure, Roy...

— Mais alors, où pourrait-elle avoir passé la nuit ? demanda Menefee. Elle n'est pas rentrée...

— Je ne sais pas où elle était, mais en tout cas pas ici. Vous pouvez monter dans ma chambre, voir mon lit. Elle n'y était pas. Tout le monde dans la maison vous le dira. Lâchez ce revolver, vous vous trompez complètement, cette fois.

Menefee hésita, puis il abaissa son revolver et finalement le mit dans sa poche. Il était en proie à une très forte émotion. Son visage était toujours cramoisi, et ses paupières clignotaient sans arrêt. Dolan savait qu'il essayait de retenir ses larmes. Il sortit du tub et s'enveloppa d'un peignoir.

— Elbert, dit-il. Laisse-nous seuls un instant...

Elbert acquiesça d'un signe de tête et sortit, son rasoir à la main.

— Tenez, Roy, dit Dolan en rabattant le couvercle de la cuvette des cabinets, asseyez-vous...

Menefee vint s'asseoir, ses lèvres tremblaient.

— Qu'est-ce qui vous a fait croire qu'Avril serait ici ?

— Elle est quelque part. Je sais qu'elle était amoureuse de vous... C'est le *Petit Théâtre* qui est responsable de cela. Ça fait des mois que j'essaie de la sortir de ce théâtre.

— Le *Petit Théâtre* n'est peut-être pas entièrement responsable de cet état de choses, dit Dolan en s'essuyant les jambes avec une serviette. C'est peut-être un peu sa faute à elle aussi, — pas qu'il y ait rien de mauvais en elle... mais elle est tellement flirt... Vous le savez...

— Je sais qu'elle a couché avec toute la ville. Ça, je le sais. J'ai découvert ça après l'avoir épousée.

— Eh bien !...

— N'essayez pas de prendre sa défense, Dolan.

Vous aussi, vous avez couché avec elle. C'est encore une chose que je sais.

— Je n'ai pas couché avec elle depuis qu'elle est mariée...

— Vous ne vous en êtes pas privé quand elle était fiancée. Où est la différence ?

— Comment ? Mais ça n'a aucun rapport, bon Dieu. Écoutez-moi, Roy. Il ne serait pas prudent de vous énerver sans raison. Surtout avec ce revolver, vous seriez fichu de vous attirer une sale histoire.

— Je vais tuer l'homme avec qui elle a passé la nuit, répliqua-t-il calmement.

— Et après ? Vous serez marqué pour la vie, peut-être même pendu. Vous êtes un type de valeur. Aucune femme ne mérite que l'on en passe par là pour elle.

— Je ne pense pas à Avril. Je pense à autre chose.

— A votre amour-propre ?

— Peut-être. Il se leva brusquement. Je vais au *Petit Théâtre.* Si ce n'est pas vous, alors l'homme que je cherche doit rôder dans les parages du *Petit Théâtre.* Je le trouverai, ajouta-t-il en sortant.

Dolan le regarda partir, puis il souleva les pans de sa robe de chambre, et fourra ses pieds dans ses pantoufles rouges. Il monta au salon et regarda par la fenêtre Menefee monter dans son coupé Packard et partir à toute allure. Ensuite, il alla au téléphone et appela le *Petit Théâtre.* On lui répondit des coulisses ; il demanda à être branché sur les bureaux. Il attendit une minute ou deux puis David lui répondit.

— Allô, Dave. Ici, Mike Dolan, dit-il. Ça va... Vous l'avez reçu ?... Merci de me les avoir prêtés. J'ai laissé le chèque chez Arlène, j'ai tenu à vous payer tant que j'avais encore de l'argent. Écoutez, Dave, Roy Menefee sort d'ici, les yeux injectés de sang. Il cherche Avril et il est armé. Il vient de partir pour le théâtre, et j'ai pensé que vous feriez bien de dire à vos zèbres de la boucler au sujet de l'électricien, ou de lui conseiller de se débiner...

« Je ne sais pas, mais elle n'est pas rentrée chez elle la nuit passée. Menefee est prêt à tout... C'est ça. Oui, oui, je passerai un de ces jours... »

Il raccrocha, et Elbert s'approcha de lui ; le savon à barbe avait séché sur sa figure.

— C'était moins cinq, n'est-ce pas ? dit-il.

— Oui...

— L'espace de quelques minutes, j'ai vraiment eu les foies, bon Dieu. Avec des excités pareils, on ne sait jamais si on ne va pas se faire descendre...

Dolan s'approcha de l'escalier sans lui répondre. Sa tête recommençait à le faire danser.

— Eh bien... c'est à peine si je vous reconnaissais avec vos pansements, lui dit gaiement Myra en entrant dans le bureau ? Qu'a dit le docteur ?

— Que ça s'arrangeait. Dans deux jours ce sera fini.

— Bonjour, Dolan, lui dit Grissom.

— Bonjour...

— Regardez, dit Myra en lui montrant une liste de noms. Neuf personnes ont téléphoné pour prendre des abonnements annuels. D'eux-mêmes.

— Je vous avais dit que l'histoire Carlisle nous ferait de la réclame, déclara Grissom.

— Et Thomas a téléphoné deux ou trois fois.

Voulait que vous alliez le voir à midi à son bureau. Très urgent. Une réunion importante, paraît-il...

— Quel genre de réunion ?

— Il ne l'a pas dit. Mais il a insisté pour que vous soyez là. Il a dit que vous aviez tout à y gagner.

— Je n'ai pas de temps à perdre avec lui, dit Dolan en fronçant les sourcils. Qu'est-ce qu'il me veut, encore ?

— Ça ne peut pas vous nuire d'y aller voir.

— J'irai peut-être, répliqua Dolan en s'asseyant devant le téléphone.

Il composa le numéro du palais de justice. Puis demanda le bureau du shérif et finit par avoir Mac Gonagill au bout du fil. Dolan lui dit qu'il voulait le voir de toute urgence. Mac Gonagill répondit qu'il valait mieux qu'ils se voient le soir même. Car ce ne serait pas prudent de la part de Dolan de s'aventurer au palais de justice.

— Vous ne pourriez pas passer ici rien que pour une minute ? lui demanda Dolan ; je ne veux pas vous faire perdre votre temps, Bud, mais là, il s'agit d'une affaire à tout casser. Je ne vous retiendrai que quelques minutes...

Mac Gonagill répondit bon... qu'il allait venir.

— C'est dans la Sixième Avenue, à deux pas de la Gare, à la Grissom Publishing Company... Merci, Bud.

Il remit le récepteur en place et se leva.

— C'est épatant, tous ces nouveaux abonnements, Myra, dit-il. Bonjour, Ed, comment va le gosse, aujourd'hui ?

— Mieux, merci...

— Parfait. Je vais boire une tasse de café. Je serai de retour avant que Mac Gonagill n'arrive.

Il entra au « drugstore » et constata avec satisfaction qu'il y avait bien une douzaine de *Cosmopolite* en bonne place. Il s'assit au bar et commanda une tasse de café. Il la but lentement puis retraversa la rue et rentra au bureau. Myra lui annonça deux abonnements nouveaux...

Dix minutes plus tard, Mac Gonagill entrait par la grande porte. Il demanda à Grissom où était Dolan. Grissom lui désigna le haut de l'escalier, après quoi il alla lui-même bavarder avec Myra.

— ... M'excuse de vous déranger, Bud, dit Dolan.

— N'en parlons pas, Mike, répondit Mac Gonagill, d'un ton assez bourru. Comment ça va, Ed ?

— Très bien, Bud, répondit Bishop. Asseyez-vous.

— Je suis tombé hier soir sur une affaire dans laquelle vous pourriez m'aider, lui dit Dolan. L'inspecteur Emmett et vous, êtes les seuls à pouvoir m'aider. J'ai tenu à vous parler à vous, d'abord.

— Okay. Qu'est-ce que c'est ?

— Avez-vous déjà entendu parler des Croisés ?

— Mais... non. Qu'est-ce que c'est ?

— Vous en avez entendu parler, Bud, dit calmement Dolan. Quand vous clignez des yeux et que vous regardez par-dessus le bout de votre nez, vous vous coupez. Qui sont-ils ?

— Oh, bon Dieu, Mike. Est-ce là tout ce que vous vouliez me demander ?

— Oui, vous ne croyez pas que ce soit suffisant ?

— Je ne sais pas. Je n'ai jamais entendu parler des Croisés...

— C'est un peu comme la Ligue de Bonté, dit Bishop, un tantinet sarcastique, à part que c'est différent.

— Bud, dit Dolan en se penchant vers lui, ne jouons pas la comédie. Vous savez foutrement bien de quoi il s'agit. Que diable, il est impossible que vous ne sachiez rien...

— Quand avez-vous découvert ça ?

— Hier soir. Ce matin.

— Eh bien, si vous n'en avez entendu parler qu'hier soir, qu'y a-t-il d'étonnant à ce que je n'en aie entendu parler que maintenant ?

— Non, c'est impossible. J'ai fait la connaissance hier soir d'un type qui s'appelle Trowbridge. Sa femme m'a dit qu'elle vous avait parlé des Croisés.

— Trowbridge ? Je ne me rappelle pas ce nom-là.

— Vous pourriez vous le rappeler. C'est la femme du type qu'ils ont pendu, le type qui est resté paralysé.

— Je ne me souviens pas du tout, dit Mac Gonagill en secouant la tête. Il se peut que je l'aie rencontrée, mais je ne m'en souviens pas. Je rencontre des tripotées de gens, vous savez...

— Oh, bon Dieu, quoi, Bud. Je sais que vous êtes au courant. Vous le savez bougrement bien, que je le sais. Pourquoi êtes-vous si réticent...

— Vous n'y êtes pas, Mike, dit Mac Gonagill en se levant. Je ne suis pas réticent. J'en parlerais si je savais quelque choses...

— Oh ! pour en parler, vous allez m'en parler, vous pouvez être tranquille...

— Hé là, minute, Mike, dit Mac Gonagill en se levant, le visage assombri. Vous allez un peu trop loin.

Vous êtes un chic type et je vous aime bien, mais que le diable m'emporte si je me laisse chahuter par vous.

— Oui, eh bien je vous promets que je vais drôlement vous chahuter si vous ne voulez rien me dire. L'expression de votre visage ne m'impressionne pas du tout, pas plus que les encoches de votre revolver. Vous ne pouvez pas vous permettre de le prendre de haut avec moi. Je connais un tas de gens qui veulent votre peau et qui n'attendent qu'une occasion. Si vous ne voulez rien me dire, je vous jette aux chiens, et tellement vite que vous en aurez le vertige.

Mac Gonagill jeta un regard circulaire autour de lui, puis se pencha sur la rampe.

— Descendons, dit-il après un instant de silence.

— J'aime mieux ça, dit Dolan en montrant le chemin.

Au pied de l'escalier, Dolan se tourna et se dirigea vers les lavabos.

— Je ne peux pas vous dire grand-chose, parce que je ne sais pas grand-chose, lui dit Mac Gonagill. Mais tout à fait entre nous, j'espère que vous pourrez remédier à cette situation. A ce train-là, dans un mois, c'est eux qui gouverneront le pays. Ils sont pires que le Ku Klux...

— Non, ils ne peuvent pas être pires. Vous en faites partie ?

— Fichtre, non. Ils ne m'ont jamais sollicité.

— Connaissez-vous quelqu'un qui en fasse partie ?

— Je crois bien que Sam Wren en est. C'est un de mes assistants. Je crois que Crenshaw en est aussi. Il doit même être un des chefs.

— Marvin Crenshaw ?

— Oui...

— Mais il est président de la Banque Nationale de Colton ! C'est un des gros bonnets de la ville. Président de la Chambre de Commerce...

— N'empêche que Marvin Crenshaw est un de leurs chefs. Comprenez-moi bien, tout ce que je vous dis là, ce n'est pas des faits que j'ai vus ou vérifiés personnellement. C'est simplement ce que j'ai entendu dire autour de moi...

— Je comprends. N'ayez crainte, cette fois-ci je ne m'embarque pas les mains vides. Mais quoi qu'il arrive, je m'arrangerai pour que vous ne soyez compromis en aucune façon.

— Oh, oui, soyez prudent, pour l'amour du Ciel. Les autres types que vous avez attaqués, c'était de la rigolade à côté de cette bande-là. C'est pourquoi je n'ai jamais retenu une seule plainte. Je ne pouvais pas me le permettre...

— Il y a encore une chose, Bud, une seule chose... — et si vous faites ça pour moi, jamais plus je ne vous demanderai quoi que ce soit. Je voudrais que vous tâchiez de savoir, par Wren, quand et où aura lieu leur prochaine réunion...

— Je ne peux pas faire ça, Mike. Cette organisation est archisecrète. Je risquerais d'éveiller les soupçons de Sam...

— A vous de vous débrouiller. Vous avez assez de jugeote pour vous en sortir. Après tout, vous êtes son supérieur.

— Oh, vous savez, on ne le dirait guère. Ces temps derniers, il est devenu passablement insolent. Il fait le matamore...

— Il ne vous respecte plus. Il doit probablement guigner votre place.

— Oui, je le sais...

— Fort bien, raison de plus pour que vous m'aidiez. Faites-moi savoir le jour et l'heure de leur prochain meeting, et je les écraserai. Ça, je vous le promets.

— C'est bon. Je ferai tout mon possible. Mais, pour l'amour du Ciel...

— Je vous couvrirai, Bud. Merci d'être venu.

Mac Gonagill fit un signe de tête et sortit. Dolan remonta au bureau.

— Pourquoi diable était-il aussi réticent ? demanda Bishop.

— Je ne crois pas qu'il soit bien au courant...

— Je t'en fiche mon billet. Il en fait sûrement partie.

— Je ne le crois pas. Il a promis de faire tout ce qu'il pouvait pour m'aider.

— Ouais ? C'est un dégonfleur. Il a peut-être du nerf quand il s'agit de tirer sur les gens, mais dans un cas comme celui-là il se dégonfle. Il n'a même pas le cran de défendre sa propre famille, bon Dieu !

— Je vais aller voir Thomas, dit Dolan, l'interrompant, et il descendit l'escalier.

— ... Vous déjeunez avec nous ? lui demanda Myra.

— Je ne sais pas si je serai retenu longtemps, répliqua Dolan. Je vais voir Thomas...

II

Dolan pénétra dans le bureau de Thomas et le demanda. La secrétaire déclara qu'il se trouvait dans la salle du Conseil, au second, et qu'il avait prié qu'on introduisît Dolan dès son arrivée. Dolan traversa la salle de rédaction et s'arrêta devant son ancien casier, envahi par une vague nostalgie... Il eut soudain conscience d'un cliquetis et d'un vacarme assourdissants, et se retourna : c'était toujours la même bonne vieille taule... les machines à écrire marchant le tonnerre, le télétype martelant les rubans, des gens s'agitant, grattant, raclant le papier, et alors il se rendit compte que c'étaient toujours les mêmes bruits qu'autrefois qui maintenant lui paraissaient plus intenses parce qu'il n'y était plus habitué. La nostalgie qui l'avait saisi quelques minutes plus tôt s'était dissipée, et il se tenait là immobile, espérant qu'elle le ressaisirait à nouveau irrésistiblement, comme un flot dévastateur qui, submergeant son cœur et ses entrailles, lui ressortirait par les oreilles et lui ferait souhaiter n'avoir jamais quitté le journal et être de nouveau assis là, à son ancienne place. On lui avait bourré le crâne avec le dicton : « Une fois reporter, toujours reporter », et un tas de vieilles scies sur l' « Odeur de l'encre fraîche dans les narines », et le « Frisson d'émotion qui vous saisit lorsque arrivent les nouvelles », etc. Et il se rendait compte à présent que tout cela n'était qu'absurdités. Et il fut déçu d'avoir à le constater. C'était une des premières choses qu'on lui avait apprises, et maintenant il savait que cela aussi, c'était bobard et compagnie. Plusieurs reporters ainsi que deux ou trois vieux employés à la copie le regardaient, mais aucun d'eux ne lui adressa la parole, ni ne le salua, ni ne montra, fût-ce par un signe de tête ou un geste de la main, qu'il avait remarqué sa présence.

Dolan quitta la salle de rédaction pour descendre dans la salle du Conseil, sachant tout au fond de son cœur qu'il passait sur un pont qu'il ne repasserait plus... et en s'avançant vers la bibliothèque il pensait :

content

triste

content

triste

content — triste — content — triste — content, sans pouvoir décider vraiment lequel l'emportait.

Il ouvrit la porte de la salle du Conseil et entra.

Les six hommes qui étaient assis autour de la table s'arrêtèrent de parler et levèrent la tête. Dolan les connaissait tous : Thomas présidait ; Mastenbaum, l'éditeur de *l'Index*, le grand quotidien du matin ; Havetry, éditeur du *Courrier ;* Ridde, secrétaire-trésorier de *l'Étoile*, le plus petit des journaux du soir ; Sandrich, son directeur ; et Barriger, rédacteur en chef de la *Times Gazette*.

— Entrez, Dolan, lui dit Thomas en se levant, et en lui indiquant un fauteuil de cuir près de lui, à la tête de la table. Nous sommes heureux de vous voir parmi nous. Vous connaissez tous ces messieurs, n'est-ce pas ?...

— Oui. Bonjour, messieurs ! dit Dolan en s'inclinant.

— Que vous est-il arrivé ? Votre tête ?

— Oh ! un accident...

— Dolan, commença Thomas, la présente réunion a un caractère tout à fait inusité. Tous les journaux sont représentés ici, tous sont venus défendre une cause commune. J'aime mieux vous avertir tout de suite, que nous sommes décidés à lutter pour conserver nos droits. Je veux dire par là que nous ne laisserons pas saboter notre tirage. Nous vous avons demandé de venir, pour vous faire une proposition...

Dolan ne dit rien ; il attendit la suite.

— Nous avons décidé de vous offrir chacun deux mille cinq cents dollars, soit en tout dix mille dollars — et de vous procurer un emploi dans le journal que vous désignerez vous-même, dans la ville de votre choix, pourvu que cette ville soit située à au moins mille kilomètres de Colton, si vous renoncez à faire paraître votre revue, et si vous acceptez de signer un engagement de n'en faire jamais paraître d'autre à Colton.

— Pourquoi me faites-vous cette offre ? demanda Dolan.

— Nous serons francs avec vous. Il y a un certain nombre de sujets que vous pouvez traiter dans votre revue et que nos journaux, tenus dans un réseau compliqué de liens et d'obligations de toutes sortes, ne peuvent pas toucher, ni même suggérer. Ces sujets séduisent particulièrement le lecteur à cause de leur caractère destructif — vous en avez un parfait exemple avec le suicide de Harry Carlisle...

— C'était un suicide ?

— Naturellement !

— Je ne savais pas. Il m'a fallu l'imaginer en lisant les journaux. Aucun n'a parlé de suicide. Tous ont dit qu'il avait été trouvé mort, avec un revolver à portée de sa main.

— Cessons d'ergoter, Dolan. Nous ne sommes pas ici pour discuter de ce que les journaux doivent dire ou de la façon dont ils doivent le dire. Un fait est certain, c'est que *le Cosmopolite* est responsable de la mort de Carlisle, et est évidemment de nature à impressionner une certaine classe de gens, des jobards pour la plupart, en leur donnant l'idée que le magazine n'a peur de rien ni de personne.

— Messieurs, dit Dolan souriant, en s'adressant à l'assemblée, vous rendez-vous compte que vous venez d'admettre votre défaite ? Ne voyez-vous pas que vous venez d'admettre qu'il suffit à n'importe quelle revue ou journal de seulement effleurer la vérité pour réussir à coup sûr dans cette ville ?

— Tout cela est en dehors de la question, répliqua Thomas. Nous venons de vous faire une offre très généreuse. Naturellement, si vous persistez à vous montrer récalcitrant, nous avons d'autres moyens de remédier à cet état de choses...

— Autrement dit, si je comprends bien, à moins d'accepter votre argent, et de partir pour New York, je partagerai le sort de Whittelsey. Il avait mis sur pied un hebdomadaire d'échos et de potins et il a tenu trois mois — après quoi on l'a persuadé, à l'aide d'arguments frappants qu'il était préférable qu'il décampe. C'est cela que vous voulez dire ?

— Ne soyez pas ridicule, répondit Thomas, agacé.

Dix mille dollars et une situation à l'endroit qu'il vous plaira de choisir. Ça paiera toutes vos dettes, et vous laissera largement de quoi vivre.

— J'ai tout ce qu'il me faut, répliqua Dolan. En fait, j'ai même fait passer un papier à ce propos dans le *Courrier* cet après-midi...

— Ainsi, vous refusez ?

— Oui, mais je ne regrette pas d'être venu. Vous pouvez ne pas y croire, mais c'est pour moi une grande victoire...

— Fort bien, dit Thomas. Profitez-en le plus possible, parce qu'il se pourrait que ce soit la dernière...

— Peut-être, suggéra Mastenbaum, à travers la table, pourrions-nous augmenter un peu notre offre...

— Inutile, monsieur Mastenbaum, répondit Thomas. Je le connais mieux que vous. Il n'y a rien à faire...

Ils fixaient tous Dolan, et finalement, Dolan se rendit compte qu'ils n'avaient plus rien à lui dire, qu'ils ne s'étaient réunis que dans le but de l'impressionner par un déploiement de forces et d'importance.

— Au revoir, Messieurs, dit Dolan en se levant.

Il sortit. Il longea le corridor et attendit l'ascenseur.

Un homme descendit l'escalier quatre à quatre, tournant autour de la cage grillagée de l'ascenseur. C'était Bassett, l'un des correcteurs. Il tourna le coin à une allure de bolide, puis se rua dans le couloir. A mi-chemin de la salle du Conseil, il rencontra Thomas et les autres membres de la conférence, et il eut avec eux une conversation brève et rapide. Thomas et Barriger se précipitèrent à leur tour dans l'escalier, escaladant les marches deux par deux. Bassett sauta dans l'ascenseur avec Dolan. Il était terriblement agité.

— Qu'y a-t-il ? lui demanda Dolan.

— Il faut que j'aille prévenir la distribution de rassembler des crieurs. On lance une spéciale...

— A propos de quoi ?

— Meurtre sensationnel à Weston Park. Roy Menefee vient de tuer sa femme et un autre type...

L'ascenseur s'arrêta au rez-de-chaussée. Bassett en sortit en courant, passa la porte en coup de vent et se précipita dans les bureaux.

— ... Qu'est-ce que vous avez, m'sieur Mike, vous en faites une tête ! lui dit Edward, le vieux liftier nègre.

Il ne reçut aucune réponse. Il branla la tête, intrigué, et suivit du regard Dolan qui s'engageait dans les portes tournantes conduisant à la rue.

III

Dolan ne regarda que deux choses dans le journal cet après-midi-là.

La première, ce fut l'article de tête de la première page, dominée par un titre en lettres dessinées.

DRAME MONDAIN A WESTON PARK

UN MARI ABAT SA JEUNE FEMME ET SON AMANT

Roy Menefee, descendant d'une des plus anciennes familles de Weston Park, tue A. Coughlin Menefee et

Emil Video, artiste au Petit Théâtre, *dans une maison meublée.*

Il ne lut pas l'article.

Ce qu'il regarda ensuite, ce furent les quelques lignes qu'il avait fait insérer et qui s'étalaient dans la seconde moitié de la page 10, en caractères énormes, à l'intérieur d'un cadre épais.

A MES CRÉANCIERS : PETITS ET GRANDS

J'ai touché dernièrement une importante somme d'argent. Mon plus grand désir est de faire face à toutes mes obligations, sans tenir compte de la date à laquelle celles-ci ont été contractées. En conséquence, si je vous dois de l'argent, en paiement, soit de marchandises livrées, soit de dettes d'argent, passez au 812 de la Sixième Avenue, demain après-midi, à trois heures, et vous serez intégralement remboursés.

MICHAEL DOLAN
(ancien reporter sportif)
(Times-Gazette)
Actuellement, éditeur et directeur
du Cosmopolite
La vérité, toute la vérité,
et rien que la vérité.

Dolan avait été hanté par ses créanciers depuis tant d'années qu'il avait rêvé du jour où il pourrait faire insérer cette annonce. C'était devenu une obsession chez lui. Mais maintenant il n'y trouvait plus aucun charme.

IV

Il quitta le bureau de bonne heure cet après-midi pour aller faire une promenade en auto du côté de la plage. Il roulait depuis des heures, mais était incapable de se souvenir ni de ce qu'il avait fait, ni de ce qu'il avait vu. Il ne se rappelait pas non plus s'il avait ou non déjeuné. Quand il rentra à la maison, Bishop et Myra l'attendaient.

— Voilà des heures que nous vous attendons, lui dit Myra.

— Je m'excuse. Je suis allé me promener en auto.

— Je sais bien que c'est perdre mon temps que de te dire que tu as tort d'agir ainsi, lui dit Bishop. Aussi vais-je épargner ma salive. Néanmoins, nous aimerions savoir ce que Thomas te voulait...

Dolan les mit au courant. Bishop ne manifesta aucune surprise.

— C'est un grand compliment, fit-il. C'est sans précédent.

— Quel beau papier ça pourrait faire, ajouta Myra.

— Nous n'avons pas encore nui à leur vente, dit Dolan. Mais je crois qu'ils se sont rendu compte que nous représentions un danger sérieux pour eux.

— Non, dit Bishop, en secouant la tête, ce qui les effraie, ce n'est pas la baisse de leur tirage — c'est la baisse de leur prestige. Voilà ce qui les tracasse. Ils ne veulent pas que leurs lecteurs sachent qu'ils ont été volés...

— Tu as peut-être raison... Dis donc, c'est fou cette histoire de Menefee, tu ne trouves pas ?

— Ouais...

— Mais pourquoi il a tué Avril ? Il savait bien qu'elle était comme ça. Il me l'a dit ce matin...

— Vous l'aviez vu ce matin ? lui demanda Myra.

— Il est venu ici la chercher. Avec un revolver. Il croyait qu'elle avait passé la nuit ici.

— Vous n'en aviez rien dit...

— Je l'avais oublié. Nom de Dieu, s'exclama-t-il en se retournant vers elle, suis-je forcé de vous tenir au courant de tout ce qui m'arrive ? Je l'avais oublié.

— Bon, bon bon, vous l'aviez oublié, dit Myra.

— ... C'est fou ce qu'il a été faire là ! répéta Dolan, sans s'adresser à qui que ce soit en particulier. Voilà un type qui avait tout pour être heureux — situation, fortune, popularité — une seconde d'égarement et tout ça est foutu. Le vieux Coughlin doit regretter maintenant de ne pas m'avoir donné Avril en mariage...

— Tu es plus tranquille comme ça, dit Bishop. Jamais vous n'auriez pu vous entendre.

— Tout de même, j'aurais aimé essayer un peu...

— Pour l'amour du Ciel, cessez de marcher de long en large comme un lion en cage ! s'écria Myra.

Quelqu'un frappa à la porte.

— Entrez, dit Dolan.

C'était Elbert et Ernst.

— Excuse-nous, dit Elbert ; nous ne savions pas que tu avais du monde...

— Entrez, entrez, leur dit Dolan.

— Nous nous demandions si tu avais décidé quelque chose au sujet de la maison, dit Elbert.

— Quelle maison ? Celle-ci ? Et faire quoi ?

— Il va falloir déménager. Ulysse ne t'a pas prévenu ?

— Je n'ai pas vu Ulysse, dit Dolan.

— Nous l'avons vu, intervint Myra. Il nous l'a dit. J'ai oublié de vous en parler. Vous devez déménager...

— Pourquoi ?

— Mme Ratcliff a vendu la maison, et il faut que nous partions immédiatement, ajouta Elbert. Demain on va installer un poste d'essence.

— Ils veulent commencer à abattre la maison tout de suite, dit Ernst.

— Ils peuvent commencer ce soir si ça leur chante, dit Dolan. Je n'ai pas grand-chose à déménager.

— Tommy, Ulysse, et moi, nous sommes allés à la chasse à l'appartement cet après-midi, dit Elbert. Il y en a un qui est pas mal, du côté de Sycamore Street. A peu près les mêmes dispositions que celui-ci. On peut déménager tes affaires, si tu veux. Tu as d'autres chats à fouetter que de t'occuper de tout ça.

— Je ne tiens pas à le voir, dit Dolan. S'il vous convient à vous tous, ça me va.

— Épatant. Alors tu vas habiter avec nous ?

— Évidemment, j'habiterai avec vous.

— Magnifique. C'est ce qu'on voulait savoir. Nous t'en parlerons plus tard — demain matin. Il y a quelques petits détails à régler...

— Entendu...

Ils saluèrent d'un signe de tête et sortirent en fermant la porte.

— Des petits détails, dit brièvement Myra. Vous

savez ce que ça veut dire, n'est-ce pas ? Ça veut dire du pognon pour les loger. Pourquoi ne profitez-vous pas de cette occasion pour vous débarrasser de ces parasites et les renvoyer tous au ruisseau d'où ils n'auraient jamais dû sortir ?

— Il n'est pas si mal, ce ruisseau. J'en sors moi-même, répliqua Dolan, légèrement agacé par l'aigreur de sa remarque. Pourquoi êtes-vous si jalouse de ces pauvres types ? Ils ont un talent du tonnerre de Dieu. Du génie, peut-être même.

— Oh, je vous en prie, dit Myra en faisant la moue. Ilss n'ont même pas de classe, comme faisans. Ils se donnent beaucoup de mal pour avoir l'air bohème. Vous ne vous rendez pas compte que c'est passé de mode, tout ça ?

— Vous avez fini ? grogna Bishop. Mike, le petit Gage que tu as embauché comme courtier de publicité m'a l'air d'en mettre un coup. Il a décroché deux beaux contrats, cet après-midi.

— Parfait. Dis donc, tu crois que je vais être mêlé à cette affaire ? Je veux dire, crois-tu qu'il faudra que je témoigne en justice ?

— Je ne sais pas...

— Ce serait affreux, bon Dieu...

On frappa de nouveau à la porte.

— Entrez, dit Dolan.

La porte s'ouvrit. C'était Ulysse, mais il n'entra pas. Il fit signe à Dolan de sortir. Dolan le suivit dans le salon et referma la porte derrière lui.

— Il y a un homme en bas, dans une auto, qui demande à vous voir, dit Ulysse.

— Quel homme ? Qui est-ce ?

— Il m'a dit de vous dire que c'était Bud, et que vous sauriez ce que ça veut dire ?...

— Ah, c'est lui... Oui, bien sûr. Je descends tout de suite, dit-il en s'en allant.

Il entendit qu'on ouvrait la porte derrière lui.

— Mike ! appela Bishop. Où vas-tu ?

Dolan se retourna et s'approcha de lui.

— Je descends voir Bud Mac Gonagill un instant. Tu permets.

— Comment sais-tu que c'est Mac Gonagill ?

— Écoute... Veux-tu, pour l'amour de Dieu, rester ici avec Myra et me laisser seul quelques minutes ?

Il descendit. Bud Mac Gonagill était assis au volant d'une voiture du Comté, seul dans l'obscurité.

— Je ne voulais pas monter, dit Mac Gonagill. A partir de maintenant, il va falloir être prudents. Je sais où les « Croisés » se réunissent ce soir...

— Ce soir ?

— Oui, il y a une séance à propos de je ne sais quoi. Vous savez où se trouve l'ancien aérodrome ? Là-haut près du réservoir ?

— Je sais, de l'autre côté de la vallée...

— C'est ça. Ils se réunissent là à minuit. Tenez, dit-il en lui passant un paquet enveloppé de journal. Vous mettrez ceci...

— Qu'est-ce que c'est ?

— L'uniforme. Vous ne pourrez pas vous approcher de l'endroit sans le mettre.

— Où avez-vous trouvé un uniforme ? Je croyais que vous n'en faisiez pas partie ?

— Je n'en fais pas partie. Ça appartient à Sam Wren. Je l'ai chargé d'emmener deux prisonniers au pénitencier cet après-midi. Après quoi j'ai ouvert son placard avec mon passe-partout et j'y ai pris ceci. Rendez-le-moi demain matin à la première heure, je le remettrai où il était, comme ça il ne s'apercevra de rien.

— Merci, Bud, dit Dolan en s'emparant du paquet. Merci mille fois. J'en prendrai soin, et je m'arrangerai pour que vous l'ayez demain matin de bonne heure.

— Pas question... Je passerai le chercher avant d'aller au bureau. Je crois que je peux prendre ce risque-là...

— Merci, Bud. C'est chouette.

— C'est la moindre des choses, dit Mac Gonagill en mettant son moteur en marche. Faites attention qu'il ne lui arrive rien. Et, dites donc, Mike, — je vous conseille de prendre un revolver. Je crois que tout se passera bien... mais vaut mieux le prendre quand même.

— Merci, Bud...

Quand Mac Gonagill fut parti, Dolan remonta chez lui avec son paquet.

— Qu'est-ce que c'est ? lui demanda Bishop.

— Un nouveau costume, répondit Dolan en défaisant le paquet.

— Depuis quand Mac Gonagill est-il devenu tailleur ? demanda Myra.

— C'est bougrement heureux pour nous qu'il le soit devenu, dit Dolan en ouvrant le paquet.

Il en sortit une robe et une cagoule noire.

— Ça, par exemple ! s'exclama Bishop.

— Qu'est-ce que c'est ? fit Myra.

Dolan tint la robe à bout de bras. Elle était longue et

volumineuse, assez grande pour recouvrir deux hommes. Par-devant il y avait un grand C blanc, traversé d'une flèche rouge. La cagoule était simplement un bout d'étoffe noire cousu, avec des trous pour les yeux, le nez et la bouche. Il y avait un C plus petit à hauteur du front.

— Vous y êtes, maintenant ?

— C'est l'uniforme des Croisés. Qu'est-ce que tu vas foutre de ce truc-là ?

— Le porter. Je vais à leur réunion ce soir...

— Il est complètement timbré ! s'écria Myra.

— Regardez-moi ce tissu bon marché, dit Dolan en soupesant la robe. Quelqu'un a dû joliment s'enrichir à vendre cette camelote !

— ... Mac Gonagill était donc au courant, s'écria Bishop.

— Il est avec nous, dit Dolan. Il va m'aider...

— Oui, à te faire tuer...

Bishop et Myra se regardèrent. Ils savaient tous deux ce que l'autre pensait : Qu'il était inutile de le raisonner et de l'empêcher d'aller à cette réunion. Qu'il était têtu comme un mulet et que quand il s'était mis quelque chose dans sa sacrée caboche d'Irlandais, il irait jusqu'au bout, contre vents et marées. Et Dolan, lui aussi, savait ce qu'ils pensaient.

— Il n'y a rien à faire, dit-il. Épargnez-vous la peine de me raisonner. Je vous ai dit que j'aurais la peau de ces salauds-là, et je l'aurai... J'y vais...

— Dans ce cas, dit Bishop, il ne nous reste plus qu'à souhaiter que tu en sortes vivant...

— Voilà !... dit Dolan.

V

Il n'y avait pas beaucoup de circulation, jusqu'à un mille environ de la rivière, sur la route qui montait vers l'ancien réservoir. C'était une route étroite, mal nivelée, et recouverte d'une mince couche de macadam. Les autos ne l'utilisaient plus depuis longtemps. Elle avait été autrefois une des principales voies de communication vers le Nord, mais cela datait du temps où les belles routes modernes et les voitures rapides n'existaient pas encore. Désormais, seuls l'utilisaient quelques fermiers qui habitaient très loin dans les collines. Et les Croisés.

Dolan conduisait avec d'infinies précautions, longeant le bord de la route, de façon à réserver le plus de place possible à sa gauche et devant lui. Il ne voulait pas risquer un accident en cet endroit. La moindre chose, un simple pare-chocs faussé, pouvait lui être fatale. Il ne voulait parler à personne, et il ne voulait voir personne. C'est pourquoi il avait soigneusement relevé le col de son manteau et rabattu son feutre sur ses yeux. Il n'avait pas une chance sur mille d'être reconnu au passage, mais il ne voulait même pas courir ce risque. Au bout d'un instant il fut obligé de ralentir et vit, très loin en avant, la file ininterrompue des autos stoppée par un embouteillage. On se serait cru à un retour de championnat de base-ball. Il conduisait avec une extrême lenteur, essayant de se concentrer uniquement là-dessus, pour ne pas avoir à penser à ce qu'il allait faire quand il arriverait là où il allait. Quel que fût l'endroit en question. Il ne savait même pas où c'était.

Mais il lui était difficile de s'empêcher d'y penser car cela semblait plein de mystère et de danger. Son cœur battait très vite. Il avait quelque difficulté à respirer. Il se sentait très excité. Il était content de sentir derrière lui des centaines d'autos, car il lui était impossible maintenant de rebrousser chemin, même s'il en avait eu envie. « Je n'en ai pas envie », se disait-il, mais je suis content qu'ils soient là, même si je le voulais je ne pourrais pas faire demi-tour.

Les autos avançaient de plus en plus lentement et bientôt il lui fut impossible de continuer à raser le bord de la route, parce qu'il en dépassait maintenant qui commençaient à stationner. Il se demanda soudain (et il eut un instant de panique parce qu'il n'y avait pas songé auparavant), si on allait lui demander une carte ? C'était probablement pour cela que les autos ralentissaient tant. Quelqu'un en tête devait demander à voir les cartes ; plus il y pensait, plus il était convaincu que c'était bien ce qui se passait. Il regrettait de n'avoir pas pensé à demander à Mac Conagill la carte de Wren. Bien que cela ne l'eût guère aidé ; le type qui vérifiait les cartes verrait bien qu'il n'était pas Sam Wren, bon Dieu. Et si Mac Gonagill l'avait vendu et avait prévenu les autres qu'il devait venir ? Ouvrez l'œil et tâchez de repérer le nommé Mike Dolan, six pieds de haut, cheveux noirs, au volant d'un vieux roadster Chevrolet. Il est là-bas pour vous dénoncer. Recherchez-le, fouillez toutes les voitures. Et si Mac Gonagill avait vendu la mèche ? Oh ! Bud ne ferait pas une chose pareille, lui répondait sa conscience. Non ?

lui répliquait son subconscient ; mieux vaut ne pas trop se fier à lui. Mais bon sang, reprenait sa conscience, c'est mon ami. Je l'ai aidé dans sa campagne électorale ; j'ai aidé son fils à obtenir une bourse au collège ; c'est moi qui ai déclenché cette campagne de publicité pour en faire un International. J'ai même écrit des lettres à Christy Walsh, Grant Rice, Corum, et des types de ce genre. Bud est honnête. Il est régulier. Mieux vaut ne pas trop se fier à lui, répliqua son subconscient. Mieux vaut te garer quelque part et essayer de t'orienter.

« Bonne idée », se dit Dolan.

Il passa deux garages improvisés, s'efforçant de stopper, et ne s'y décidant qu'après les avoir dépassés. Il découvrit enfin, entre deux autos arrêtées, un intervalle propice et s'y glissa, éteignant ses phares avant d'arrêter le moteur.

Il se coula hors de la voiture par la portière droite, en bordure de la route. Plus loin en avant, des phares brillaient dans un champ. Quand ses yeux se furent habitués à l'obscurité (il n'y avait pas de lune), il vit plusieurs hommes debout près de leurs voitures, en train de passer leur robe. Ce spectacle le réjouit à tel point qu'il eut envie de crier de joie. Il n'avait donc pas besoin de carte ! Il se dépêcha d'ouvrir son paquet et de passer sa robe et sa cagoule. Il fut abasourdi de voir à quel point deux bouts d'étoffe pouvaient modifier ses émotions. Dès qu'il les eut passés, son cœur cessa de battre la chamade et sa respiration redevint régulière. Il se sentit tout à fait en sécurité dans cet anonymat. Il alla même jusqu'à sourire sous sa cagoule. C'était ahurissant. Il sentit qu'il venait de faire une grande découverte : voilà pourquoi les hommes se cachaient sous des robes et ne roulaient que la nuit. Ils se sentaient absolument en sécurité.

Il continua d'avancer à pied, longeant le bord de la route...

Au centre d'une vaste clairière, se tenait une masse importante de formes revêtues de la robe noire, plusieurs centaines, à peine visibles dans l'obscurité de la nuit. C'était l'ancien champ d'aviation, le champ d'aviation militaire, qui était abandonné depuis la fin de la guerre. Il n'en subsistait qu'un immense hangar, et par les orifices, Dolan voyait briller des lumières... Il s'approcha lentement du hangar.

Les portes étaient ouvertes et il vit qu'il y avait à l'intérieur plusieurs centaines de silhouettes noires. D'un côté, le long du mur, une estrade grossièrement construite supportait une douzaine de chaises semblables à celles que l'on emploie dans les services funèbres.

Il traversa la salle et en sortit de l'autre côté. Le long du mur extérieur de ce côté-là du hangar, trente-cinq ou quarante autos très nettement alignées : toutes des autos de grand luxe. De toute évidence, elles appartenaient à des notabilités. Il les passa lentement en revue. A l'extrémité du hangar, là où la route débouchait sur l'ancien champ d'atterrissage, deux hommes en robe faisaient office d'agents de la circulation et défendaient aux vulgaires deuxième classe l'accès de cette place choisie. Dolan réfléchit pendant un instant à l'ironie que comportait cette distinction dans une organisation dont l'article premier était : Égalité. Il sortit de dessous sa robe un carnet et un crayon et commença à copier le numéro de toutes les autres autos de luxe. Il ne pouvait pas voir ce qu'il faisait, mais il avait largement la place d'écrire, et il prit soin de les recopier correctement...

Un coup de sifflet se fit entendre quelque part, derrière lui, qui fut immédiatement suivi d'un remous de foule vers l'entrée du hangar.

Il regarda sa montre-bracelet. Minuit moins quelques minutes. Il suivit le mouvement, se sentant fort heureux d'avoir pu recopier des numéros. Ce serait extrêmement simple, par la suite, de découvrir qui faisait partie des Croisés.

A l'intérieur du hangar, la foule se pressait et des centaines d'hommes revêtus de l'uniforme, continuaient à affluer par les deux larges portes grandes ouvertes. Dolan se fraya un chemin vers le centre, de façon à se trouver de face, presque au pied de l'estrade. Sept hommes s'y tenaient debout, les yeux baissés sur la foule. Un autre y montait : huit hommes. Ils portaient des robes et des cagoules identiques à celles des occupants dans la salle, à l'exception de divers insignes brodés sur le devant de leur cagoule, petits symboles blancs qui devaient représenter certains grades. Ils ressemblaient fort à des lettres grecques, mais ils étaient si petits et Dolan si loin qu'il ne pouvait pas les distinguer.

Les officiers qui trônaient sur l'estrade conversèrent à voix basse pendant quelques minutes puis il y eut un nouveau coup de sifflet strident. L'un des officiers fit un signe de la main, et les lourdes portes grincèrent sur leurs gonds et se refermèrent. Immédiatement le bourdonnement des innombrables conversations s'éteignit. L'officier qui avait donné le signal de la fermeture des portes s'avança sur l'estrade et tendit la main dans un salut à l'hitlérienne. Le silence régna. Silence absolu.

L'officier leva la main, ainsi qu'un bâton de chef d'orchestre, puis la laissa retomber, en battant la mesure avec sa tête.

Mon pays c'est toi, se mirent-ils à chanter.

Douce terre de la liberté,
C'est toi que je chante.
J'aime tes rochers, tes ruisseaux, tes bois
Et tes collines couronnées de temples.
Que de toutes tes montagnes
Jaillisse le cri de la liberté !

Le chant s'éleva, porté par une grande vague d'émotion, et puis s'éteignit.

Tous les yeux étaient fixés sur les occupants de l'estrade. Un autre officier fit un pas en avant, fit le salut hitlérien, puis après avoir brusquement levé la tête, la courba sur sa poitrine. Dolan se rendit compte qu'autour de lui les Croisés baissaient la tête, eux aussi, et il les imita, mais pas au point de ne pas pouvoir surveiller du coin de l'œil ce qui se passait sur l'estrade... Les officiers, eux aussi, avaient baissé la tête.

Oh ! Die, notre père Céleste, articula l'officiant.

Nous implorons Ta bénédiction sur cette assemblée ; que Ta sagesse emplisse toujours plus le cœur des Croisés, descendants spirituels de ces nobles pèlerins du moyen âge qui traversèrent la mer Rouge pour aller batailler contre les Noirs infidèles qui avaient profané Tes temples. Aide-nous, Seigneur, à être forts et braves et à jeter l'épouvante dans les cœurs de Tes ennemis. Amen.

L'officiant, l'aumônier, releva la tête, et recula. L'assemblée soupira profondément. Dolan sourit sous sa cagoule, se demandant combien d'entre eux savaient que le prédicateur avait escamoté un certain nombre de faits et deux ou trois mots ; puis le premier officier s'approcha, se tenant debout sur le bord de l'estrade, attendant à nouveau le silence. Il étendit finalement la main.

— Re...pos ! hurla-t-il.

Le commandement retentit et se répercuta dans le hangar métallique.

« Croisés, dit-il. Cette réunion est la septième de notre grande organisation. Jour après jour, nous faisons face aux maux que nous nous proposons de combattre ; jour après jour, nous remportons des victoires. Jour après jour, des hommes viennent grossir nos rangs, des Américains au sang rouge, qui viennent à nous parce qu'ils sont écœurés de la façon dont on fait respecter la loi, et parce qu'il est des faits de la vie de tous les jours qui échappent au contrôle de la loi des tribunaux. »

« L'AMÉRIQUE AUX AMÉRICAINS ! » rugit la foule.

L'orateur fit ensuite un rapide salut hitlérien. L'un des officiers de l'estrade lui tendit un papier qu'il tint levé devant lui.

« Croisés, dit-il. Bulletin numéro sept. Boycottage

immédiat de la brasserie Zellerwein. Raisons : Quand les membres du Comité chargé de soutenir la candidature d'Otto Henry, se présentèrent chez M. Zellerwein pour solliciter une cotisation et lui demander son appui auprès de ses mille employés, M. Zellerwein refusa net, et alla jusqu'à menacer de violences les membres du Comité. Bien que naturalisé américain, M. Zellerwein est né en pays étranger, et ses idées politiques sont naturellement subversives.

« Les maisons suivantes devront être également boycottées, pour de bonnes et suffisantes raisons :

« Le marché Midway, 1215 Endicott boulevard. Le restaurant Mossman, 415 Sixième rue. L'épicerie Grayson, Avenue du Sud... »

Il s'interrompit, et un autre officier s'approcha de lui pour lui murmurer quelque chose.

« On vient de m'informer que trois Croisés sont employés chez Grayson, dit-il en se tournant vers l'assemblée. Je désire que ces trois hommes envoient au Comité un rapport complet sur la nature de leur travail, ce qu'ils gagnent, le nombre des membres de leur famille, et quelles réserves ils ont à la banque en cas d'imprévu. Le Conseil essayera de les placer dans une épicerie favorable à notre cause. On pourra se procurer la liste des maisons boycottées immédiatement après le meeting, et je désire que chaque homme présent ici se souvienne des noms et des adresses des maisons en question, et que sous aucun prétexte il ne traite d'affaires avec elles, sous peine de châtiments exemplaires. Les trois hommes qui sont employés chez Grayson peuvent continuer leur travail jusqu'à ce que le Comité leur donne des ordres.

Et maintenant, Abraham Washington ! hurla-t-il en tournant la tête.

Il y eut un mouvement de foule au bas de l'estrade, le bruit mat de pieds qui raclent le plancher, puis les gémissements d'un homme. Un moment après, deux Croisés traînaient sur la plate-forme un nègre d'une cinquantaine d'années.

Ils l'amenèrent sur le devant de la scène, le libérèrent et se reculèrent. Quand le nègre se vit seul au milieu de ces centaines d'hommes vêtus de robes et de cagoules noires, il commença à gémir. On ne comprenait pas ce qu'il marmonnait.

L'officier le regarda.

— Abraham Washington ! dit-il. On vous a entendu très souvent murmurer contre les œuvres de bienfaisance du Comité. Vous êtes un agitateur...

— Patron, patron, dit le nègre, je ne parlais pas sérieusement. Patron, je jure devant Dieu que je ne parlais pas sérieusement. C'est...

— Vous avez semé le trouble parmi les nègres de votre entourage, vous les avez incités à se rebeller. Les Croisés Voient Tout, Savent Tout. Vous portez le nom de deux Américains immortels et nous allons vous apprendre à les respecter...

— Patron, Patron...

— Les nègres doivent apprendre à se tenir à leur place. La leçon que nous allons vous donner ne sera pas fatale, mais si vous ne tenez pas votre langue, la prochaine fois vous serez pendu aux poutres de ce hangar.

— Le goudron et les plumes ! hurla l'officier.

— Ay, ay, ay, ay ! glapirent les Croisés en applaudissant.

Deux autres Croisés montèrent les marches, suivis d'un troisième. Ils transportaient un tub dont ils avaient soigneusement enveloppé les poignées de chiffons, pour ne pas se brûler. Au fond du récipient on voyait une mixture noire. L'homme qui venait derrière transportait un grand sac et un énorme pinceau. Ils s'avancèrent jusqu'au centre de l'estrade et s'arrêtèrent.

— Déshabillez-le, ordonna l'officier.

Abraham Washington, le nègre, n'offrit aucune résistance. Il agitait la tête en gémissant.

« Je ne sais pas ce qui me retient de tirer dans le tas tout de suite », se dit Dolan, en palpant son revolver. « Je pourrais en descendre six de ces salauds... »

Les Croisés qui avaient apporté le goudron et les plumes, finirent par déshabiller le nègre, ne lui laissant que ses chaussettes et ses souliers. Dolan pouvait voir les muscles frémir et tressauter sous la peau noire.

L'officier fit un nouveau salut hitlérien. L'un des Croisés trempa le pinceau dans le goudron et commença à en barbouiller le nègre, qui roulait sa tête sur ses épaules en gémissant, sans pleurer toutefois.

Quand ils eurent fini de le badigeonner, deux des Croisés plongèrent les mains dans le sac et en retirèrent des poignées de plumes qu'ils jetèrent sur le nègre. Ce fut une véritable averse... et petit à petit le corps noir disparaissait, la symétrie de la forme humaine s'effaçait, le nègre ressemblait de plus en plus à quelque oiseau ridicule. L'officier supérieur lui donna lui-même le coup de grâce. Il plongea le pinceau dans le goudron, le claqua à travers la figure du nègre, puis lui lança une double poignée de plumes à la tête.

— Emmenez-le, dit-il.

Les Croisés firent pivoter Abraham Washington, et lui firent descendre l'escalier... les autres ramassèrent le tub et le pinceau, et suivirent. Les Croisés qui se tenaient au bas de l'estrade, se mirent à applaudir et à brailler... l'instant d'après, tout redevint calme et paisible.

L'officier fit quelques pas en avant et salua.

— L'Amérique aux Américains !

« L'Amérique aux Américains », glapirent les autres.

Dolan ne dit rien. Il serrait fortement les lèvres.

— Arnold Smith ! appela l'officier.

Arnold Smith monta l'escalier, escorté par trois Croisés, ses gardiens. Il avait environ quarante ans, était pauvrement vêtu, mais assez beau garçon. Il avait l'air morose.

— Face aux Croisés, dit l'officier.

Arnold Smith se retourna et fit face à l'assemblée.

Dolan étudiait son visage. Il n'y vit nul signe d'émotion, seulement le masque sombre, maussade.

— Vous avez reçu trois avertissements du Comité pour le Relèvement de la Moralité Publique, dit l'officier. Vous êtes un notoire...

— Messieurs, dit calmement Smith, en s'adressant à l'assemblée, cet homme se trompe...

— Taisez-vous ! aboya l'officier.

— Je ne sais pas ce qui va m'arriver, lui dit Arnold Smith, toujours calme, mais je vais vous expliquer ce qui s'est passé, messieurs, continua-t-il. Je reconnais avoir mis une fille enceinte, je l'ai faite avorter, j'ai payé l'opération, c'est vrai. Comme l'ont fait la plupart d'entre vous. Seulement, la jeune fille en question s'est trouvée être la sœur de...

Les gardes se saisirent de lui et plaquèrent leur main sur sa bouche. Arnold Smith ne fit aucun effort pour se libérer. Les gardes continuèrent à le maintenir.

— Cet homme, dit l'officier, est un véritable danger pour toutes les jeunes filles du quartier de Bay Shore. On lui a conseillé à trois reprises de s'amender et de laisser les jeunes filles tranquilles. Il a fait fi de nos avertissements. Croisés, cela constitue exactement le cas type pour lequel notre organisation a été conçue et créée. La loi ne peut pas punir cet homme qui pourtant a des mœurs tout à fait dissolues. C'est à nous de lui apprendre à vivre...

— Oui, oui, oui ! rugirent-ils.

L'officier fit un signe de la main. Deux autres officiers s'avancèrent rapidement. L'un d'eux tenait à la main un petit sac noir. Il l'ouvrit, et en sortit un masque à éther et une petite bouteille. Deux autres officiers avancèrent une petite table. Ils poussèrent Arnold Smith vers la table. Ce dernier se rendit compte de ce qui allait lui arriver, et dans un effort désespéré, il rejeta les hommes qui l'entouraient et se tint debout, libre, une expression horrifiée peinte sur son visage. Il hésita, cherchant du regard une issue, puis il bondit de l'estrade et atterrit dans la foule.

Un désordre indescriptible s'ensuivit.

— Du calme, du calme, dit l'officier sur l'estrade en étendant les mains dans un geste d'apaisement. On va s'occuper de lui. Amenez-le ici, cria-t-il.

Plusieurs hommes se saisirent d'Arnold Smith, le

maîtrisèrent et l'amenèrent sur l'estrade. Ils le hissèrent sur la table, et pendant que les autres le maintenaient, l'officier lui plaqua le masque sur le visage et commença à y verser de l'éther... deux minutes après, Arnold Smith avait cessé de se débattre. Les Croisés se reculèrent, descendirent de l'estrade et reprirent leur place dans la foule.

— Maintenant, vous allez voir ce qui arrive à tous ceux qui transgressent les lois morales dans notre communauté, s'écria l'officier. Un châtiment sévère, certes, mais absolument nécessaire pour la protection de nos foyers... pour la protection de vos propres sœurs...

Il fit signe à l'officier qui tenait la trousse, et tout l'état-major des Croisés qui se tenaient sur l'estrade se massa autour de la table, la dissimulant aux yeux de la foule. Derrière les corps, Dolan pouvait voir l'officier agiter ses bras... à plusieurs reprises il perçut le reflet de la lampe centrale sur le bistouri...

Dolan ne se disait rien à lui-même, ne pensait à rien. Son cerveau n'était plus qu'un amas de cellules inerte et glacé. Il savait que ce serait de la folie que d'essayer d'intervenir. Ce serait signer son arrêt de mort. Il commença à se glisser insensiblement vers les portes, centimètre par centimètre, de façon à ne pas attirer l'attention. Mais personne ne faisait attention à lui. Ils étaient bien trop captivés par ce qui se passait sur l'estrade.

VI

Bishop secoua la tête en se mordant les lèvres.

— « Mon pays c'est toi... C'est toi que je chante », fit-il. Bon Dieu, c'est invraisemblable. Tu ne peux pas écrire cette histoire, Mike. Personne ne te croira...

— Ils la croiront quand je ferai intervenir Arnold Smith...

— Comment le trouveras-tu s'il n'est pas dans l'annuaire ? Tu peux être sûr qu'ils n'iront pas risquer de le mettre à l'hôpital.

— Je le trouverai, même si je devais fouiller de fond en comble cette saloperie de quartier de Bay Shore. Ne t'en fais pas, je le retrouverai...

— Grands dieux ! s'écria à nouveau Bishop, en soupirant et en se passant les mains sur le visage, ce qui m'étonne, c'est que tu n'en aies pas abattu trois ou quatre de ces nom de Dieu de fumiers de sadiques. Voilà ce que ton capitalisme en fait, des hommes, d'ignobles porcs. Enfin... Il se peut que je ne vive pas assez vieux pour le voir, mais je mourrai heureux sachant que le mouvement fait du chemin...

— Tiens, regarde, ça t'en bouchera un coin, lui dit Dolan en lui tendant une liste.

Bishop lut les quelques lignes des noms et adresses qui la formaient et regarda Dolan.

— Qu'est-ce que c'est ?

— Les chefs des Croisés...

— Comment t'es-tu procuré ces noms ?

— Près du hangar, il y avait un parc spécial pour les autos de luxe. J'ai copié les numéros. Ce matin je suis allé au commissariat de police et je les ai identifiés. Les voilà.

Bishop était stupéfait.

— Quel vieux renard tu fais ! dit-il.

— Continue. Lis la liste...

Bishop continua sa lecture, haletant de stupeur.

— Un vrai Bottin mondain...

— Ça ferait bien, noir sur blanc, tu ne crois pas ? demanda Dolan.

— Bon Dieu, oui. Ça ferait autant de dégâts qu'un bombardement aérien... Ah ! dis donc ! Ç'a été un coup de génie de copier ces numéros.

— Oui, un coup de chance. J'ai fait ça sans trop y attacher d'importance. Ce n'est que ce matin que j'en ai eu conscience. Écoute, tu vas me copier cette liste et la planquer soigneusement. Moi, je vais essayer de retrouver Arnold Smith...

— Et si j'allais avec toi ?

— Non...

— Très bien, je ne veux pas discuter. Mais j'imagine que tu te rends compte que chaque jour nous rapproche. Souviens-toi de Carlisle...

— Je ne me tracasse pas au sujet de Carlisle. Pas en ce moment.

— Fort bien. Je voudrais bien que tu nous tiennes au courant par téléphone de tes faits et gestes. De façon à ce qu'on sache à peu près où tu te trouves...

— Quand Myra viendra, dis-lui de s'attaquer à la chronique mondaine. Il se pourrait qu'on sorte un jour ou deux plus tôt...

— Entendu. Mais qu'est-ce qui est arrivé à ta tête ? Où est ton pansement ?

— Le docteur me l'a enlevé ce matin.

— C'est drôle de te voir sans ton turban...

— Cela me fait drôle à moi aussi. L'impression d'être tout nu. Il faudra que Myra s'occupe aussi du papier sur le *Petit Théâtre.* Tu sais duquel je veux parler ?...

— Tu veux qu'on y fasse allusion à l'affaire Menefee ?

— Oui, on peut aussi bien... Faut aussi que j'écrive mon article sur Tim Adamson. Pauvre diable. Prends les choses en main pour le moment...

— Et tes créanciers ? Tu as oublié l'annonce que tu as fait passer dans le journal hier ?

— Je serai rentré à temps. Je ne voudrais pas manquer ça pour tout l'or du monde...

Il descendit et sortit dans la rue. Tandis qu'il montait dans son auto, Grissom le héla pour lui dire bonjour. Dolan lui répondit d'un signe de la main, puis il mit le moteur en marche, tourna un peu plus loin, et se dirigea tout droit vers le quartier de Bay Shore.

Ce quartier était surtout habité par la petite bourgeoisie. Deux usines de meubles l'animaient et drainaient toutes les énergies valides des environs. L'odeur s'en faisait sentir dès qu'on approchait du viaduc, vous suivait en descendant la colline, et persistait encore dans la plaine.

Dolan s'arrêta devant l'une des usines, et entra dans la loge du concierge. Il se présenta comme reporter de la *Times Gazette,* en quête de renseignements sur Arnold Smith. Le concierge consulta ses livres et répondit qu'il regrettait, mais qu'aucun Arnold Smith n'avait travaillé à l'usine depuis au moins deux ans.

Dolan le remercia et s'en alla vers l'autre usine.

Là, le concierge lui répondit qu'un nommé Arnold Smith avait été employé à l'usine six mois plus tôt, mais qu'il avait demandé un congé pour maladie. Dolan lui demanda son signalement. Le concierge mordilla son crayon et lui en fit une rapide description.

— Oui, ça pourrait être lui, répondit Dolan. Pouvez-vous me donner son adresse ?

Le concierge consulta sa carte.

— C'est au 315 de la rue Perry. Qu'est-ce que vous lui voulez ? demanda-t-il, curieux.

— Il vient d'hériter d'une grosse somme d'argent, répondit Dolan. 315, rue Perry. Merci.

Dolan se rendit au 315 de la rue Perry. C'était un petit bungalow à un étage. Une femme d'environ soixante ans vint lui ouvrir.

— Excusez-moi, dit Dolan. C'est bien ici qu'habite Arnold Smith ?

— Oui, dit la vieille femme. Je suis sa mère. Pourquoi vouliez-vous le voir ?

— Je ne suis pas sûr que ce soit l'Arnold Smith que je cherche, répliqua Dolan. Vous permettez que j'entre un instant ?

— Je vous en prie, lui dit Mme Smith en ouvrant la porte.

Dolan entra dans le vestibule.

— Je m'appelle Dolan, dit-il. Pourrais-je parler à M. Smith ?

— Il n'est pas là. Pour quelle raison désirez-vous le voir, dit Mme Smith qui commençait à avoir l'air inquiet.

— Je voulais seulement le voir, lui dire deux mots, lui poser une question ou deux...

— Êtes-vous le monsieur qui lui a téléphoné hier soir pour lui proposer une situation ?

— Oui, c'est pour cela que je voulais le voir, répondit Dolan d'une voix qu'il essayait de rendre naturelle.

— Quel travail avez-vous à lui proposer ? Et où est-il ? demanda Mme Smith d'un ton agité.

— Est-ce que vous avez une photographie de lui que je pourrais voir...

— Qu'est-ce qui est arrivé... Dites, Monsieur...

— Ne vous alarmez pas, madame Smith, dit Dolan en lui montrant son insigne. Je viens de la part du shérif. Il ne lui est rien arrivé de fâcheux, mais j'aimerais voir une de ses photos. Il se peut bien que celui que je recherche ne soit pas votre fils...

La vieille femme le dévisagea un moment, une ride profonde se creusant entre ses yeux. Puis elle passa dans une pièce à côté. Dolan alluma une cigarette et fut très surpris de constater que la paume de sa main était aussi mouillée que s'il l'avait plongée dans l'eau.

La vieille femme revint et lui tendit une photo. Dolan l'examina de très près.

— C'est bien là Arnold Smith ? demanda-t-il.

— Oui. C'est mon fils.

— Je suis au regret de vous avoir dérangée inutilement, madame Smith, dit-il en lui rendant la photographie. Mais ce n'est pas là l'homme que je recherche. Merci mille fois...

Il sortit en se demandant s'il avait bien fait de mentir à la vieille femme.

Il repassa le viaduc, s'arrêta dans un restaurant, prit un caoua et téléphona au bureau. Bishop lui répondit qu'il n'y avait rien de nouveau, à part que Ox Nelson était passé, et avait dit qu'il voulait le voir. Il y avait aussi une lettre recommandée de Mme Marsden, le remerciant de lui avoir remboursé l'emprunt. La lettre venait de Los Angeles. Myra était là, en train de fabriquer ses échos. Est-ce qu'il avait trouvé Arnold Smith ?

Dolan répondit que non, mais qu'il avait vu sa mère. C'était trop long à raconter, il lui expliquerait ça à son retour. Il raccrocha et demanda la Police. Là on lui passa le lieutenant Nelson. Le lieutenant parut enchanté de l'avoir au bout du fil. Il avait quelque chose de très important à lui dire, est-ce qu'il pouvait passer tout de suite ? Non, non, ça ne pouvait absolument pas attendre. Il y avait quelque chose de péremptoire dans le ton du lieutenant.

— C'est bon, je vais passer, répondit Dolan.

VII

— Écoutez-moi, Mike, soyez un peu raisonnable, bon sang. Vous n'êtes plus au biberon, tout de même, dit Nelson en se levant de son bureau, et en regardant Dolan.

— Comment avez-vous découvert tout ça ? demanda Dolan.

— Découvert ?... Je commande la « Brigade rouge », non ? Comment vous figurez-vous que je l'ai découvert ?

— Foutaises ! Qui est-ce qui vous l'a dit ?

— Ne commencez pas à me questionner. Peu importe qui me l'a dit. Bishop et cette bonne femme sont tous les deux des salopards de communistes, et vous feriez bien de leur casser le morceau, sinon je les boucle pour incitation à l'émeute.

— Vous me demandez d'être raisonnable, c'est à mon tour de vous le demander. Ed. Bishop est toujours le même zèbre depuis quinze ans. Il était pareil autrefois quand il faisait les chiens écrasés, et vous le savez bien. Pourquoi avez-vous brusquement décidé de l'expulser ?

— Et vous, répondez à ma question, repartit Nelson. Que savez-vous de la dénommée Barnowsky ? Rien. Elle sort de je ne sais où, puis elle se met à travailler avec vous. Vous êtes le roi des jobards. Elle a fait de la prison au Texas pour avoir distribué des tracts extrémistes. Elle travaille pour Moscou. Ça, elle ne vous l'a pas dit, je parie ?

— Je vous ai demandé pourquoi vous aviez brusquement décidé d'expulser Ed. Bishop, questionna à nouveau Dolan.

— Je n'ai pas à répondre à vos questions idiotes, répliqua Nelson. Je vous dis ce que vous avez à faire. Écoutez, Mike, je vous aime bien. Tout le monde ici vous aime bien. Et ces deux personnages sont vos amis. C'est pourquoi j'aime mieux que vous leur annonciez la chose, au lieu d'y aller moi-même.

— Mais vous les avez vus il y a une heure. Pourquoi ne leur avez-vous rien dit ?

— Nom d'un chien, répliqua Nelson furieux,

c'est ce que j'essaye de vous expliquer depuis une heure. Ce sont vos amis, bon Dieu !

— Très bien, Ox, je leur dirai. Je ne crois pas que ça donne le moindre résultat, mais je leur dirai. Et maintenant, rendez-moi un service. Qui a attaché le grelot ?

— Je ne peux pas vous le dire. Mike. Tout ce que je peux vous dire, c'est que ça vient de haut.

— Un ordre ?

— Pensez-vous, un ordre, on peut s'en foutre. Mais c'était plus qu'un ordre.

— Carlisle ?

— Je n'ai pas dit...

— Je ne savais pas qu'il tenait aussi les ficelles, à la police. Je croyais qu'Emmett ne pouvait pas le blairer...

— Je n'ai pas dit...

— Très bien, dit Dolan en souriant. (Il se leva. Et, quand il fut debout, le sourire disparut de son visage.) Vous savez, Ox, lui dit-il, vous êtes le plus beau fumier que j'aie jamais rencontré...

Nelson cligna des yeux, et ses lèvres avançaient et rentraient, esquissant des demi-sourires qui se muaient continuellement en grimaces.

— Sans blague, repartit froidement Dolan, vous êtes un fumier !

Il se retourna et sortit.

Quand il revint au bureau, il trouva Mac Gonagill qui l'attendait.

— Hello, Bud, fit Dolan.

— Je voudrais vous parler, dit Mac Gonagill.

— Ici, ou en bas ?

— Ici, ça ira, répondit brièvement Mac Gonagill. Qu'est-ce que vous avez bien pu faire à cette vieille femme de Perry Street ?

— Ce que j'ai pu lui faire ? Comment ça, qu'est-ce que j'ai pu lui faire ?

— Ça va... ça va... elle a téléphoné au bureau pour dire qu'un de mes adjoints, un nommé Dolan, était passé la voir. Dieu merci, c'est moi qui ai répondu au téléphone. Elle pleurait et se lamentait parce qu'elle croyait qu'il avait dû arriver quelque chose à son fils. Elle a dit que quelqu'un était venu le voir hier soir, pour lui parler d'une situation, et qu'ensuite il s'était absenté. Qu'est-ce que c'est encore que cette histoire, bon sang ?

— Vous en savez autant que moi. Je suis en effet allé voir Mme Smith, car je recherche son fils. Je lui ai montré mon insigne, c'était la seule manière d'obtenir d'elle qu'elle me montre sa photo...

— Vous y êtes ? dit ironiquement Bishop à Mac Gonagill.

Dolan leur fit signe de se taire, à Myra et à lui.

— Pourquoi vouliez-vous voir sa photo ?

— Pour l'identifier. Je voulais voir si je le connaissais.

— Et vous l'avez reconnu ?

— Oui, mais j'ai dit à la vieille que non. Je craignais de l'inquiéter.

— Pour être inquiète, elle l'est ! Et ce type, qui est-ce ? On a signalé sa disparition. Il faut que je le retrouve.

— Je voudrais bien le retrouver aussi, mais j'ai bien peur qu'il ne réapparaisse qu'une fois rétabli. On l'a opéré hier soir...

— Et où est-il à présent ?

— Je paierais cher pour le savoir, répliqua Dolan.

— Quel genre d'opération ?

— Que croyez-vous que ça soit ?

— Quoi ? s'exclama Mac Gonagill.

— Les Croisés... Ces nobles Croisés...

— Mon pays, c'est toi que je chante, chantonna doucement Bishop.

— Nom d'un chien ! laissa tomber Mac Gonagill. C'est ça ce que voulait dire la vieille. Elle a dit qu'aussitôt après votre départ, quelqu'un a téléphoné en disant que c'était lui qui avait proposé une situation à son fils la veille au soir. Il a dit qu'Arnold allait partir pour l'Amérique du Sud et n'aurait pas le temps de téléphoner lui-même, il était très occupé à s'acheter des affaires, mais qu'il écrirait de la Nouvelle-Orléans. C'est évidemment ce qui a alarmé la vieille femme. Elle ne pouvait pas comprendre pourquoi son fils ne lui avait pas au moins téléphoné pour lui dire au revoir.

— Elle ne pouvait pas arriver à le comprendre, s'écria Dolan ; mais nous, nous le pouvons. Vous savez ce que cela veut dire, n'est-ce pas ? Arnold Smith est mort...

— Il y a toutes chances que non, mais c'est une sale histoire, dit Mac Gonagill. Les hommes n'en meurent pas.

— Pas tous, répliqua lentement Dolan. Pas tous, mais Arnold Smith est mort, aussi vrai que je m'appelle Dolan. Parfaitement, aussi vrai que je m'appelle Dolan, il est mort...

— Eh ben... fit Mac Gonagill.

— Bud, la seule chose que vous puissiez faire c'est attendre et faire des vœux, ajouta Dolan. Vous n'avez pas à vous tracasser tant que quelqu'un n'aura pas buté dans le cadavre, en admettant que ça arrive. Vous avez été tout ce qu'il y a de régulier avec moi, et je vous en suis reconnaissant. Je ferai mon possible pour que toute cette histoire ne vous compromette pas. Je ne sais pas où ça va me conduire... mais je suis dans le bain jusqu'au cou, et j'irai jusqu'au bout.

Mac Gonagill fit demi-tour et descendit l'escalier, sans un mot. Dolan le suivit du regard jusque dans la rue. Puis il se pencha sur la balustrade et regarda en bas.

— Grissom, dit-il. Faites venir ces sacrés journalistes, demain matin de bonne heure.

Cet après-midi-là, à trois heures, ses créanciers vinrent, ou seuls, ou par groupes de deux ou trois pour toucher ce qui leur était dû. Ils lui firent des compliments, et lui dirent que cette idée de l'annonce dans les journaux était excellente. Mais ce fut une séance plutôt décevante, pour Dolan. Il attendait cette minute depuis des années, et pourtant il n'en tira pas plus de satisfaction que de l'insertion de son annonce, la veille. A la fin, ils s'en allèrent tous.

— Vous n'êtes pas bon prophète, lui dit Myra. Il reste un peu plus de cinq mille dollars...

— Je le savais bien, dit-il en mettant son argent dans sa poche. Allez, venez...

— Qu'est-ce qui vous prend ? Il va falloir en mettre un coup, si nous voulons commencer à tourner demain matin...

— Nous serons de retour dans une demi-heure. Venez.

— Où allons-nous ?

— Venez. Nous allons nous marier. Je vais vous épouser...

— Mike, dit Bishop. Tu deviens fou ?

— Allons, venez... dit Dolan à Myra.

VIII

Dolan posa les épreuves qu'il était en train de lire, et, se levant du lit, alla ouvrir la porte.

C'était Ulysse.

— Je vous demande pardon, M'sieu Mike, dit-il, mais nous déménageons demain, et...

— Je le devine toujours quand tu as besoin d'argent. Combien ?

— Ben, M'sieu... Le déménageur a dit que ça serait vingt dollars pour deux voyages, mais je crois qu'il nous en faudra bien quatre...

Dolan sortit un billet de cinquante dollars et le lui tendit.

— Voilà pour le déménagement, pas pour tes petits cafés au lait...

— Non, M'sieu. Nous avons trouvé une maison épatante, M'sieu Mike. Vous ne l'avez pas encore vue, n'est-ce pas ?

— Non, Ernst m'en a parlé ce soir.

— C'est vous qui avez la plus belle chambre, M'sieu Mike. J'ai veillé à ça. Faut que je m'occupe de vous, comme qui dirait, maintenant que vous êtes si occupé...

— Ouais. Merci, Ulysse. Maintenant, fous le camp...

— Oui, M'sieu, dit Ulysse en sortant. Je vais arranger votre chambre pour demain soir. C'est drôle à dire, M'sieu Mike, dit-il, en s'arrêtant à la porte, mais il ne restera plus grand-chose demain soir de cette vieille maison. Ils ont déjà démoli tout le derrière cet après-midi.

Dolan se remit à ses épreuves, et quelques minutes après, Bishop et Myra entrèrent.

— La seconde Mme Michael Dolan, dit Bishop en levant la main de Myra, ramenée saine et sauve au lit de son seigneur et maître, bourrée de sandwiches au jambon et de lait malté !... Une vraie ploutocrate, nom d'un chien !

— Ça m'a l'air pas mal, dit Dolan en montrant les épreuves. Qu'est-ce que tu en penses ?

— Un papier sensationnel, dit Bishop. Mais une histoire pareille n'a pas besoin d'être enjolivée, bon Dieu. Elle est tellement formidable qu'on la lira d'un trait, bien ou mal écrite. As-tu reçu des nouvelles de Mme Smith ?

— Je lui ai téléphoné, il n'y a pas longtemps. Elle ne sait rien de plus. Le type est mort. Quand nous aurons publié toute l'histoire, on retrouvera son cadavre...

— A moins qu'on ne l'ai incinéré, reprit Myra.

— J'y ai pensé. Et j'ai abandonné cette idée tout de suite. Ils ne feraient pas ça. C'est de l'assassinat.

— C'est en tout cas de l'assassinat, dit Myra.

— Je suis content d'avoir complètement démasqué Jack Carlisle, reprit Dolan. Et Thomas, donc. Jamais je ne l'aurais soupçonné.

— Et Crenshaw ? L'ancien président de la Chambre de Commerce...

— Carlisle est celui qui m'intéresse le plus. Surtout depuis que Nelson...

— Nelson ? Que vient faire Nelson là-dedans ?

— Je vais y arriver, dit Dolan. C'est pour ça que je voulais vous voir ce soir. Nelson m'a sonné les cloches ce matin...

— Ça me concernait ? demanda Bishop.

— Ça vous concernait tous les deux...

— C'est donc pour ça qu'il voulait te voir !

— C'était ça. Il m'a dit qu'il fallait que vous quittiez la ville, sinon...

— Il bluffe...

— Non, il ne bluffe pas. Ça vient de quelqu'un. Un ordre formel. De Jack Carlisle. C'est le début de sa vengeance...

— Pourquoi ne nous avez-vous pas parlé de cela plus tôt ? demanda Myra.

— Oh, je ne voulais pas vous embêter. J'ai retardé ça le plus longtemps que j'ai pu...

— Je comprends maintenant pourquoi vous m'avez épousée, s'écria Myra.

— Asseyez-vous et taisez-vous un instant, dit Bishop.

— C'est bien pour ça que vous m'avez épousée, n'est-ce pas ? N'est-ce pas ?

— Eh bien, euh...

— C'est bien là la raison, n'est-ce pas ?

— Vous prenez les choses d'une manière... commença Dolan en cherchant ses mots.

— Salaud, s'écria Myra, en le giflant de toutes ses forces.

Dolan se mordit les lèvres, mais il ne broncha pas. Il restait planté là, devant elle, sans bouger. Elle le gifla de nouveau, mais plus fort.

Bishop lui sauta dessus et l'empoigna par la taille, et son élan les projeta tous deux au travers du lit.

— Je vous casserai la figure, grommela Bishop. Dolan n'avait pas bougé.

— Ed, dit-il calmement.

Bishop se releva. Myra, soudain se coucha sur le ventre et se mit à pleurer.

— Ed, dit Dolan en sortant un gros rouleau de billets de sa poche, voilà cinq mille dollars. Emmène ta famille et déménage...

Bishop sourit légèrement, franchement, puis éclata de rire.

— Non, dit-il en secouant la tête.

— Prends-les, dit Dolan en lui tendant les billets.

— Non...

Dolan lui mit soudain la liasse de billets dans la poche de son veston.

— Réfléchis, dit-il.

— Je reste, Mike, répondit Bishop en ressortant l'argent de sa poche. Reprends-le ou je le jette par la fenêtre. Je te jure que je le fais...

Myra ne pleurait plus. Elle s'était assise sur le lit.

— Écoutez un instant, Ed. C'est pour les gosses. Je sais qu'ils ont besoin de bien des choses. Cet argent est pour eux, pour payer le pharmacien, le docteur...

Bishop laissa retomber sa main qui tenait l'argent.

— Je reste, dit-il, têtu.

— Donne cet argent à ta femme. Dis-lui que c'est pour elle...

— D'accord. Mais je reste.

— Tu es le roi des crétins, bon Dieu ! fit Dolan.

Le téléphone sonna.

— J'y vais ? demanda Bishop.

Dolan fit signe que oui, et Bishop sortit.

— Levez-vous de là, et cessez vos simagrées, dit Dolan à Myra. Comprenez donc, pour l'amour du Ciel, que si j'ai agi ainsi ce n'était pas pour vous faire de la peine. Je voulais seulement vous aider...

— J'étais là en train de me dire que vous étiez vraiment un drôle de personnage, dit Myra. Permettez que je regarde vos mains ?

Dolan s'avança et tendit ses mains. Elle les retourna et se mit à étudier ses paumes. Ensuite elle leva son regard vers lui, souriante, des larmes plein les yeux.

— Alors ? questionna-t-il, intrigué.

— Je cherchais les stigmates des clous, fit-elle.

Bishop revint, très excité.

— J'ai failli tout bousiller. Je lui ai dit que tu n'étais pas là. Elle est au bout du fil, dit-il.

— Qui ?

— Mme Smith. Elle veut absolument te parler...

Dolan sortit.

— Pourquoi n'essayez-vous pas d'être un peu gentille avec le pauvre bougre ? dit Bishop à Myra. Vous n'allez pas être stupide toute votre vie. Mike est le plus chic et le plus régulier de tous les enfants de salauds qui aient jamais vu le jour. Et il vous aime...

— Il a une façon bizarre de le montrer, répliqua Myra.

— Peut-être, mais c'est comme ça. Tâchez donc de vous entendre tous les deux !

— J'essayerai...

— Je devrais vous prendre par la peau du cou et vous cogner la tête, à tous les deux...

Dolan entra en coup de vent.

— Arnold Smith est chez lui, dit-il, les yeux brillants. Il vient juste de rentrer. Ça arrange tout. Je sais qu'il nous aidera. Je vais aller le trouver...

— Nous y allons tous, dit Bishop. Tous les trois...

— Vous en avez envie ? demanda Dolan à Myra.

— Bien sûr, dit-elle en se levant.

— Il y a du progrès, dit Bishoph. Allons-y...

CHAPITRE XV

Le Cosmopolite publia l'histoire tard dans l'après-midi, avec noms et faits à l'appui. Dolan avait fait exprès de retarder la parution de la revue jusqu'après quatre heures de l'après-midi, pour être bien sûr que tous les employés et journalistes des journaux du soir auraient fini leur boulot. Il ne voulait pas qu'ils pussent rectifier leur dernière édition à la dernière minute.

LES HOMMES LES PLUS EN VUE
DE NOTRE VILLE
A LA TÊTE DES CROISÉS

UNE BANDE D'HOMMES MASQUÉS.
commandés par Jack Carlisle et Crenshaw,
mutilent un habitant de Bay Shore.

Où l'on démasque une société secrète.

ÉTONNANTES RÉVÉLATIONS
Dans LE COSMOPOLITE
En vente dans tous les kiosques.

annonçaient les affiches posées sur tous les murs.

Dolan essaya d'acheter cinq minutes d'émission,

aux trois grandes stations de radio. Il offrit même de payer pour le quart d'heure, mais, partout, il tomba sur un bec quand il eut dit de quoi il s'agissait. Il devenait enragé. Il voulait que tout le monde en ville fût au courant. A six heures tout le monde l'était. Les gens s'abordaient dans les rues, les fils télégraphiques bourdonnaient, les télétypes des agences de presse cliquetaient sans relâche.

... Qu'une bande anonyme eût mutilé Arnold Smith la chose suffisait à faire un excellent papier. Mais dès que les chefs de cette bande furent connus, quand leurs noms s'étalèrent sur deux colonnes d'une page entière, ce fut du délire. D'un seul coup, Dolan avait retourné toute la ville.

... Dolan était seul dans le bureau quand il entendit tapoter à la porte de derrière. Il descendit et fit entrer Bud Mac Gonagill.

— Pour l'amour du Ciel, foutez le camp ! lui dit ce dernier, j'arrive du Palais de Justice ; le juge Pentland vient de convoquer une session extaordinaire de la Chambre des Mises en Accusation. Ils se préparent à siéger maintenant.

— C'est ce que je voulais, dit Dolan. Je vais aller leur parler...

— Remettez ça à demain matin, dit Mac Gonagill. Cachez-vous quelque part. Prenez le temps de réunir le plus de preuves possible...

— Je les ai toutes. Elles sont dans l'article de la revue. Et Smith est en lieu sûr à un endroit où je pourrai le rejoindre quand je voudrai. Nous sommes prêts...

— Mike, écoutez-moi, nom de Dieu. Je suis venu exprès vous tuyauter. Je me suis débiné en douce pour vous prévenir qu'ils étaient en train de signer un mandat d'amener, en ce moment même. N'allez pas rôder autour du Palais de Justice ce soir. On ne sait pas ce qui pourrait arriver...

— Écoutez, Bud...

— Bougre de tête de cochon, je vous dis que vous ne pouvez pas comparaître ce soir. Attendez jusqu'à demain matin. Alors téléphonez-moi et je vous enverrai quelques hommes pour vous protéger. Vous n'avez pas l'air de comprendre. Vous avez mis la ville à feu et à sang. Bon Dieu, il y a là dedans plus de types compromis, que vous ne l'auriez imaginé, des juges et même un Sénateur. Il faut que vous partiez d'ici...

— Très bien, finit par dire Dolan. Je vais partir d'ici, mais pour rentrer chez moi. Nom de Dieu, si quelqu'un essaye de s'en prendre à moi, il s'en repentira. Je sais encore tirer.

— Je me fous de savoir où vous comptez aller, mais partez d'ici. C'est le premier endroit où ils viendront vous chercher...

— C'est bon, Bud. Merci. Maintenant vous feriez bien de vous en aller.

— Vous me jurez que vous partez ?

— Oui, le temps de prendre mon pardessus...

— Et vous me téléphonez demain matin de bonne heure ?

— Je le jure...

— Mais, bon Dieu, pourquoi souriez-vous comme

ça ? Croyez-vous que je plaisante. Vous ne vous rendez pas compte que Carlisle se fout pas mal de ce que peut raconter la revue, pourvu qu'il puisse vous empêcher de parler. Il est de taille à se moquer d'un article de journal...

— Que vous dites !

— ... Il ne m'est pas possible de rester plus longtemps, Mike.

— Très bien, Bud, allez-y. Je ne crois pas que vous plaisantiez. Je vais partir dès que j'aurai mis mon manteau. J'avais rendez-vous ici avec Grissom, Bishop et Myra, à sept heures, mais je m'en vais...

— Au revoir...

— Au revoir...

Dolan le vit sortir par la porte de derrière. Ensuite il monta prendre son pardessus. Il alla au bureau, éclaira et téléphona à sa nouvelle adresse. Ulysse répondit que Mlle Myra était là.

— Allô, mon petit, dit Dolan. Écoutez : Mac Gonagill vient de me quitter ; très excité par les nouvelles du Palais de Justice. La Chambre des Mises en accusation se réunit en session extraordinaire, pour faire une enquête sur les Croisés, et il ne veut pas que je paraisse ce soir... Il préfère que j'attende demain matin, parce qu'il pourra me donner des gardes du corps. Qu'en dites-vous ? Je préviens un personnage important... hein ? C'est fou... mais vous êtes pire que lui... Mais non, je n'ai pas peur, quoi... Je n'attendais que ça. Essayez de prévenir Bishop et Grissom de ne pas venir ce soir au bureau, mais de me retrouver chez nous... La maison vous plaît ?... Parfait... Oui, je viens tout de suite. Au revoir, mon petit...

Il raccrocha, éteignit la lumière du bureau et se dirigea vers la porte d'entrée. Il éteignit le plafonnier extérieur et s'approcha de la porte, puis, se ravisant, il referma la porte d'entrée et décida de sortir par la porte de service.

Il l'ouvrit et sortit, claquant la porte derrière lui. Il suivit l'allée, se dirigeant vers sa voiture. Au coin, dans l'obscurité, il trébucha contre une petite caisse tombée sans doute d'un tas d'immondices, derrière l'arrière-boutique d'une gargote. Quand il eut retrouvé son équilibre, il se trouva nez à nez avec une poubelle sans couvercle et il sentit l'odeur aigre d'épluchures d'oranges et de marc de café.

— Saloperie ! s'exclama-t-il, non pas tant parce qu'il avait buté, mais parce qu'il avait senti le contenu de la poubelle découverte. *Du marc de café...*

« C'est curieux », se dit-il, et à ce moment, il entendit un frottement derrière lui, et sans raison très précise, la peur soudain l'envahit, une peur qu'il n'avait jamais connue auparavant. Une peur, sauvage, animale. Avant d'avoir pu faire un geste, il sentit un léger attouchement au bord de son chapeau, par-derrière, et alors il comprit qu'il allait arriver quelque chose d'horrible, et qu'il n'était plus qu'à une rapide pulsation de la mort. La sortie de l'impasse et le minuscule point lumineux qui signifiaient le salut étaient à des milliers de kilomètres de lui. Un cri de terreur contracta sa gorge, mais avant qu'il eût pu jaillir, ses tympans éclatèrent, et le minuscule point lumineux qui était le bout de l'impasse, avec une soudaineté terrifiante, fonça sur lui, rouge, hurlant, irrésistible.

Il savait qu'on le tuait et il ne pouvait penser qu'à une seule chose : Et si Myra s'était arrêtée ce matin-là pour prendre son café ?

Puis le sommet de son crâne vola en éclats et il tomba, le visage en avant, sur la poubelle, tandis que ses doigts montaient vers sa figure pour tâcher de boucher son nez.

DU MÊME AUTEUR

Aux Éditions Gallimard

ON ACHÈVE BIEN LES CHEVAUX
J'AURAIS DÛ RESTER CHEZ NOUS
LE SCALPEL

Dans la collection Carré Noir

PERTES ET FRACAS, *n° 215*

Dans la collection Folio

PERTES ET FRACAS, *n° 1838*
ADIEU LA VIE, ADIEU L'AMOUR..., *n° 1887*

Impression Bussière à Saint-Amand (Cher),
le 22 février 1988.
Dépôt légal : février 1988.
Numéro d'imprimeur : 3544.
ISBN 2-07-037922-1./Imprimé en France.

42834